U0689189

a Novel

HIDDEN
Kendra Elliot

识骨
女法医

浙江出版联合集团
浙江文艺出版社

[美] 肯德拉·艾略特 —————— 著 骆佳圆 ————— 译

献给　亚莉克莎，安娜丽丝及艾米莉亚

第一章

莱西·坎贝尔的视线穿越了雾气朦胧的雪原，停留在破败公寓楼对面那座支起的大帐篷上。她吸入一口冰凉的空气，让它灌进肺中，精神一振。

在那儿。尸体就在那儿。

她蹒跚地朝目的地挪去，小心地注意着脚下，心揪紧着。她拉下羊毛帽的两边帽沿，把下巴缩进围巾，迈开步子穿过鹅毛大雪，眨着眼睛赶走飞旋的雪花。如果不是你要在雪中工作，下雪本是件很棒的事。何况她当下的工作区，刚刚盖上六英尺厚的新雪，这样的天气适合滑雪、乘雪橇、打雪仗。唯独不适合在俄勒冈州伯恩多克镇一个霜冻刺骨的帐篷里调查陈年尸骨。

一双硕大的靴子出现在视线下方。她猛地刹住脚步，结果一个趔趄屁股着地，摔了一跤。

"你住在这儿吗？"警察的嗓音粗哑生硬。

莱西狼狈地歪倒在地上，眨巴着眼看着伸向她的那只肉乎乎的大手。

警察把问题重复了一遍，她的目光飘向他那张闷闷不乐的脸。

他看上去就像是一位直接从黄金档电视剧里走出来的警察，魁梧、硬朗，而且秃顶。

"噢！"她突然回过神来，抓住他伸来的手。"不，我不住这儿。我只是……"

"谁都不允许靠近这栋公寓大楼，除非你是这儿的住户。"他单手轻而易举地拉着她站起来，用敏锐的目光盯着她的皮书包，扫视着她价格不菲的外套。

"你是记者吗？那你可以掉个头走。在莱克菲尔德警局三点会有一场记者招待会。"警察已经断定她是个外来者。得出这个结论并不难：这一带的居民靠食品救济券和福利费维持生计，臭气熏天。

莱西多希望自己再高些，她扬起下巴，扮着鬼脸拍打裤子上沾着的湿冷雪印。多么专业。

她掏出证件。"我不是记者。佩雷斯医生正在等我。我是一名……"她咳了一声。"我在法医局供职。"当她自称为一名齿科学法庭医生的时候，很少有人明白她在说什么。"法医局"才是他们听得懂的术语。

警察瞥了一眼她的证件，便弯下腰往她的帽檐下方看去。棕色的眼睛试探着。"你是坎贝尔医生吗？佩雷斯医生正在等一位姓坎贝尔的医生。"

"是的，我就是坎贝尔医生。"她肯定地说道，皱起鼻子。

他还指望是谁？昆西吗？ ①

"我现在可以过去了吗？"她环视着他的四周，窥探到几个在大帐篷外移动的身影。维多利亚·佩雷斯医生三小时前就提出需要莱西

---

① 《昆西，M.E.》是 1976—1983 年于 NBC 播放的医疗电视剧，讲述了一位洛杉矶验尸官的故事。

的法医技术支持，她迫不及待地想看看医生的发现。那一定是非同寻常的重大发现，所以才要求莱西直接赶往案发现场，而不是在一间闷热、无菌的实验室等着分析尸骨的牙部。也有可能是医生觉得，能把莱西拖出温暖的床褥，逼着她在恶劣的天气开 60 英里路，然后蹲坐在冰天雪地里盯着几颗牙齿，也许能给莱西提神。莱西紧绷着脸，在警察拿出的罪案现场日志上草草签下名，从这个挡住她去路的大块头身旁挤了过去。

她艰难地穿过雪地，勘查着这栋老旧的单层公寓楼。它看起来像是被放了气，屋顶边缘凹陷下去，仿佛已精疲力竭、站不直身。她已经听说这里的住户大都是靠微薄抚恤金过活的老年人和一些低收入家庭。墙上的壁板已经变形，复合屋顶板上布满裸露的斑点。一阵焦躁在她的肌肤下蔓延。

谁敢来这样的垃圾场收房租？

莱西经过几扇窗时，看见五张小脸蛋正把鼻尖凑在玻璃上。

她勉强挤出一个笑容，挥动着露指手套。

孩子们待在室内，那儿暖和。

老人们则不然。

头发灰白的男人和年迈的妇人三五成群，头戴塑料雨帽，在庭院中漫无目的地四处游荡，全然不顾天寒地冻。雨帽好似透亮的海贝壳，罩住满头银发。这场景让莱西想起自己的祖母，过去，她头戴廉价头巾，以便保护自己涂上染发剂的头发。她拖着沉重的步子，穿过这些皱纹密布、充满好奇的脸。今天，无疑是他们这些年以来最激动兴奋的一天。

他们公寓楼下的管道井里，正横着一具尸骨。

各种推测涌上莱西的脑海，她不禁打了个哆嗦。究竟是二十年前有人藏尸于此，还是有什么人曾被困在这窄小空间里，却永远地被遗忘了？

六辆莱克菲尔德的警车占满了停车场。这大约是小镇的全部警力。海军蓝的制服聚集在周围，手里拿着热咖啡，摆出一副不作为的看客姿态。莱西注视着纸杯里升起的腾腾热气，下意识地嗅着香味。她撩开帐篷吊门时，神经系统里的咖啡因传感器正垂涎着一杯咖啡。

"坎贝尔医生！"

一听到这声尖嗓门，莱西赶紧从有关咖啡的思绪中挣脱出来，抑制着自己的本能反应去寻找自己的父亲——另一位坎贝尔医生。在莱西那沾满了雪的靴子旁，亮蓝色油布围起了部分复原好的骨架。如果再走一步，她大概就会踩断那尸体上的一根胫骨，而这肯定会让佩雷斯医生暴跳如雷。莱西并未理会医生的怒视，目光锁定在尸骨上。看到横在脚边的这项挑战，一种强烈的冲动在她血管中沸腾。

这也正是她在雪虐风饕的天气里接受任务的原因——鉴定死者身份，把失踪的受害者送回故乡；凭着一技之长，解开死亡的谜团；给痛失挚爱的家庭一个最终的交代；也证明自己能够改变现状。

寒气渐去。

颅骨与大部分的肋骨以及更长的肢端骨骼摆放在一起。帐篷另一端，两名穿着羽绒夹克的男性技术人员正通过屏幕，仔细勘测几桶泥土和岩石，极力搜寻着较小的骨头。楼底低矮空间的水泥墙面上，一处巨大的豁口指明了发现遗体的场所。

"别踩到任何东西。"佩雷斯医生说。

我也很高兴见到你。

"早上好。"莱西朝佩雷斯医生的大致方向点头示意，努力平复自己狂跳不已的心脏。她的双目审度着这一番离奇景象：一具骷髅，几只桶子，和一个悍妇。

维多利亚·佩雷斯医生，一位法医人类学家，在其专业领域以严格的"带刺玫瑰"性格著称，且从未受任何人指摘。她身高足有六英尺，活生生一位亚马逊女战士化身。罪案还原现场是她的王国，无人敢于未经允许就擅入她的地盘一步，也别妄想能未经许可触碰任何东西。**任何东西。**

莱西一直希望成长为像佩雷斯医生这样的人。

莱西和这位苛刻的医生共同进行过四次现场还原，此后才得到医生信任。但这不能说明佩雷斯医生喜欢莱西；佩雷斯医生不喜欢任何人。

黑框高度近视镜架在医生的窄鼻梁上。和往常一样，一头乌黑长发完美无瑕地在她的脖颈间挽成一个结。尽管医生到达现场已有五小时之久，仍没有一缕杂发从发结中散逸出来。

"很高兴你还能来参加派对。"佩雷斯医生看了看表，扬起一边眉毛。

"我得等脚趾甲晾干。"

女人鼻中发出一声尖锐的嗤笑，莱西眯起双眼。哇。她真的让佩雷斯医生发笑了。好吧，差不多是笑了。不过，这还是给了莱西在法医局员工面前炫耀的资本。

"你有什么发现？"莱西的手指迫不及待想开始拼凑真相，这是她工作中最精彩的部分。一个亟待破解的谜题。

"白人女性，年龄在十五到二十五岁之间。我们正从连着管道井口的洞里把她的骨骸一块块取出来。发现尸体的人在那儿。"佩雷斯医生指了一下帐篷塑料窗外，一个白发男子正与两名当地警员交谈。这个男人把一只戴灰色口套的腊肠犬紧紧抓在自己凹陷的胸膛前。他带狗出门方便时，注意到几大块混凝土撞开了龟裂的墙面。狗钻进洞里，就在老爷爷把手卡进夹缝里，打算拖狗出来的时候，他中了头彩。"

佩雷斯医生朝豁开的大洞做了个手势。"我认为尸体并没有在这里放很久，它被挪到这里时已经只剩骨架了。"

"你是什么意思？"莱西的好奇心发出了橙色预警。她先前那个有人被困楼底的假设被推翻了。

"我认为是有人最近挖了这个洞，把骨架扔进去的。尸骨散落成一堆，一具未经移动、自然腐烂的全尸不会变成这样的一堆骨骸的。"佩雷斯医生的眉毛拧成一条黑色的鞭子。"尸骨有时会受该区域内食腐动物的活动影响而散架，但这些骨头看着像被人先从麻袋里倒出来，随后又推进洞里。"

"一整具骨架？"莱西的视线快速移动回颅骨上。怎样的怪人会把一具骨架扔掉？怎样的怪人会拥有一具需要扔掉的骨架？

佩雷斯医生点了点头。"而且看起来相当完整。我们逐渐找到了各个部位——趾骨，跗骨和椎骨。但令我费解的一点是，为什么这具尸体没有被藏得更隐蔽些。他们早该料到我们会找到它，却放任洞口大开，混凝土散落一地，随时都有人会被绊倒。"

"也许他们没来得及藏好尸体就被打搅了。死因是什么？"

"还没有查明。"佩雷斯医生语气短促。"颅骨没有受到明显撞击，舌骨还未找到，但两根大腿骨在同一处断裂。裂痕很像车祸事故里汽车前保险杠撞击行人留下的伤痕。"她蹙起眉。"保险杠位置很高。这不是一辆小轿车。有可能是辆卡车。"

莱西大腿隐隐作痛。"骨折是死前发生的吗？"

"是在死后或临死前发生的。没有任何伤势愈合的迹象。"医生简短地答道，但仍弯下腰指出几处股骨上的楔形裂痕。

莱西的目光停留在裂纹上，把露指手套塞回包里，跪了下来，从颅骨一侧的盒子里取出一副紫色乙烯基手套，她习惯性地将双手滑进去。戴上薄手套已经成了她的老习惯。

"有人开车撞了她，又把尸体藏了起来。"莱西咕哝着，却引来佩雷斯医生嫌弃的表情。莱西这才想起，这位女士很反感在检查结束之前就推测死因，然而悔之已晚。维多利亚·佩雷斯只谈论事实。

莱西的内心里打起退堂鼓，站了起来，窘迫地掸去膝盖上的灰。她的行为已经越界了。查明死者身份、死亡经过、地点、时间、原因和方式，都不是她的分内之事。她来到这儿只需要专注研究骨架的一小部分：牙齿。

负责检测泥土的技术员发出一声欢呼，把一块膝盖骨放进越来越高的小骨堆中。佩雷斯医生拿起它，迅速一瞥，捏在指间转了转，便把它分拣到油布上的左腿骨堆中。

"她好像很瘦小。"十分瘦小。她看上去像个孩子。

"确实瘦小。她大约五英尺高，但却是一个完全成熟的女性。我是从她的臀部和骨骼生长板看出来的。"佩雷斯医生向莱西抬起一根黑色眉毛。"她的牙齿也说明了这一点。不过这是你负责的部分。"

"嘿，如果她真的那么矮，我会很有同感。"莱西说着，不自觉地踮起脚尖、拉伸后背。站在高挑的医生身边，莱西的娇小身材让她说话时不得不伸长脖子。"你知道死亡时间了吗？"

佩雷斯医生摇摇头，重新回到尸骨旁边。"没有可供研究的衣物。遗留下来的只有骨头和金发，但我不会凭这些去猜测。要回到实验室进一步分析后才会知道更多。"

"我父亲说，你在尸体牙齿上找到了有趣的信息。"

佩雷斯医生的脸上多了几分光彩。"这可能有助于提供一条时间线。牙齿可以取下来,所以我已经把它装进袋子里了。"她迈了六大步,走到一个塑料收纳盒旁,开始在一沓证据袋里翻找起来。

莱西的双肩放松了些。维多利亚·佩雷斯不是那类抱怨莱西得到工作是因为"裙带关系"的人。也许医生也很理解,当你的父亲是州首席法医时,这份工作会更为艰辛。何况他还是你的上司。

莱西双唇紧闭。和莱西共事的人都知道,她在工作上绝对是个好手。

"那是一块石头,不是骨头。"一个技术员盯着搭档伸出的手中的一块乳白色块状物体。

"不可能。它就是一块骨头。"搭档争辩道。

莱西瞟了一眼佩雷斯医生,期待她能为这场争论主持公道,但医生的注意力仍然深埋在收纳盒里。受好奇心驱使,莱西谨慎地跨过瘦小的骨架,伸出一只手。

"可以让我看一眼吗?"

两个技术员一脸震惊地转向了她。莱西态度坚定,竭力表现得像一位精明能干的法医学专家。这两个男人还很年轻。一个黑发,一个金发。两个人都把自己裹得严严实实,简直像是在北极工作。他们大概是在佩雷斯医生手下实习的大学生。

"好的。"黑发技术员犹如移交"希望之星"钻石一般,递给她一块不足一英尺的细窄碎片。他飞速瞄了一眼佩雷斯医生的后背。

莱西研究着手里的碎片,理解了他们的困惑。她无法肯定这是否是一块骨头。她把碎片举到嘴边,用舌头轻触它,感受着它的平滑程度。

"我的天啊!"

"你到底在干什么!"两个男人都踉跄地转过身来,脸上露出了一模一样的震惊表情。

莱西把小碎片交还给他们,掩饰着微笑:"这是块石头。"

有气孔的骨头应当会粘在她的舌头上。这是从父亲那儿学来的一个小技巧。

"她说的没错。"佩雷斯医生近在耳边的声音把莱西吓了一跳,转过脸来望着她。医生的视线越过莱西的肩膀望着那两个男人。"我还从没让这两个家伙这么吃惊过,看来我也得多啃啃骨头。"她朝莱西眯起眼睛。"下不为例。"

要是不传出啃咬骨头的流言,佩雷斯医生的名声可好得很呢。

"我还在寻找一大早放到别处去的牙体。你不妨在我检查另一个桶子的时候看看剩下的牙。"

莱西点头,在这具瘦小的骨架旁跪了下来,油布大声地哗啦作响。她扫视着这具孤独的骸骨,无声的伤感在她的胸口泛起涟漪。

你究竟经历了什么?

头颅静默地望向虚无。

莱西的心因为同情隐隐作痛。这位惨死的女性受到了最残忍的迫害,而脆弱的事物又总是吸引着莱西。无论是足球赛里不可能获胜的队伍,还是一只受伤的动物,她总是本能地想对弱小者伸出援手。她的工作也是如此。每一个受害者都会激励莱西全力以赴。

但是现在的情形却让她感到与以往的修复现场有所不同。是天气严寒的原因?还是因为这个地方令人压抑?

似乎存在某种私人联系。

就是这种感觉。这次调查似乎与她有某种联系。

是因为这具尸体和她自己一样娇小吗?女性。妙龄。一场可怕事件中的受害者……

别再想了。她把自己的样子投射在尸体上了。莱西拉回思绪，抑制住情绪，艰难地咽了咽口水。

做好分内的事。全力而为。报告调查结果，然后回家。

但是，也许就在某处，有人正思念着自己的女儿或姐妹。

定了定神，她从油布上轻轻拾起一片下颌骨观察起来。牙齿排列得很整齐，没有充填物。但是所有第一磨牙都不见了。奇怪的是，位于这些第一磨牙后方的第二磨牙却都各就其位。她用小指碰碰空缺的牙槽，完全吻合。通常当牙齿被拔除后，附近的牙齿会靠近或移位以填补空隙，可是在这块下颌骨上并未观测到这样的现象。何况，拔牙的牙创并非新伤，因为在拔除的牙基上，骨骼已经完全再生。

"有什么东西一直在撑开这片空隙。"她小声说，放下下颌骨，拿起颅骨。她的指尖试探性地抚过颅骨光滑瘦削的骨廓。死者无疑是女性。男性的颅骨总是凹凸不平，笨重粗糙。而即使是在死后，女性的身形依然光滑而独具风韵。她把颅骨倒着拎了起来，看见所有牙齿整齐地排列成拱状。

不知该归功于牙箍还是良好的基因，想来这位女性的笑曾是那么光彩动人。

大块银色填料覆盖着上颌骨第一磨牙表面的每一处。

"她的上颌骨第一磨牙倒是保存得很好。"她喃喃自语。莱西眯起眼，寻找着不易察觉的白色填料。"不过下半部分的磨牙就有些难以恢复了。很可能是有些东西在第一磨牙成型之前就削弱了它们的功能。"她分析道。莱西的目光落在中门齿上，想要看看有没有畸形的牙齿，毕竟它们和第一磨牙几乎在同一时间成型。然而女尸的门牙却洁白光滑，很是漂亮。

莱西摸向第二磨牙后侧的骨架。智齿初露的尖头刺穿了骨头。如果不用 X 光检测智齿的牙根长度，她无法完全确定这位女性的年龄是在十七八岁还是二十出头，但她也没有找到任何线索能够反驳佩雷斯医生的假设。

一辆车驶近了，轰鸣声引起了莱西的注意。

她用冻僵的手指紧握颅骨，视线穿过一扇雾蒙蒙的塑料窗户，看见一个男人驾着沙滩车冲进积满雪的停车场，一个甩尾，故意溅了警察们一身雪。

莱西跳起来，把帐篷门帘推向一旁，走到室外看着，倒吸了一口气。

这些警察可不打算感谢这出愚蠢的恶作剧。

身着蓝衣的男人们掸去身上的雪，不愉快的嘀咕声传到了莱西的耳朵里。沙滩车里的司机大笑一声，跳下车来，大步向被激怒的人群迈去，随意地脱掉两只手套。

他是不是疯了？

这个男人身材高挑，走路时自信地昂首阔步，显然对警员们的怒火满不在乎。他的脸从她面前别过去，露出棒球帽下整齐的黑发。莱西多希望能看看他的脸。令她吃惊的是，围成圈的警察居然让开了个豁口放他进去，四周的人都拍着他的后背和他握手。莱西紧绷的神经放松下来。

他们没打算杀了他。

五十英尺开外，这位司机猛地转过头，一双含着笑意的青灰色的眼睛一下子撞上了她的视线。莱西眨巴着眼，这猝不及防的冲击让她往后退了一步。他上下打量她，坚实的下巴微微绷紧。他故意朝她抛了个媚眼，露齿一笑，转过身回到那群警察当中。

莱西的脑中发出了爱欲的信号。他刚才是在和我调情吗？

这感觉真好。暖流流遍四肢。

莱西的指尖滑进了手中颅骨的那个空洞的眼眶，她倒抽一口气，垂眼望向被她遗忘的颅骨，生怕自己捏碎了纤细的小骨头。她忙乱地检查着颅骨，看看是否出现了裂痕。所幸什么也没发现。她松了口气，轻轻吹了声口哨。

佩雷斯医生如果发现她损坏了颅骨，准会要她的脑袋来抵换。

第二章

杰克·哈珀清清嗓子，在纷飞的雪末中往前跨了一步，警官泰瑞·舍恩菲尔德重重地在他背上拍了一下。被爱的感觉真是太好了。

他被其他警员的疑问和寒暄包围了。

"你是开着这辆小家伙一路从波特兰过来的？"

"轻松赚大钱的日子怎么样？"

"你上次球赛还欠我五十块钱。"

"那场比赛不作数。裁判们把它搞砸了。那一整群人都因为吹黑哨被暂时禁赛了。"杰克回应着泰瑞，饶有深意地搓着一边脸颊，强忍住笑偷瞄着围成一圈警察。那群人哼着鼻子。

泰瑞的脸涨成了深粉色，他气急败坏地反驳："重要的是比分。野鸭队赢了。另一支队伍踢得太臭了，才会让对方在两分钟里两次触底得分。不管哨吹得好不好，你还是欠我这些钱。"虬曲的青筋从他的脖颈上爆起，戴着手套的拳头捶在大腿上。

杰克大笑起来，其他警员也纷纷发出嘘声。杰克再清楚不过在什么场合说什么话会激怒他的朋友。这位俄勒冈大学前任橄榄球前锋会反驳任何有辱母校的言论。杰克和泰瑞初识于高中，又分别进入俄勒冈州的两个互为竞争对手的大学念书，后来却一同进入莱克菲尔德警局供职。

那都是在杰克被迫退伍之前的事了。

其他警员止不住继续揶揄着泰瑞，如男声合唱团般在他身旁起哄，但是，受某种本能直觉的驱使，杰克把视线落在泰瑞身后的公寓楼上，然后便看到了那个女人。她一动不动地站在白色帐篷外，聚精会神地观察着这群人。金色的卷曲长发披垂到肩膀下面，拉到耳畔的黑色厚帽子下方是一双深棕色的大眼睛。他的视线凝固在她温暖的双眸上，她的脸颊变得绯红。**魅力非凡。**

一阵温暖的蠢动从他的身体内部发酵，直冲大脑。他朝她抛了个媚眼。

"你是时候来看看我们了。"一位面熟的警察开口道，把杰克的注意力从那位惹人注目的女士身上拉了回来。但杰克已想不起这位警察的名字，他离开警局已经太久了。

"他整天都忙着赚钱。"泰瑞抱怨着。"他们现在总算是逮着你了，是吧？"

"呼叫中心把莱克菲尔德警局的电话转接到我这儿了。幸好我在城里，只隔了几个街区，我正在看望我爸。"

"所以你才会开着沙滩车过来。"

杰克耸耸肩。"看上去很适合现在的天气。"他掸去肩膀上越积越厚的雪，又朝公寓楼旁边的帐篷看了一眼。那个女人已经消失了。他噘了噘嘴唇。没关系。他来这儿是为了处理严肃的公务，不是来赢美人心的。杰克向泰瑞比了个手势，让他站到身边来。在他身后，警察们又重新围成一圈，开始抱怨天气。

他和泰瑞眼神对视，压低了声音："这儿到底发生了什么？"

泰瑞绷紧了嘴唇："一位居民今天早上在管道槽里发现了一具骷髅。"

该死。出乎杰克预料，早上打电话给他的警察所说竟不是些无稽之谈。"他那时候在楼底下干什么呢？"

泰瑞摇了摇头。"他当时不在楼底下，他在遛狗，但狗突然钻进了地基墙面的一个洞里。他就是在那时发现了尸骨。"

"他们确定这些是人骨吗？"杰克说出这些话的时候，金发女郎的形象从他脑海中一闪而过。她当时正握着一块头盖骨。

一块头盖骨？他怎么会忽略了这一点？

泰瑞点了点头。

"所以这些骸骨很早以前就在那儿了？"也许在父亲买下这栋楼之前它们就在那儿了。

"我不知道。有人偷听到一个法医技术员说，这些骨头在楼底下堆成一堆，像是刚被扔过去的。"

"一堆？"

"而且不像已经在楼底下埋了几年的东西那样积了那么多灰。"

"是男是女？"仿佛这很重要似的。一具骷髅就在他的楼下。对于媒体而言，尸体的性别并不重要。

泰瑞的眉毛微微抬起。"还不清楚。他们叫了一个法医人类学家来检查一下。那真是个悍妇。几个小时前达罗朝帐篷里偷看了一眼，她就冲着他大发雷霆。达罗还告诉我他不久前还登记了另一个法医局的专家。"

"记者还没到吗？"杰克环视街道。这一带什么时候变得这么破败了？这些房子像是被赶到专为老房子准备的养老院里。曾几何时，这里是一个得到妥善打理的中产阶级社区。他又转身看向公寓楼，老旧的楼体和摇摇欲坠的天花板让他的心凉了半截，这儿看上去和垃圾场没什么两样。他可得和经理好好聊聊，没有人告诉他这栋楼的情况已经这么惨不忍睹。杰克皱起眉头。靠他一个人不可能监督哈珀开发商名下的每一栋建筑，所以他才聘请了当地物业管理公司代为管理。

"记者还没到呢。"泰瑞停顿片刻。"那地方看起来得好好修修了，把这栋楼的地基铲平了重建也无妨。"

"我可不认为一栋高层公寓楼和周边一代的风格相衬。"

泰瑞哈哈大笑，朝他的肩膀打了一拳。"没错。你现在的那些楼盘对于这个乡下小镇的品味来说实在是太夸张了。"

这些话刺痛了杰克的心。

这栋矮小的公寓楼是父亲第一笔投资中的一项。19世纪60年代，雅各布·哈珀在他莱克菲尔德的老家买下了几块租赁地产。随着产权价值上涨，他便买入更多。继莱克菲尔德后，雅各布逐渐把自己的投资扩展到北部和南部，专挑一些老房子，把它们改造成为中美洲地区人所谓的"家"。四十多年间，他为哈珀地产做实了招牌。

五年来，这块沉甸甸的招牌一直压在杰克肩上。

"我需要搞清楚这儿到底发生了什么。谁是犯罪现场负责人？"

"就是你眼前的这个人。"泰瑞眉头微蹙，做了个深呼吸，挺起胸膛。"我第一个到这儿，封锁了现场。所有居民都已经接受过查问了，他们什么都不知道。我们已经把调查工作转手给州警局进行，因为咱们这儿没有法医设备和精通这类案件的专家人员。"

杰克毫不惊讶泰瑞是现场警察总负责，在泰瑞魁梧健壮的身材外表之下，是一副思维敏捷、逻辑清晰的头脑。

"我没有看见俄勒冈州警局的人。"俄勒冈州警局经常在诸如莱克菲尔德这类小社区需要帮助的时候伸出援手。

"我迫切希望重案组能派侦察队来调查。他们已经把法医找来确认尸体死亡的事实。"泰瑞翻了个白眼。"法医又把人类学家叫来了。"

"很好,我现在就要和这个人聊聊,我不能在这儿瞎站着。媒体一听到风声,我的手机就要被打爆了,我得给出答复。"杰克大步朝帐篷走去。

"呃,杰克。"泰瑞抓住他的胳膊,话说得飞快。"你从那个人类学家那儿什么也打听不到。她看我的眼神就像我是和老鼠一起从楼底下爬出来的,况且我还穿着制服呢。"

杰克挣脱了泰瑞的手。"我是这儿的主人。"

"别说我没提醒过你。"泰瑞闭上了嘴,紧跟着杰克走在他的正右方。无声的团队支援。正如他们在高中踢球那时候一样。

"给你。"佩雷斯医生把纸包里的东西倒在莱西手上。一副精细复杂的金耳环在她手里闪着亮光,那个眼睛宛如暴雨云般的男人在莱西的记忆里蒸发了。

莱西的思绪回到现实,视线变得敏锐起来。

不,这不是耳环。是牙桥。一副有些年头的可拆卸的金牙桥,用来填补一颗缺失的牙齿。这些牙桥能够使下颌磨牙空间保持敞开。莱西可以清楚地勾勒出它们在这块小巧颌骨上所占的位置,它们好似珠宝的碎片,那些纤细如蛛脚的钩子和相邻的牙齿相连,确保金牙能够固定在缺失牙的位置上。

她的记忆里突然闪过一丝微光,但马上暗淡下去。

"这是老式的牙科技术,现在已经没有人再做这样的牙桥了,很久都没人做了。"莱西说。

"多早以前?"佩雷斯医生仔细打量着金牙桥。"它们能不能帮我们把时间缩小到一定范围？"

莱西耸耸肩，视线中排除了一切外物，只留下金牙桥。一种想要把这副金牙桥狠狠摔在地上的强烈冲动攫住了她。

有些地方不太对劲。

"我说不准。也有可能是因为牙医年长，而不是进行手术的时间早。也许这个牙医专门实践这种老派的技术，数以百计的牙医都不会再更新他们在牙科学校里学到的老一套，所以说不准这幅牙桥的具体年代。"

"好吧，这可没帮上什么忙。"佩雷斯医生看了看表。"我准备从警察那儿偷杯咖啡回来，你想要吗？"

"求之不得，麻烦给我带一杯清咖。"莱西目送医生的身影消失在吊门后面。她松了口气，垂下双肩，发现另外两个技术员也同样如此，三个留在帐篷里的人相视苦笑。不管什么时候，和佩雷斯医生近距离接触都不是件容易的事。莱西的注意力回到金牙桥上。

好像在哪儿见过。[①]

莱西脑海中依稀看见这对牙桥横在她手心的画面，但这画面并非发生在今天。她以前曾经把它们握在手里，或者拿到过和它们一模一样的牙桥。那时候，它们也把她吓了一跳。但是她是在哪儿见过它们呢？在牙科学校？

不，这份记忆比进入牙科学校那会儿还要早，生锈的记忆在她的脑海中零碎地翻动着。

帐篷的前吊门被猛地拉开，莱西吃了一惊，不由握紧拳头护住金牙桥。两个男人从雪幕中走了进来。走在前面的男人就是那个从沙滩

---

① 原文为法语，Déjàvu，即视感。

车里走出来、朝她抛媚眼的黑发男子。当他走近时，她发现他比想象中更高一些。他身上的红色滑雪衫遮住了宽阔的肩膀，他的牛仔裤勾勒出肌肉发达而又结实精瘦的大腿。莱西咽了咽口水。

他的目光钢铁般冷酷，毫无调情之意。

莱西眨了眨眼，把一缕头发捋到耳后。他到底是谁？

她匆匆扫了一眼第二个男人。那是一个人高马大的莱克菲尔德警员，嘴角的肌肉不自然地紧绷，棕色的眼睛扫视着帐篷的各个角落。

"你是这儿的负责人吗？"眼神冰冷的男人问她，绷紧了下巴。

"天啊。不。"莱西再次撩了撩头发。"佩雷斯医生是总负责，她去出拿咖啡了。"她转头看了看后吊门，医生怎么偏偏在需要她的时候走了？

"我得知道发生了什么。"冷若冰霜的目光靠得更紧了，故意把身子倾向她。

怒火从莱西的后背向上蔓延，她一步也不退让。现如今，一个大块头的男人可完全吓不倒她了。还差得远呢。

"你也是警察吗？"她问道，无视了他的话，直勾勾地盯着他。

"不是。"他移开目光，审视的视线一路缓缓地游移到她的靴子上。

每根神经都兴奋起来。他探索的目光仿佛真实地触碰着她的身体，莱西脑子一片迷雾，连话都快说不利落。混蛋。他在故意骚扰她。"那你必须离开现场。马上。否则我会叫警察把你拖出去。"她特意给那位警员使了个眼色，可他的眼睛四处乱转，唯独避开她。真是帮了大忙。

"我是这栋楼的房产主，既然我的地产上发现了尸体，我应当有权知道发生了什么。"这位山中霸王毫不让步。

莱西怒目圆睁。不管是不是个美男子，难道他真的认为自己可以擅闯犯罪现场，还指望她对他卑躬屈膝？她往前迈了一步，把拳头插在腰间。"我不管你是不是用自己的血肉造了这栋楼，"她厉声说道，"在佩雷斯医生清场完毕之前，谁也不能踏进犯罪现场一步。而且相信我，你可绝不会想要冒犯维多利亚·佩雷斯医生的。"

那位警察拼命点头："早跟你说了吧。"

另一个男人紧闭双唇，目光抚摸着她脸上的各个部位。

她不禁开始怀疑自己看上去是不是不像心里所想的那么生气。身后的几名技术员一言不发，手中筛子一刻不停的沙沙声也沉寂下来。帐篷里的沉默大概只持续了一两秒，却仿佛二十秒钟那样漫长。

冷眼男子朝她伸出了手。"我叫杰克·哈珀，来自哈珀开发商。"

莱西发出一声轻蔑的嗤笑。现在他开始套近乎了？她故意不礼貌地沉默了好一阵，随后才和他握了握手，也没有报上自己的名字。他把她的手握了许久，已经超出了必要的限度，眼神闪烁。他在嘲笑她吗？她身后一扇帐篷吊门啪的一声关上了，美妙的咖啡香在空气中飘散开来。

"发生什么了？"佩雷斯医生严厉地问道。

医生的脚步声近了，莱西死死盯着杰克。她听见医生把咖啡放在桌子上，走过来站在她身边。

"我问，**发生什么了？**"佩雷斯医生又说了一遍。

"哈珀先生是这栋房子的房产主，他正准备离开。"莱西朝他微笑，但眼里毫无笑意。*趁你还能走路的时候赶紧滚出去。*

杰克的视线越过莱西，径直看向油布上的骨架，鼻孔微微张大。"天啊，"他低声说道，"那是个孩子吗？"

"那是个女人。"莱西更正道，她抬起下巴。"你得走了，现在没有别的信息可以告诉你。"

杰克点头，与莱西对视了两秒，转身和警员一同离开了。难以言说的失落感涌上她的心头。

"佩雷斯医生！快看这个！"

莱西被技术员兴奋的声音吓了一跳，她和佩雷斯医生一起转过身去，看见年轻的技术员小心翼翼地挨过油布。杰克和那位警察僵住了迈到一半的步子。

"这儿有一条项链，上面有她的名字。好吧，可能是她的名字。"金发技术员咧开的大嘴快把他的脸和笨重的围巾分成两半。"上面写着'苏珊娜'。"

佩雷斯医生从口袋里掏出一只乙烯基手套迅速套在手上，技术员屏住呼吸，小心翼翼地将项链放到她伸出的手掌上。莱西朝医生身旁挪了挪，以便看清楚那条项链。杰克和警察也走上前来，从她的肩头看过去。佩雷斯医生全神贯注地观察着项链，没有精力去斥责他们。

这简直是一件巧夺天工的工艺品。这串项链十分精致，链条都是上乘品，不是那种松松垮垮的便宜货。名字被镌刻在项链中央，是金子雕刻出的纤小的手写字体，和《欲望都市》里凯莉的那条项链颇为类似。

苏珊娜。

莱西松开她的右拳，看向那两条金牙桥。她的视线又移回到项链上。然后又来回看了一遍。

苏珊娜。

佩雷斯医生试探性地用手指充满好奇地触碰着项链，准备把它扔进证据袋中。她和技术员说了些话，双唇频频起合，但莱西听不清交谈的内容。她的胃翻搅着，仿佛在游乐园里乘了太多次过山车。

莱西脑海中的轰鸣声完全淹没了医生的声音，人类学家手中的项链和她自己手中的金牙桥之间，某种心理关联正逐渐成形，令她痛心彻骨。

苏珊娜。这不可能……

金牙桥在她的手里反射出光芒，她想起了它们落到她手中的那个场景。

俄勒冈州科瓦利斯一所大学的体育馆里回荡着数百人嘈杂的交谈和欢呼声。俄勒冈州体操队受到粉丝的爱戴，见面会的票总是一抢而空。

莱西身穿红色紧身衣，扫视着运动场边蜂拥的人潮。急切的求胜心充斥着她的血管，激发着她的能量等级。比起她老家——俄勒冈州东南部的体育馆，这儿的体育馆要稍小一些，但振奋人心的现场热情却毫不逊色于她在美国另一头经历过的无数次澎湃激情。她全身心沉浸在热烈的兴奋感中，两只赤脚脚跟弹跳着。再有两支自由体操，就该轮到她上场了。

"你能帮我拿着它们吗？"

苏珊娜，莱西最好的朋友和队友，抓过她的手，在她还没来得及反抗之前就塞过来某样东西。莱西惊恐地看着这几块从女孩嘴里吐出来的余温未散、甚至还有些湿润的金色碎片，又把它们塞回了女孩手里。

"太恶心了！不行！你没有小包一类的东西能把它们装进去吗？"

这位体操运动员举起双手，往后躲了一步。

"我忘记带了。而且我有点被害妄想，特别害怕跳自由体操的时候吞下去一个。除了你，我不敢把它们托付给其他任何人。要是我弄丢了一个，妈妈非杀了我不可。"她朝莱西抬起头，轻轻皱起鼻子，棕色的眼睛恳求地望着她。"我要上场了。别把它们弄丢了。"

还没等莱西回答，女孩就转了个圈跨步走上了弹簧地板，一如既往地带着她那与生俱来的自信气质朝各位评委们一一致意。当报幕员在扩音器里喊出苏珊娜的名字时，那些从俄勒冈州东南部交汇山地区远道而来的粉丝发出山呼海啸的欢呼声。她所要表演的那支时新的自由体操是个热门节目，粉丝们都热情似火地放声尖叫。

"这次你欠我一个人情。"莱西喃喃道，一只张开的手掌托着金牙桥，专心欣赏起苏珊娜的体操。

莱西深深叹了口气，又倒吸一口，呼吸在冰冷的空气里化为雾气。她的一只手再次握住那对牙桥，金制的尖头刺痛了她的掌心。她的身体一阵痉挛，弯下腰去。杰克抓住了她的双肩。

"你这是怎么……"他扶住了腿脚发软、踉踉跄跄的莱西。

是苏珊娜。

不可能是别人。年龄，骨架娇小的身形，罕见的牙科手术，现在又是这条项链。

所有事实都指向苏珊娜。

距这个大雪纷飞之地十英里开外，莱西曾经眼睁睁地看着苏珊娜和一个杀手消失在幽暗的夜色之中。

莱克菲尔德以南，一场于科瓦利斯举办的俄勒冈州立大学体操邀请赛结束后，苏珊娜遭到绑架。十年前，一个连环杀手专以俄勒冈州的女大学生为目标，而苏珊娜便是惨遭变态杀人狂毒手的九名受害者之一。

　　莱西睁大刺痛的眼睛，凝望着地上那具瘦小、孤独的骨架，她的心脏奏着哀痛的拍子，身体无比渴望爬回床上，用被子蒙住脑袋。她的直觉是对的，这次任务和她密切相关。

　　苏珊娜的尸体从未被发现。

　　直到现在。

第三章

他们是州警。即使在五十码开外，杰克也能从一群莱克菲尔德警察中分辨出这两个穿便服的男人不是本地警察。泰瑞先前曾告诉他，莱克菲尔德警局规模太小，无法靠一己之力应付这类案件的调查。泰瑞的手朝杰克指来，于是两名外来警察也转头看他。

杰克望着泰瑞和两位州警探一起冒雪朝他走来。一位年长一些，头发已开始有些花白。他中等身高，身材苗条，肌肉发达，这位警察的黑色牛仔帽和靴子惹得杰克露出了微笑。

那顶帽子难道不会让他变成反派吗？

另一个警探更年轻，也更胖一些，举手投足都像是一个一本正经的举重者。他属于那类走路时不会摆臂的人，因为肌肉太发达，阻碍了手臂活动。他没戴牛仔帽。杰克能看见肌肉发达的男子外套下的红色领带和礼服衬衫上了浆的白色衣领。打扮的可真够时尚。

"杰克·哈珀？"

"是我。"

年长一些的警探伸出一只手，杰克和他握手时，看见一双锐利的眼睛。这位警察早已知道杰克是谁，他只是出于礼貌才再一次询问他的姓名。

"我是梅森·卡拉汉，隶属俄勒冈州警局重案组。这位是雷·鲁斯科探员。"他们两人都亮出警徽，梅森开门见山地直奔主题，这显然是一个耿直干练的正派人。"你是这栋楼的房产主？"

"这栋大楼算在我的公司……我们的公司名下。我父亲和我。我已经至少八年没踏进过这儿了，我们雇了一个物业公司来管理这里的事务，我不能以个人名义向你透露太多有关此地的信息，但可以给你出示出租记录。"

梅森接过杰克递给他的文件，微微直起了身。杰克知道这个警察本想争辩几句，或是为了拿到杰克刚递给他的这份资料特意申请一份法院搜查令。随后，他和警探眼神交汇，那双碧绿的眼睛发出不易察觉的亮光。

"你以前在莱克菲尔德警局工作，你就是那个被枪击中的警察。"

"没错。那是好久以前的事了。"杰克绷着嘴。*该死*。站在他身边的泰瑞挺直了背，杰克听见他磨牙的声音。

杰克死死盯住梅森的眼睛，对于这位警察所知道的事情十分不悦。不过这不是一件不可告人的私事，毕竟，他的照片当时上了一周的报纸。雷没有说话，但杰克和他对视的时候，看见他的一根眉毛高高挑起。看来是个四肢发达、头脑简单的人。

"你们能不能……"

高挑的黑发女人从帐篷里大步走到梅森面前，挡住了杰克，她趾高气扬地把一个塑料包裹往警探胸口一推，但他丝毫没有接住它的意思。

杰克咬着嘴唇，看见这个女人不耐烦地跺脚。

"你需要看看这个。史蒂文刚刚在最后几根骨头下面找到了它。

你还应该和坎贝尔医生谈一谈，她已经验明了受害者的身份。"

坎贝尔医生？她已经验明了受害者的身份？杰克摇头。十分钟前，在帐篷里，他才刚刚在她膝盖瘫软的时候扶住了她，把她安顿在椅子上。在他的臂弯中，唯一能感觉到的是她出乎意料的娇小身材和身上的沁人芳香，像是肉桂、香草，或是其他从面包房里飘出的味道，与笼罩着死亡阴云的帐篷极不相称。佩雷斯医生把这个女子的头揽到自己膝上，命令杰克和泰瑞从帐篷里出去。他犹豫着是否要离开，但佩雷斯医生不仅态度坚定，而且完全有能力控制局面。他们离开的时候，他瞄到了金发女郎的名字，当然，不是"医生"那部分。

现在两名警探都无言地看着佩雷斯医生。杰克的手伸了过去，抓住女人的手腕，把包裹拽到了自己这头。他的视线聚焦在那块发光的椭圆形金属小牌上。这是一枚警徽。他看了一眼泰瑞，只见他出神地望着包裹，露出恍然大悟的神色。

这是一枚莱克菲尔德警徽。

杰克眯起眼睛，辨认着警徽上的数字。看清了前四个数字后，他的心一下沉到了冻僵的脚趾尖。

雪停了几分钟。俄勒冈州警探梅森·卡拉汉望着灰蒙蒙的天空，它仿佛已经准备好一连几小时倾倒下白色的雪花，大概在傍晚时分又会再积六英尺厚的雪。现在他终于相信了天气预报所言，这将是十年来俄勒冈州最冷的冬天。**为四驱车的发明献上真心赞美。**

他又看了一眼公寓楼，想起佩雷斯医生和她的几个技术员还在帐篷里。他们还会找到什么别的好东西？

一枚警徽和一具神秘的尸骨一起被人藏了起来。

梅森不喜欢这一点。

莱克菲尔德警徽上的数字已被调入系统来查明主人信息，杰克·哈珀发誓他已经认出了这串数字，并说出了警察的名字，但几位警探还是想得到官方确证。哈珀已经有五年多时间没有在莱克菲尔德警局工作了，他很可能记错。

但在这一切得到澄清以前，梅森和雷都忙着向那个瘦小的牙医问话。天寒地冻的停车场已经成为了他们的临时问讯室，而坎贝尔医生就靠在一辆老式雪弗兰小货车的后车盖上。

两名警探在她头顶默默交换着眼神。坎贝尔医生全身都包裹在她自己的短外套和一件借来的黄色派克大衣里，看起来就像个少年。每隔三十秒，她都会打一阵冷战，差点打翻手中的咖啡，这杯咖啡她还一口都没来得及喝。

她的年龄似乎还不够格做一名法医，更别说是做波特兰皮尔山上知名牙科学校里的一名牙科学讲师。但那个法医人类学家却为她的水平作了担保，况且那位女士似乎从不偏袒，所以梅森才认真听取了她的意见。梅森本以为要查明这具陈年尸骨的身份可能得花上几天、甚至几周的时间展开搜查，寻找线索，不料这位牙医却马上把铁证摆在了他们面前。

这未免太轻松了点。

梅森一只靴子搁在卡车的保险杠上，前臂斜撑在大腿上，身子前倾，将这场非同寻常的问话继续下去。

"所以，通过死者的牙齿和项链，你确定她是你大学时的一位朋友。"

"是的。这是我第五次说'是'。"坎贝尔的语气像是在指导一个五岁大的多动症小孩。她放下了手中的咖啡。

"苏珊娜十一年前在科瓦利斯被一个连环杀手绑架了。他被逮捕后，承认自己谋杀了她，但却不肯透露尸体的具体位置。"她的棕色眼睛不耐烦地看向梅森，掰着手指一条条罗列她知道的事实。"苏珊娜的项链和刚才那条一模一样，她经常戴它。和尸体一起发现的还有几缕金发，颜色和她的发色一致。我还能认出那副可笑的金牙桥，有一次她忘了装牙桥的袋子，我还在一次体操大会上帮她拿了一会儿。"她停下手上的动作。"你难道不记得那个连环杀手了吗？"提到这个名字，她的声音变得嘶哑。

"我对这个案子很熟。"梅森可不仅仅是对这个案子"很熟"，他曾经是专案小组的一员，负责追查凶手，案情一刻不停地灼烧他的大脑，他的神经突然打了个颤。当他意识到这具尸体有可能和那个令人作呕的变态连环杀人狂戴夫·德科斯塔有关系时，他的胃酸就不断上涌，几乎要超出负荷。

这是十年前的一件惊世奇案。一桩震惊全美的惊世奇案。

梅森还记得那些从大学校园里消失的女孩儿们，惨遭虐待的尸体接连出现在小镇阴暗的角落，有关格林河杀手的传言从西雅图一路向南传去。父母们纷纷把女儿送出俄勒冈州，与此同时，校方领导还曾螳臂当车，试图阻止逃散的人群。另外一些有关巫术和贩卖白人的谣言也在国内不胫而走。

这个案子曾是每一对父母心头的梦魇。

解决它是每一个警察的目标。

起初，警察并没有将苏珊娜·米尔斯列入受害者范围，因为她和其他被害的女性不同，并没有直接从俄勒冈州立大学的校园里消失，而是在校外的商业区遭到绑架。何况，她的尸体从未被发现，而其他受害者的尸体却都出现在失踪后的两到三周内。戴夫·德科斯塔被捕后，他承认自己绑架了苏珊娜，她也被正式列为第九名受害者，但德科斯塔却拒绝告诉警察藏尸的位置。

当杀手被捕的时候，所有警察都终于松了口气。梅森回到家后睡了一天一夜，梦魇的终结让他终于能够解脱和释怀。

他庆幸自己再也没有遇到过这么棘手的案子。

每一张受害者的照片都清晰地在梅森的脑海中一一闪过，整场调查中，他不下千次观察过每张照片。他回忆起那位活泼的金发运动员，她是个美人，笑容满面，留着自然的金色卷发。每一名受害者都散发着与众不同的美，那么年轻气盛、生机勃勃，杀手难以抗拒这样的诱惑。所有受害者都是金发运动员。

只有苏珊娜的案子里出现了一位诱拐事件的目击者。苏珊娜当时和另一位体操运动员一起前往市中心，准备参加一个附近餐厅举行的集体晚宴。德科斯塔先攻击了那位目击者，但她击退了这个混蛋，折断了一条腿，头上也受了几处伤。德科斯塔随即将他的注意力转移到苏珊娜身上，把她打晕后抬上了自己的车，受伤的目击者躺在流着鲜血的人行道上，设法记住了部分车牌号。后来，这位遭到暴行的姑娘勇敢地在法庭上作证，将杀手定罪。

幸存受害者的面容也在梅森的记忆中留下深刻的烙印，她正坐在他面前。他仔细打量了这张心烦意乱的面庞。

"你那时候也在场。"他温柔地说，"你是那个逃出来的女孩儿。"

坎贝尔医生没有回答。

梅森从视线的余光里瞄到雷吃惊的表情，所有人都知道当时有个女孩逃过一劫，但她的身份从未透露给报社。此时此刻，雷注视着坎贝尔医生，带着截然不同的好奇和敬畏重新观察着她。

雷的想法与梅森一致。验明死者身份的女人和劫后余生的女孩竟是同一人？

　　"那个人是你吗？"雷问道。

　　她沉默地点了点头。

　　"你确定这具尸体是苏珊娜·米尔斯？"

　　坎贝尔避开了梅森的目光，视线投向寂静无声的帐篷，那里安顿着她朋友的遗体。

　　"没有人比我更了解她。"

第四章

卡尔痛苦地回想着绑匪不停哼哼的小曲是哪首歌。

那是六十年代——也许是七十年代早期的摇滚赞歌。主唱长着一个大鹰钩鼻。这个乐队叫什么？这首歌又叫什么？卡尔绞尽脑汁回忆着。

这个无关紧要的问题折磨着他。

卡尔睁开了双眼，准确来说，是一只眼睛，另一只眼睛由于某些原因肿得睁不开……他坐在这儿多久了？这间屋子没有窗户，也没有钟表。

没有东西能拿来衡量时间的流逝。

在被绑在椅子上以前，他就已经清了一次膀胱。从那时起已经过了很久，但他在憋了许久后还是没能忍住。

过了十二小时？二十四小时？也许几天？

他不知道他在这里待了多久，更重要的是，不知道自己为何被绑在这个地方。

屋子里很冷，还散发着恶臭，起初房间里仅仅是有股废品发霉的味道，但现在尿液浓烈的氨气味道令他作呕。

他通过低矮的屋顶和肮脏的地板判断自己身处一个地下室里，大块水泥板砖砌成的墙体让房间更像一间密不透风的地下室。有人下了很大功夫把一整面墙都刷成了一面美国国旗，颜色清新明快。

卡尔没有忘记自己是如何在这象征自由的符号面前讽刺地受尽虐待。

他记得自己是在自家的车库里被抓的。他刚把卡车开进车库，从车上下来，就有人朝他头上猛敲一下，掐断了他剩下的记忆。他醒过来时就在这儿了，头痛的后遗症折磨着他，现在想来，那时候的情况还算不错了。

他闭上那只健全的眼睛，头朝后仰搭在木质椅背上。歌曲的嗡嗡声像针一般刺激着他的大脑，同一首该死的歌反反复复。他很想让哼歌的人把臭嘴闭上，但却不想重蹈覆辙，上一次发脾气的后果便是现在只剩下一只能用的眼睛。他没法睁开那只伤眼了，但还希望保全这只好眼。

他决定不发表意见，把到口的脏话咽了下去。

"你喜欢打猎吗，卡尔？"嗡嗡声停了下来。

卡尔没有回答。

"我知道你喜欢打猎。猎杀那些麋鹿、鹿、鸭子。还有人。"

卡尔从椅背上歪着抬起头，再一次睁开眼。

"你不喜欢吗？猎杀人类？我知道你以前猎过人，而且干了三十年，对吧？这难道不是警察工作的一部分吗？很大一部分吧？"

哼着小曲儿的人站在他背后，卡尔看不见他的脸，也没这个必要，因为这张脸已经深深烙在他的记忆中，他决不会忘记这个家伙。永不。

"你杀过人吗？"哼曲的人顿了一下。"你不需要回答，我知道你没杀过人。我调查过了，你的职业生涯里一共开过四次枪，但是从没扼杀过任何一个生命。你想过抹杀一个生命是怎样的感受吗？罪恶感会把你击垮吗？会让你丧失理智吗？像弗兰克·泽特勒那样？"

卡尔在椅子上抽搐起来，手腕和脚踝试图挣脱镣铐。弗兰克已经去世二十多年了。自杀而亡。他是卡尔的一个同事，在失手射杀一个孩子之后无法摆脱心理和情感上的阴霾，弗兰克的痛苦多年来始终萦绕在卡尔心头。

这个家伙是谁？

"弗兰克生前一定是个懦夫。他毫无自控力，而正是自控力让一个男人有别于男孩儿，卡尔，你必须得有足够的力量去掌控你的情绪和行为。一个有自制力的男人可以得到一切他想要的，不过，还需要你的锻炼和完善。"

他在胡扯什么？

"泰德·邦迪①起初拥有坚定的意志力，但他没有坚持下去。他仔细地制定了计划，却没有严格执行。而严格执行计划，是一切成功的关键。如果邦迪头脑清醒、克制欲望，那么他本可以逃过警察的追捕。"

这个男人的声音里透着失望。很显然，邦迪太让他失望了。这个混蛋可能还在邦迪被处决以后为他哀悼呢。

哼唱声在卡尔面前一张艾森豪威尔时代的折叠桌旁停了下来。他警惕地挺直了脊梁。那是一张酷刑桌。看来这个哼曲的人在他的车库

---

① 泰德·邦迪，美国一个活跃于1973年至1978年的连环杀手。其于1978年2月最后一次被捕之前，曾两度从县监狱中越狱成功。被捕后，他完全否认自己的罪行，直到十多年后，才承认自己犯下了超过30起谋杀。最终，他于1989年在佛罗里达州因其最后一次谋杀而在电椅上执行死刑。

里随便拿了几样能放在桌上的东西——锤子、耙子、扳手、长软管，这个男人用令人战栗的天才把它们改造成了施虐工具。

除了那支猎枪。卡尔马上认出了它，那是他自己的枪，是从他私人枪支收藏里拿出来的。男人的手敲打着枪管，手指慢慢划过枪身，卡尔的心快跳出喉咙口。男人放下枪，走向另一件物品。卡尔看到他打开一个粉色的小鞋盒，他的胃里翻腾起苦涩的恐惧。

一根发带？

哼曲人拎起一根女孩的蓝色发带，轻柔地爱抚着它。一抹温柔的微笑让他的脸容光焕发，恍惚的眼神仿佛想起了某些甜蜜的回忆。

"我留下了这根发带，但随时都可以把它舍弃。它控制不了我。我不受任何人、任何事物的奴役。"他把它扔回盒子里，粗暴地盖上盖子。

甜蜜的表情消失了，取而代之的是愤怒的果决。

他绝对是疯到家了。

"谢谢你告诉我你的警徽在哪儿。"

不用谢，混蛋。谢谢你还给我留了两根能动的手指。

"这只是我整场计划的开端。我要把这些警察耍得团团转，看他们像闯进迷宫的饿老鼠一样，我把奶酪移到哪儿，他们就追到哪儿。"他把卡尔当成观众，睁大眼，在桌前快步走动。"他们以为正步步紧逼我的时候，我会突然消失。他们的才智和掌控力都跟不上我的节奏。你和你的警徽只是个开始罢了。好吧，其实你已经是第二幕的角色了。我把你的警徽放在了第一幕，他们是不会错过的。"

男人停下演说，用冰冷而空洞的眼神端详着桌上的刑具。卡尔的身体僵硬了，他认出了这个表情。

小曲儿又响了起来。他选中了一根黑色的橡胶球棒，双手掂量着，转向卡尔。

第五章

　　一大清早，在莱克菲尔德遗骨恢复点发现的警徽将刑警们引领至一个全新的谋杀现场。

　　退休警察卡尔文·川顿死了，他死前曾遭到残忍的折磨。

　　波特兰市中心，砖砌的俄勒冈州警局大楼里，梅森·卡拉汉警探坐在书桌前陷入沉思，他已是身体乏力，心脑俱疲。梅森拨弄着书桌上剥落的油漆，盯着川顿那些令人毛骨悚然的照片，燃烧的怒火激起他誓将犯下这起邪恶暴行的混蛋缉拿归案的决心。除了"邪恶"，找不到别的词来形容凶手。这个恶棍虐待了老警察，打断了他的双腿，然后勒死了他，把尸体扔回到川顿自己的床上。

　　随后，又将床罩齐整地拉到受害者的下巴上。

　　这仿佛是凶手对警方的嘲弄。梅森把铅笔塞进自动卷笔刀，转了一会儿，然后拔出。尖头的形状堪称完美。

　　他端详着刚削好的笔尖，木头混着铅味飘进鼻中。要是他把笔尖捅进杀手的眼睛里会怎样?

　　川顿的一只眼睛被毁了。

　　卡尔文·川顿离职已有五年之久。离婚后的二十年间，他一直和自己的现任伴侣——一只罗威纳杂种大狗共同生活。警方发现这只狗拼命想要保护主人，寸步不离地守在川顿床下，对任何想要接近尸体的人又咬又吼。为了能接近尸体，还不得不叫来了动物管理局。

两名负责的警察眼睁睁地看着川顿躺在床上，却迫于猛狗利齿相逼而无能为力，他们都落了泪。川顿就躺在那儿，死亡的事实已经非常明显，但警察们除了看着，却什么也做不了。

梅森不喜欢巧合，而这次的新案里偏偏有太多该死的巧合。他希望干净利落地办案，但总是事与愿违，这等好事只能偶尔碰到一两次。而这起案件简直乱成一锅浆糊。

他仰靠在椅背上，用铅笔敲着桌沿，十分钟里第十次研究起他那副可干擦的大型图表。苏珊娜·米尔斯的名字用蓝色墨水写在表格中央，从她的名字上伸出四个红色箭头，分别指向其他四个名字。绿色箭头在边缘处标注出这些名字之间的关联。迄今他了解到的有以下这些信息：

一名法医工作人员，莱西·坎贝尔医生，认识苏珊娜·米尔斯，并且在尸体发现地点验明了死者身份。

苏珊娜·米尔斯，十年前惨遭连环杀手戴夫·德科斯塔毒手。

十年前，坎贝尔医生险些成为德科斯塔案的受害者。

发现苏珊娜·米尔斯的大楼产权归杰克·哈珀所有。

当人类学家拿着川顿的警徽走来时，杰克·哈珀刚好在场。

杰克·哈珀辨认出卡尔文·川顿的警徽。

几年前，杰克·哈珀曾在莱克菲尔德警局与卡尔文·川顿搭档。

这张表上，五颜六色的箭头相互交错，乱作一团，从中理不出任何头绪。

为什么卡尔文·川顿的谋杀案和苏珊娜·米尔斯的尸骨被故意联

系在一起?

梅森看了看莱西·坎贝尔的名字,他放下铅笔,抓起一支马克笔,从坎贝尔画了一个绿色虚线箭头指向卡尔文·川顿。他凝视着自己的作品。凭直觉,他能感受到这二人之间存在某种关联——需要把它弄个明白。

有必要再一次查问坎贝尔医生。

梅森感到有些反胃。几年前,他已经在睡梦里把连环杀手的案子抛到了九霄云外,而现在,它又从他的床单里爬了出来。

他故意从涂鸦上移开了紧张的视线,看向自己的搭档,雷正把全部精力投在眼前那块电脑屏幕上。就算梅森开口说话,雷也根本听不见他,这个男人拥有超乎常人的直线型注意力。虽说一次只做一件事是这位警探一贯的工作方式,但雷总能顾全大局又不失敏锐。他宽大的双肩撑起了西装外套的线缝,领带的结歪向一旁——有力地证明了这个一丝不苟的男人此刻也和梅森一样,对这个案子一筹莫展。

梅森看了看表。星期六晚上七点。雷的妻子吉尔随时可能打进电话。警探的工作性质通常要求他们优先处理公务,但雷总有办法平衡好工作和家庭,他的妻子和两个孩子在生活中的优先级最高——雷总能确保他们明白这一点。暗地里,梅森无比羡慕雷的婚姻和家庭,他喜欢看雷和吉尔如何接住对方的话,如何仅仅靠眼神和表情无声地交流。他自己从没和任何女人建立过这样的默契,尤其是他的前妻。

梅森再次观察起这位搭档。如果雷发现他竟有这样的感受,大概会让妻子每周末都帮梅森安排一场相亲。

吉尔一个月里至少两次邀请梅森来家中共进晚餐,但他很少赴约。雷的那几个还没到青春期的孩子都很棒,很容易被逗乐,市面上任何一款电子游戏,他们都能让梅森甘拜下风。梅森只是不喜欢每次从他们温暖的家庭离开时，狠狠抽打在脸上的失落感。这些孩子让他想见自己的儿子，雅各，他都快十七岁了……不。雅各都快十八岁了。

自从婚姻结束已经过了七年吧？梅森皱眉，扳着手指倒数。他也零星交往过一些对象，有时候也想认真对待，然而却没有一段关系能够持久。现在他四十七岁，依旧单身，而他的妻子……前妻，已经嫁给了一个注册会计师，又生了两个孩子。雅各与母亲和继父一起生活。他的继父按银行职员的作息上班，兼任少年棒球联赛和足球队教练，与此同时还积极参加社交，每次遇见梅森，他总能面带笑容地和他握手。

梅森恨他。

他把马克笔投向雷的键盘，笔哗啦啦地滚过键盘。

"该死！你想干嘛？"雷瞪着眼，把马克笔往上一挑，掷了回去。梅森毫不费力地低头避开。雷太好猜了。

"雷，回家吧，去吃你那位性感太太为你准备的晚饭，然后把她拽进卧室，接着——"

"闭嘴。"雷看了看表。"该死！都这个点了！我得走了。"雷站了起来，把文件扔进纸堆和活页夹里。

梅森揉揉脸颊，看着雷把外套一把披到身上。

"你还不回家吗？"雷停下手里的动作，一只手才套了半截袖子。淡色的眼睛逼视梅森，平整的寸头下方，两根眉毛关切地皱成一条直线。

"还不行，事情还没处理完，不过快了。"

雷移开了眼神，把厚外套穿好。"好吧。"一条黑色围巾整齐地围在脖颈间，"你明天来不来我家玩游戏？吉尔准备了你喜欢的玉米片面包卷。"

"那我可不能错过。"梅森转起铅笔，"明天见。"

"回见。"雷朝门口快步走去，但又回过头来，"回家吧，卡拉汉。"

"我会的，会的。你走吧。"

雷的身影消失在转角处，梅森发出一声叹息，陷进椅子中，转到面朝干擦板的位置。他向后仰，把指关节按得嘎嘎响，欣赏着自己的艺术杰作。椅子抱怨似的吱呀作响，把他的思绪拉回到案件中。

到底发生了什么？

第六章

牙科学校坐落于一个能够俯瞰到波特兰的小山丘上，在俄勒冈州健康科学大学广阔的校区中只占据零星一块。陈旧的灰色围墙里，每一把牙医诊疗椅上都坐着一个张大嘴的人。

莱西在一名男学生身边停下脚步，看着他从一个小女孩儿的龋齿上移除坏死的部分。莱西通过尼克高扬的眉毛和张大的眼睛看出他不敢相信蛀洞有那么大。她也一样惊讶。蛀洞看上去像是月球上的陨石坑。这个十岁大的孩子以前从没看过牙医，但至少她在尼克工作时还乖乖坐在椅子上，有些儿科病人会扭个不停，就像……**该死**！莱西靠在尼克耳边小声说：

"再钻得深一点，你做的就不是牙齿充填，而是根管治疗了。"

听到这些话，尼克把牙科机头从孩子的口中拿出来，挺直了背。莱西看见他脸上泛起红晕，不禁默默笑起来，她常常捉弄这些牙医学的男学生。尼克干吞了口口水，莱西看见他蓝色面罩下突出的喉结。小女孩儿困惑地朝尼克眨着眼。

好姑娘。她对她的这位为所欲为的牙医表现出十足的耐心。

莱西看了看表，祈祷着诊所的周一快点结束。还剩下两个小时。

她皱起眉头，老诊所里刺眼的荧光灯激起眼球后部剧烈的头痛。

周末承受的压力又给她的头痛火上浇油。

亲自发现失踪好友的尸体，这种事可不是每天都有。周六忍受了警察一连几小时的盘问，第二天整整一天她都在昏睡当中。

镇定剂驱赶了她的梦魇。

服用镇定剂打破了她给自己立下的戒律。它们让逃避现实变得太容易了。

自周六早上以来，她的情绪就一直不稳定。母亲去世之后，她还从没这么心碎过。莱西揉着太阳穴，她小心翼翼控制住的情绪又有重新爆发的危险。

她整个周末都没看手机。父亲给她发了几条短信，但远没有迈克尔发来的那么多，莱西觉得他一定是凭着报社记者的敏锐嗅觉，周六一大早就听说了有关苏珊娜的消息。迈克尔知道莱西和苏珊娜的那段往事，每个细节都了如指掌。

莱西还没有做好谈论这件事的准备。

最后一条电话留言里，迈克尔说如果她再不接电话，他就径直过来把门撞开。那通电话是周日凌晨两点打进来的，莱西知道他不是说着玩的，作为一个已经沦为密友的前男友，他的保护欲未免太强了些。她回复了他一条短信："现在不行！"于是电话便停了。

她应该和迈克尔好好谈谈的，这样他就可以提醒她今天报纸头条新闻是有关尸体发现地点的消息。她当时正拿着一杯咖啡，从大门口取下报纸，读到标题时，感觉到喉咙透不过气。"连环杀人案最后死者尸横莱克菲尔德。"但当迈克尔的署名映入眼帘时，她的呼吸畅快了许多。她读也没读，就把报纸扔进了回收桶。她知道，迈克尔就算切下自己的手，也不会把她的名字写进自己的文章。

拥挤的诊所里，莱西扫视了一圈喧闹嘈杂的牙科学生、牙病患者和指导员，看到没有学生恐慌地需要她的支援，便朝员工休息室走去。口袋里那瓶艾德维尔镇痛药正召唤着她。

快走到门口的时候，她停下脚步，看见几根笨拙的手指正在一名老人嘴里摸索。她叹了口气，戴上手套，把手搭在杰夫战战巍巍的手上，帮他给老妇人印下下牙床牙模。

"把她的嘴唇往外拉，把黏胶伸进口腔前庭，再把托盘紧紧压上去，不然印出的牙痕会和她牙齿的形状完全不吻合。"莱西的手指娴熟地拉开下唇，把盛满海藻胶牙模的铁盘安放在正确的位置上。杰夫全神贯注，眉头紧锁，然后看了看表。

"它需要多久能定型？"

"不要看表。"她用一根被手套包住的手指弹了弹女人唇上的粉色黏胶。"只要每隔二十几秒检验一下磨具的质感，如果它没那么黏，而且摸起来牢固，就说明已经完成了，整个过程花不了两分钟。"

杰夫认真地点头，但仍旧每隔五秒检查一次黏胶。莱西忍住不翻白眼。

她强迫自己等到杰夫的牙模做完再离开，努力不去在意灼烧般剧烈的头痛。她看了一眼阅片框上的全景片，视线停留在片子边缘的手写日期上。

"这片子是今天拍的吗？是你拍的？"

这幅 X 光片上显示出病人上颌骨牙列缺失——上排牙齿全掉光了——剩下的八颗下牙各有几乎不到六毫米的骨头将它们固定在原处。牙骨只剩下一小部分。几十年来，牙龈炎腐蚀了她的支撑牙骨，而现在这些牙随时都可能脱落。

杰夫点头，还在专心检查着黏胶的质感。"片子是我早上拍的，我需要为她剩下的牙齿做个牙模，这样她下周来拔牙时，我就能帮她准备好下排假牙。"

莱西咬着嘴唇忍住笑意，她朝四周望去，希望找到另一个指导员作为整场闹剧的见证人。**真该死**。没有人在旁边。

海藻胶终于变得牢固了，杰夫漫不经心地拉扯着妇女口中的托盘，强劲的吸力把它牢牢固定在原位。

病人暗淡无光的眼睛里露出古怪的神色，但莱西知道接下来将会发生的事不会让她感到疼痛。"把一根手指滑到模沿下方，顶开封口，然后再往上抬。"莱西憋着笑，从齿缝里挤出这些话。杰夫用力拉了一下。

"我的老天！"

杰夫从椅子上跌了出去，把托盘碰倒在女人的大腿上。他的叫声压过了诊室的喧嚣，所有眼睛齐刷刷地看向他。五颗血淋淋的牙齿从托盘上的粉色凝胶里冲他微笑。

病人一动不动。

"嘿，你还好吗，亲爱的？"莱西一只手搭在她的肩上问道。

女人抹掉粘粘在唇上的一些海藻胶，看清了打翻在腿上的东西，扬起一条眉毛。"完全没感觉，这是最轻松的一次拔牙了。"她碰了碰嘴里剩下的三颗牙，"你可以用同样的方法帮我把这三颗也拔了吗？"

"唔。"莱西踮着脚尖，头痛痊愈了。"我们来看看该怎么办。不过今天这次拔牙肯定不收您钱。"

第七章

"你读了今天的报纸吗？"杰克接起电话时，泰瑞·舍恩菲尔德没有多费口舌寒暄。

"读了，今天和昨天的都读了。"

杰克向后靠在办公室椅背上，费力地把右腿搁到书桌上，开始第五次重读那篇早间报道，他把注意力集中在那张列有全部受害者姓名和年龄的清单上。

"你竟然都还记得当时的那些杀人案？"

"这有什么好笑的？"杰克斥责了朋友。

泰瑞沉默了两秒。"抱歉，兄弟。我可能只是没想到这点，我忘了最后一名受害者的尸体一直都没找到，也忘了那个看见朋友被绑架的体操运动员遭到了怎样的毒打，还有她出面指认凶手的事。他们从没公布过她的名字，不是吗？和你不一样，我当时可没被这个案子连累。上帝啊。当我看见受害者名单上有希拉里的名字时差点喘不过气来，我忘了你和她交往过。"

杰克皱起眉，他可不会忘。希拉里尸体发现后警方长达六小时的盘问对他来说还历历在目，他和她的其他前男友一起接受了审问。

那真的是一大群人。想到自己竟是那一长串名单中的一员，他有些沮丧，而在一起谋杀案中接受盘问更让他痛苦万分。

一个他们共同的朋友把杰克介绍给了希拉里。他那时候刚毕业，而她则是个大一新生。他们一共只交往了几周，他曾为她着迷，因为她面容姣好，身材健美，酷爱跑步，但两人完全没有共同语言，便逐渐疏远了。他们可绝不是天造地设的一对。

听说她遇害时，他已经几个月没见过她了。希拉里是第二个受害者。

他努力把她的面容赶出脑海。"文章里对卡尔文·川顿和那枚警徽只字未提。"

"州警局还没有公布关于警徽的消息，他们不想走漏风声，免得有些疯子打电话自首，冒充自己是抛尸者。川顿的死已经引来了当地媒体，不过《俄勒冈人报》还没提到这点。媒体还没发现这宗谋杀案和那具尸骨有关联，我们也不必助他们一臂之力。"

杰克沉默。

"川顿是个好警察。"泰瑞主动开口。

"这件事不用你来告诉我。"杰克回答。

"你和他搭档多久？两年？三年？"

"两年半。"

"他也许是个冠冕堂皇的大混蛋……"

"……但是他这么做都是为你好。"杰克接着讲完了卡尔文·川顿的口头禅，露出苦涩的笑容。当他还是刚进警局的毛头小子时，是这位老警察教会他为人处事的准则。他想起泰瑞关于川顿遇害的描述，不禁心如刀割。

这位老人不该遭受这样的折磨。没有人应受这样的折磨。

杰克抓着右腿，紧绷的皮肤瘙痒难耐。神经末梢明明已经彻底坏死，又为什么总是发痒？旧伤总在奇怪的时候复发，通常是当他想起莱克菲尔德警局的时候。

"我听说那个在尸体发掘现场工作的医生就是文章里提到的匿名目击者。"泰瑞压低了声音。

"那个高个悍妇？她是搞体操的？"

"当然不是。不是那个黑头发的，是金头发的小个子，就是那名当场指认出了尸体的身份，还差点昏过去的专家。大家都在说，米尔斯遭绑架那晚，在现场目击到一切的人就是她。"

杰克把腿从桌子上放了下来，坐直了身子，大脑飞转。"你是说坎贝尔医生。"那个姑娘曾出现在绑架现场，十年后又碰巧出现在发现尸体的地方？"这不可能是真的。太奇怪了。"

"我是认真的。我从两个不同的信息来源听到了同样的说法，他们说她周六已经向州警察承认了这件事。"

杰克迅速浏览着报纸。"那为什么报道里没写她的名字？为什么要匿名？"

"天啊，这你都不明白，谁想要这种名声呢？"

挂断电话，杰克瞄见了文章开头的署名：迈克尔·布罗迪。

他跳出椅子，大步走到办公室窗边，俯视蜿蜒流淌的威拉米特河，耀眼的阳光温暖了他的面庞。多年前，希拉里的死令他的生活承受了一次巨大的改变，而这一次的巨变用"大"已不足形容——这是一次翻天覆地的巨变。

他需要一些心理准备才能看着自己的名字又登上报纸，又是交往过连环杀人案的受害者，又是在自己的房子下面发现了一具尸骨，这么有料的新闻换作哪一个记者都不愿错过。等到卡尔文·川顿的警徽和他的死讯曝光，那更是雪上加霜，要是媒体发现杰克曾经和死者做过搭档，他们会写出什么样的文章啊！

现在到底发生了什么？首先，在他的房子下面发现了一具尸体。现在，卡尔又死了？是不是有人想要把这桩可恶的杀人案嫁祸给他？为什么？

媒体绝不会错过任何一个抨击哈珀开发商的机会。两年前，在一篇批评波特兰部分企业回收再利用工作实施不力的专题文章里，他们就已经炮轰过杰克，不是因为哈珀开发商没有进行废品回收，而是因为他的公司本可以回收得更多。

杰克承认问题确实存在，雇用了他能找到的最顶尖的资源回收专家，还专门成立了委员会来改善回收状况。

只有在波特兰，没能高效回收废品才会成为一件不可饶恕的事。

整整两周，哈珀开发商在新闻头条中都被斥为不顾公共福祉的无耻巨擘，杰克在新闻社论版被几十封来信当头呵斥。想到这些，他摇了摇头。他们说的就好像是他往威拉米特河里排放了未经处理的污水。

他这家成功的企业是众矢之的。读者爱听连环杀手的故事，记者会挖出他的所有个人信息和陈年旧事，把他的名字和连环杀手紧紧绑在一起。

他把报纸扔进了垃圾桶，骂了句脏话，又把它抽回来投进了回收箱，用手指梳了梳头发。他的公司和他本人都会遭到毫无缘由的恶意诽谤，但这次他却不能花重金聘请一名专家将时间穿越回过去，去更换掉他的工作搭档和约会对象。

他努力工作，只为给他的公司……他们的公司，树立起良好的口碑。公司是父亲创立的，但杰克一手把它建设起来，扩张成为如今的小型帝国。当父亲不再参与公司的日常决策时，杰克已为自己铺好了路，踌躇满志地希望能让哈珀开发商跻身于市内顶尖的开发商之列。而且，他确实实现了目标。

除他以外，没有人能给哈珀家族带来这样的荣光。他的钱都投对了地方，既兴建起高质量的经济适用房，又修造了豪华的摩天大楼，还和恰当的人选合影，并登在了社会新闻上。

而现在，整个帝国却面临着解体的风险。

他不会让所有努力付诸流水，更不会让父亲留下的遗产被流言击垮。

为什么那具尸骨会出现在他的大楼里？杰克揉揉眼睛。要是它只是在马路对面的公寓楼里被发现，那么现在他只消匆匆扫一眼报纸头版，便能翻到体育专栏，而不会在这儿抓耳挠腮。

噢，天啊。他的呼吸停滞了。忘了考虑梅洛迪。他看了看钟，她一定是睡过头了，因为她还没有给他打电话来要求他做出解释。他的姐姐一定会抓狂的。她的某个爱多管闲事的朋友一定会告诉她哈珀开发商上了报纸。梅洛迪负责公司的慈善和公关工作，她一定不希望公司在任何刊物上和谋杀案扯上关系，更别说还是连环杀人事件了。

杰克必须在局面失控前做些什么。可是又能做什么？

他觉得自己仿佛想握住一条扭动着身躯的鱼，各种事情正在逐渐脱离他的掌控，他陷入了完全未知的处境——对一切都无能为力。

是谁在加害于他？

杰克绕办公室踱步，双手深深插进口袋，凝神思考。他还需要更多信息，整幅拼图还缺少一些关键信息。他本想给那个名叫迈克尔·布罗迪的记者打个电话，但三思之后放弃了这样的想法。现在太不是时候了。更何况，他向布罗迪咨询的任何事情都会成为他下一篇文章的素材。

莱西·坎贝尔和她深棕色的双眸浮现在他的脑海中。这是唯一一个侥幸逃脱德科斯塔杀人魔爪的受害人。她和他一样也受了此事的牵连。也许她能解答一些问题，比如，为什么川顿的警徽会和米尔斯的尸体一同出现，为什么它们都被人藏匿在他的地产上。

他脑海里的疑虑心结解不断，理还乱。

他必须反击回去，站稳脚跟。但是，要怎么做？

他得追溯到事件的起点，也就是十年前，回到这场闹剧开始的时间。最好的情报来源就是当年在场的人物，但愿莱西·坎贝尔能就过去的事和它们与当前事件的联系说出自己的观点。他确切知道哪里能找到她。他约她出来别无二心，只为保护好自己的企业。

绝不是因为她棕色的眸子两天来始终令他魂牵梦绕。

两名葬身火海的女孩儿身体大面积烧伤。火灾发生时，她们正在一间波特兰的废弃老宅中酣睡，那栋房子在河道上严重倾斜。每晚，十到三十个数量不等的孩子睡在脏兮兮的地板上，靠廉价的烧烤炉取暖。这个地方以藏毒闻名，窝藏了能想象到的所有毒品，每周警察都会来遣散孩子、缴获毒品，可他们却总能卷土重来，用木板钉住的门窗阻挡不了孩子们寻找御寒场所的决心。

在法医大楼光线充足的无菌验尸房门口，莱西在按下双扇门上的自动开关按钮前犹豫了一下。**烧伤的受害者**。她的双腿微微颤抖，紧闭双眼，做了几次深呼吸。比起烧伤死者，她宁愿处理溺水者。莱西把两块棉花团塞到面罩下的鼻孔里，血肉的焦味总能让她的胃翻江倒海，让她受不了。莱西把写字板紧紧按在胸口，用一边屁股按下了自动开关。

她父亲花白的脑袋正俯下去查看尸体。气味渗进了棉花团，她在一进门的地方停下了脚步。

"嘿，你来了。要不要先了解一下情况？杰瑞已经替你拍好了片子。"坎贝尔医生直起身子，扭过身来，关节发出一阵响亮的摩擦声。

"我很快就好。"她朝杰瑞点头示意，他是父亲的助手，负责在父亲读出数据时在黑板上记录下尸体的体重和各项指数。她勒令双腿穿过房间。

站在金属桌旁，一只手牢牢握住数码相机，她测量着苍白身体的身长，毫无血色的躯体与焦黑的头皮对比鲜明。两只手和头部一样严重烧伤，但其余部分情况还属乐观，衣服和鞋子起到了一定的保护作用。女孩儿的大部分头发都被烧光，余下部分的颜色已经模糊难辨，看起来是黑色的哥特发型，但也许仅仅是被烧焦了而已。

"烟呛致死？"她的声音听起来很尖。

"大致如此。很快就能水落石出。"

的确很快。坎贝尔医生的尸检速度简直堪比杰夫·戈登①，他的动作也令人叹为观止。稳健的双手快速划开 Y 型切口，剥下肌肉组织，折下肋骨时所用的剪刀像极了莱西的修枝剪；他为检验畸变切下的器官切片，简直和金厨②刀具切出的番茄一样齐整。每一具被解剖的尸体都获得了无上的尊严，都是他全力以赴的血汗之作。无论是技法还是情感，莱西的父亲都称得上一名运斤成风、技艺娴熟的法医。

他为莱西切开烧伤女孩儿的颌骨。莱西打开数据记录仪，仪器蹭着她的防水长衫发出清脆的声响，她把一束闪着强光的小型手电照进开口中。

---

① 杰夫·戈登，美国职业赛车手，四次获得斯普林特杯（Sprint Cup Series）冠军。
② 金厨（Ginsu），美国顶尖的直营刀具。

只要盯着牙看。

"你需要戴一个防护罩。"父亲说。

杰瑞伸长胳膊，把干净护面罩的绑带套在她头上，塑料面罩从额头一直遮到下巴。杰瑞在自己的面罩下露出一抹笑容，眨了眨眼。她本来已经戴了护目镜和口罩，现在仿佛整个人都裹上了防护衣。但她没有抱怨，因为尸体总会在意想不到的时刻排出意料之外的物质。

她很快拍好了上下牙弓的照片，父亲帮她把挡在中间的嘴唇和两颊拉出来，烧焦的皮组织纷纷剥落。莱西用牙医镜快速查看了上颚、舌头和软组织，检验是否发生畸变。她的胃逐渐平复下来，她语速飞快地将口腔复原信息录入到录音机里。

"十一颗牙里有六颗做了贴面，"她抬起眉毛，"和下颌骨上的前牙情况一样，二十七颗牙里有二十二颗做过贴面。没有其他补牙痕迹，但受害者明显做过畸齿矫正。后牙口腔夹面上的脱钙部分呈现出临位支架的形状，很可能是用贴面来填补前牙的留疤。"她的心一沉。"有人为了给这个孩子补牙花了很多钱。"她低声说道。

父亲点了点头。"外套和靴子也都不便宜。"

十一张临终牙齿检查表摆在她办公室的书桌上，这些表格由悲痛的父母提供，他们想知道太平间的受害者是否是自己家里离家出走的未成年女儿。莱西还没有看过那些表，她想在尸检工作结束后再去和表上的描述做对照。但直觉告诉她，这个女孩儿是那个大型软件公司董事长的女儿。这个女孩儿两个月前离家出走，她那张笑容灿烂、精神焕发的照片，在五点档新闻栏目里滚动播出了一个星期。

她仔细调查了颅骨，但并没有看出它与电视里看到的可爱女学生的照片有任何相似之处。莱西闭紧嘴唇，戴手套的那只手刚准备揉揉被面罩挡住的前额，但停住了动作。她使劲眨了眨眼。

"第二个受害者在哪儿？"

"在隔壁。我的工作结束了。"父亲拿起一把解剖刀，冲她抬起一根眉毛。

这意味着我可以走了。

莱西的胃再次翻搅起来，她脚跟打了个旋，向门口走去，摘掉乙烯手套扔进了危险品弃物箱。

还有一个。

莱西沿着安静的走廊下了楼，前往办公室，边走边填写牙科验尸记录表，在脑海中对比着两具无名女尸。还要多久，她才能在手中这些表格上填上名字？第二个女孩儿的烧伤程度和第一个相仿，莱西一眼就看出了父亲从何处剥落头皮、打开颅腔、取出大脑。她打开烧伤女孩儿的口腔，发现舌头已经和其他器官一起从脖颈处取出。父亲注意到女孩儿的舌头上曾打过舌钉。

第二名女孩的后牙上有几处复合填料的修补痕迹，她的下前牙很不整齐，而且上牙明显前凸。这个姑娘从没戴过牙套。

人体令人着迷，每一次尸检都能教会莱西新的东西。唯独解剖儿童和青少年令她愤恨。生命就这样白白浪费。虽然知道这么做不对，但她还是对那些拿生命开玩笑的女孩儿和管不住孩子的父母感到愤怒。等她有了孩子，她一定不会让他们……

她突然停下脚步，抓住办公室的门框，视线停留在正坐在她办公桌后面的男人身上。他仰靠在她的座位上，几乎快把椅子掀翻，一只脚勾住办公桌最下方的抽屉来保持平衡。她忍住把他打翻在地的冲动。

"你坐在我的椅子上。"她呵斥道。

听到她的声音，他抽搐了一下，刹那间，莱西以为他就要失去平衡。但他稳住了身子，转过椅子面对她，用摄人心魄的眼神看着她的眼睛。

看到这双灰色的眼睛，莱西的胃翻动起来。她立即认出了是谁：杰克·哈珀。整个周末，这双眼睛都过于频繁地在她的脑海闪现。

她说不出话来。

大个子男人突然从椅子里站了起来，莱西本能地退到走廊里，文件紧抱在胸前。她看见一丝尴尬掠过他的脸庞，他意识到自己吓着了她。

杰克很高。她不记得他有这么高，又往后退了一步，视线与他的胶着在一起。能看得出他内心也是动荡不安。她的心在胸腔里怦怦直跳，却并非因为惊吓。她只是措手不及。

"抱歉。"杰克·哈珀咧嘴笑了。"我已经在这儿等了一阵子，但被你这套照片分了神。"他们两个都朝电脑看去，他先前在看莱西的屏保图片，那是一系列莱西家庭的快照。屏幕上切换到一张她和父亲俯身查看金属桌上棕色骨架的照片，照片里莱西离尸体足足有六英尺，杰克轻笑了一声。莱西阴着脸。这张照片并不可笑，他们那时在夏威夷岛的中央鉴定实验室工作，无名军人的尸体被运送至此，接受鉴定。

她仔细看了看图，想起了六年前的事。这些骨头是两具不同的男性尸体混在了一起。机上的飞行员和他的搭档一起在越南坠机了。莱西为杂乱、冰冷的尸体碎片感到深深不安，它们让她更加坚定了成为一名专家的决心。

她和朋友艾米莉亚一张在墨西哥海边的照片充满了屏幕。看到两件紧身、暴露的泳衣，莱西抿紧了嘴唇。这是她们两人照片中她最喜欢的一张，艾米莉亚笑容满面、将头靠了过来，她们的手臂轻轻搂住对方的肩膀，手中拿着蓝色的热带饮品。

"照片很不错。"

杰克的视线还停留那张在海滩拍的照片上，他的双唇泛起笑意。**上帝啊。**她看看他的样子，对他能够在十秒钟内让她既惊讶又尴尬感到恼火。

他的眼神拉回来望着她，笑容在他脸上隐去了。"我是杰克·哈……"

"我知道你是谁。"

他眨眨眼，挺直脊梁。"你为什么在我的办公室里？"她不想再回忆起他们的初次见面，她恼怒的眼神从他青灰色的眼睛落到自己的椅子上。"还坐在我的椅子上干嘛？"

"我想和你谈一谈……"

"谁告诉你哪儿能找到我的？"这些话冲动地说出了口，比她想说的更为尖刻。前台接待在对访客的信息公开方面有严格的限制条例，莱西以前见识过这一点，她不相信莎朗会把一个陌生男子领到她的办公室。她知道她那段不堪的过去。

他将一只手插进头发里。

"别对任何人生气。我告诉前台自己是从牙医学校来的。"她脸上的怒气一定更强烈了，因为她睁大了双眼。"这不是她的过错。我是个说谎好手，而且经常令人信服。"他的眼神从她的一只眼睛晃到另一只上。

莱西笑了一声，杰克站立的姿势松弛了下来，一丝犹疑的笑容在他俊俏的脸上缓缓蔓延。莱西明白，他的确令人信服。可怜的莎朗根本不会怀疑他。

　　一阵喧闹声飘下走廊，传进房间。莱西望向前台，听见了慌乱高喊的女高音和低沉愤怒的男低音。

　　"发生了什么？"杰克皱着眉往走廊看去，走到她面前。

　　莱西立即知晓了一切。她把文件往桌上一摔，绕过杰克，慢慢朝吵闹声的方向走去。女人的声音愈来愈高，歇斯底里。

　　莱西做了个深呼吸，推开通往前台的门，门打了在了莎朗背上。女人堵住了入口，莱西刚才听到的其中一个声音便是她的。

　　莎朗跳到一边，瞪大了眼，唇边渗出汗来，这位五十来岁的接待员彻底慌了手脚。"哦哦，坎贝尔医生！他们想要……我只是……"她绞着双手。

　　"坎贝尔医生？"一名高个银发男子把手搭在一位正在哭泣的女人肩上，她全身颤抖，大声哭泣。男子虽没流泪，但红了眼眶，面色苍白，紧张让他嘴角的皱纹更明显了。他正拼命想保留最后一点尊严。"你就是坎贝尔医生？"

　　我的天。现在可真希望我不是。

　　"我是其中一个，詹姆斯·坎贝尔医生是那位法医。有什么能为你们效劳？"她把声音放得很轻。"你们是来找人的吧。"这不是句问句。她穿过房间，走到这对夫妻身边，拉起女人的手，带她到沙发上坐下。她的手没有松开，把桌子一端的纸巾盒抓过来塞给她，眼里满含同情。

　　莱西理解她的心情。

　　泣不成声的女人用一张纸巾按住鼻子。"他们告诉我们有两名未确定身份的青少年女性被送来你们这儿了。我们的女儿，麦迪逊，已经失踪两个月了。"

　　莱西的目光转向那位丈夫，背上传来一阵寒意，她认出了他，是那位软件公司董事长。"你们是斯潘赛夫妇？"两人点头，眼神充满希望。

"两个女孩儿中有麦迪逊吗？一个月前，河里发现的女尸被送进来的时候，我们交过一张她的牙齿记录表。"斯潘赛夫妇打了个冷战。"那不是她。"

莱西想起那具惨白的浮尸，缓缓点头。"我正在进行两个女孩儿的牙齿比较。我刚做完尸检，还没来得及把检验结果和表格对照。"她顿了顿。"我手上一共有十一份失踪女孩儿的牙科图纸需要鉴定。"

"十一份？"斯潘赛夫人眼里一下子噙满了泪水。"那么多失踪的女孩儿！"

"麦迪逊小时候戴过牙箍，她的所有前牙都做过烤瓷。"斯潘赛先生的手指嵌进了妻子的肩膀，提高了音调。"这两具尸体……有哪具有这些特征吗？"

莱西愣住了。第一具尸体现在有了名字。她差点脱口而出，但行医原则让她闭上了嘴。在俄勒冈州，同时存在另一位接受过如此昂贵的牙科手术的失踪少女的可能性微乎其微。但她必须复查一次，以免出现任何纰漏。

"我还没有完成检查……"

"你说你已经结束尸检了，有没有其中一个的牙齿是这样的？"斯潘赛先生视线扫过她的脸颊。听到他无情的语气，斯潘赛夫人抬起头，先看看丈夫，又看看莱西，她的样子已经不堪一击，仿佛轻轻一碰都能敲碎她的皮肤。过去两个月中，这对夫妇是活在怎样的地狱中啊！是在炼狱中忍受摧残，还是在地狱边缘徘徊？对于女儿生死未卜的胡思乱想必然伴随巨大的痛苦。

"她们死前受苦了吗？"斯潘赛夫人喃喃地说。"我不敢想象她们被困在大火里，然后……"她紧紧抓住莱西的手，面容扭曲了。

莱西哆嗦了一下，她不想去想象。五分钟前，她还在因为这些不知名的父母没能管好孩子而大动肝火，可她有什么资格去评判他们呢？现在这些父母身份明朗起来……他们失去了女儿。

莱西痛苦地吞咽着。"我还没有完成检查，有结果会第一时间通知你们。"她紧紧握了握斯潘赛夫人的手，跌跌撞撞地往外走，努力不让自己跑起来。她的双手拍在门上推开了它，一头撞在被她晾在一边的杰克·哈珀身上。

杰克抓住莱西的上臂，而她始终低着头，眼前一片模糊。身后的门嗖的一声关上了，斯潘赛夫人发出一声尖厉的哀号。

这位母亲已经明白了一切。

"你还好吗？"

她摇摇头，把他推到一边，踉跄地冲过那条空无一人的漫长走廊，向女厕奔去。

他又坐回到她的椅子上。

莱西在洗手间里足足待了十分钟，一条湿冷的毛巾敷在眼睛上，她试图忘记斯潘赛夫人痛苦的喊声。现在，眼周的红肿已经消退，但妆也差不多掉光了。

莱西在自己的办公室门口停住脚步。这一次，杰克面朝她坐着，前臂搁在大腿上，搓着双手，用关切的眼神端详着她。莱西感到他在观察自己刚洗过的脸，便冷冷地和他对视，他看起来似乎特别紧张，这让她也跟着紧张起来。他为什么会来这儿？

"想不想吃点东西？"

她眨眨眼。吃东西？现在？

杰克搓着脸颊，莱西听到短小的胡茬摩擦着粗糙的手掌。"这建议很傻，我知道，但是……我认为我们应该聊一聊上个星期六早上发生的事，还有十年前的那桩案子。我们都被卷进了这些事件里……"

杰克想讨论戴夫·德科斯塔的话题？还有那一天的事？

他抿起嘴唇，目光低垂，看向地板。"那时候我由于希拉里·罗斯克的失踪案接受了调查，我们以前交往过。现在，不知道为什么，我又被卷进这桩案子里来了，我名下的地产和我的老搭档……"他抬起头，看着她的眼睛。"我知道我今天来得很不是时候，但我不认为事情会变得更好。街对面那家熟食店好吃吗？"

她凝视着他。杰克确实说到了点子上。过去和现在，他被卷进了同一起案件。

而她也是。

周六的记忆又一次涌上心头，她摇了摇头，她还没做好准备。"不，我不想……"

"拜托你。"他恳求地望着她，双手握成了拳头。"我必须搞清楚为什么这些事偏偏发生在现在。多年前，当这一切开始时你就在现场，而周六你恰好也在场。为什么会这样？"他看上去像是要站起来，却还保持坐姿，也许是为了顾及她的身高。"你听说有个警察被谋杀了吗？"

他已经知道了？莱西看着他的脸，点了点头。早上她和迈克尔通电话的时候，他简要提及了这位退休警员的死讯，州警局不允许他在报纸上走漏一丝风声。杰克又是怎么知道的？

"卡尔·川顿在退休以前曾是我的搭档，在莱克菲尔德警局。"

老天啊，杰克·哈珀和她陷得一样深。

"你认识莱克菲尔德警局的人？"她问道。

杰克点头。

也许他能够得到更多有关苏珊娜尸体现场的情报，从中找出和警察谋杀案之间的联系。在这之前，她打给警察局的一通电话被中途掐断了，警察不想把信息透露给任何人，但他们也许会告诉杰克·哈珀。给她一个答案。她欠苏珊娜一个答案。

莱西望向走廊尽头，想分散注意力。尽管她不想和这个陌生人一起回顾那段梦魇，却急需逃出这栋楼，逃开那对哀吟的父母。亟待解决的工作还摆在书桌上，但当下她的精神无法集中，她必须赶走那些杂念，才能回过头来处理这些表格，她不能在鉴定受害者身份的事情上出一点差错。莱西做出了抉择："我给你三十分钟，然后我还有工作要做。"

莱西闻着香喷喷的味道，鼻腔里血肉的焦味被一扫而净。对于法医大楼里的大部分气味，她都已经习以为常，消毒剂和尸臭——她很少再注意到这两种味道，但焦味却总是挥之不去。

她是这家小型熟食店的常客。从少年时代起，她就常和父亲趁着周末在这里共进午餐，帕尼尼和蛤蜊浓汤是她的最爱。莱西吹凉了自己的热巧克力，将两个葬身火海的女孩和那对悲痛的父母置于脑后，暗中观察起坐在她对面的男人。

在他们东拉西扯闲谈的当口，莱西头脑飞转。

周末，她在网上搜索了他的信息，周六早上特殊环境下遇见的男人激发了她的好奇心。

杰克·哈珀在相对较短的时间里帮助家庭企业发财致富，令她感到好笑的是，《波特兰月报》的一篇文章将他列入本市十大黄金单身汉。报上刊登了杰克的一张照片，他站在一栋钢筋结构、尚未完工的办公楼前，头戴工地安全帽，闪过一抹傲慢的微笑。那双该死的眼睛俘获了镇上每个单身女性的芳心。大概会有女人为了接近他而奋不顾身。莱西把他上下打量了一番，不得不承认，他的确长得相当俊俏，他硬朗的男子气概令女人本能地产生反应。他那双冷峻、锐利的灰色眼睛，与周六上午她记忆中的如出一辙。他生气时是什么样子？莱西可不想成为那双眼睛发怒的对象。看着那有力的下巴和眉宇间的两道竖纹，她断定他是一个意志坚定的人。

她着迷地望着他进食。他三口就吃下了半个三明治，一边有节奏地从袋子中拿出薯条，吃相毫不粗鲁。不论吃饭还是说话，手上始终伴着动作，泰然自若地挥动着两臂和双手，这大概就是他的燃脂方式。

自从她大学毕业，不再进行每天六小时的体操训练后，就没有这样吃过饭了。

莱西看着自己手中热气腾腾的三明治，她才咬了两口，而杰克几乎快吃完了。她放下三明治，意识到自己并不饿，德科斯塔和苏珊娜让她没了胃口。验尸工作以前从未影响过她的胃口，但这次却有所不同。

杰克看着她的三明治，皱起眉头，眉宇间的皱纹加深了。她不明白，他究竟是想自己把它吃掉，还是为她食量不大感到恼火。

"像这样的情况，你多久遇到一次？"杰克问道。

"哪种情况？"连环杀手？

"刚才在你办公室的那种情况。那对父母。"

"哦。"莱西沉默了片刻，又回想起斯潘赛先生紧绷的脸。"只有一两次吧。这不是我分内的工作，通常都是父亲来处理。"

"有一个烧死的女孩儿是他们的女儿，对吗？那场大火昨晚上了新闻。"

不顾保密条例，莱西点了点头，啜了口寡淡的饮品。"其中有一个是她。"她仿佛又嗅到了记忆中血肉烧焦的臭味，感到一阵恶心。她不禁思考自己在杰克眼里是什么样？一个冷漠无情的医生？

"你在那对父母面前表现得很好。"

但是我却夺门而出。她摇了摇头，垂下眼睛："我什么也没做。"

沉默在二人之间蔓延，越发凝重。

"那晚发生了什么？"

莱西知道杰克指的不是昨晚的大火。她用指尖蹭着装热巧克力的杯子上的裂纹，回避着他的眼神，杰克又绕回到他这次来访的初衷。

"为什么你要知道这些？"她强迫自己看向他。为什么她会同意这场谈话？

坚定的眼神向她投来。"命案像雪球一样越滚越大，而我的名字被牵扯进去，我需要知道原因。我必须知道过去发生了什么，才能对当下的事件有更全面的认识，我觉得你是能让我了解过去的最好人选。"

她缓缓点头，他的话不无道理。她已经有很多年没有向任何人提起那晚的事，只有几个心理医生、父母和两个挚友听过她讲述这个故事。时隔多年，想要把重担推到他身上的荒唐欲望诱使她重提旧事。

"我和苏珊娜在大会结束之后准备去餐厅和其他队员汇合，餐厅距离酒店只有几个街区，我们总是成双结对地出行，所以教练并不介意我们在镇上闲逛。"

她痛苦地咽下口水。

"我们准备从宾馆后面的小径前穿过去，一辆车开了过来，我们停下来，想让它先拐出小路，但他挥了挥手让我们继续往前。天色很暗，我只能看清他的轮廓和朝我们挥舞的手。我们从车前穿过，一路朝餐厅走去。"

"你一直没有看清车里人的样子？"

"是的，直到我听见车门打开的声音。我往后看了一眼，因为那时候车还没熄火，这令我觉得蹊跷。"她本以为杰克的眼神中会流露出怜悯，却看到了凝神的专注。

"他朝我们冲过来，首先把我按倒了。我俯身倒下，他压在我的背上，我尖叫着让苏珊娜快跑，但她没有。"莱西粗暴地擦着眼睛，对于无法抑制的泪水感到恼火。"她开始踢他，拼命拉扯，大喊着让他放开我。傻姑娘！她本可以逃走，叫人来帮忙，或者干些别的！"

"如果你是她，你会这么做吗？"

莱西慢慢摇了摇头，紧盯着他那双严肃的灰色眼睛。她花了几个月才说服自己相信，换作她也会留下，争取解救苏珊娜。但这丝毫无助于她减轻痛苦，以及已死的朋友做的傻事在她心中引燃的愤怒。她用餐巾纸擤去鼻涕，心绪难平，但仍继续讲了下去。

"他抓住她的脚踝把她绊倒，他块头很大，所以能一边抓着我，一边把她击倒。我努力翻过后背，朝他的手臂咬了一口，想用膝盖顶开他，但他用膝盖踢了我的胸，对着我的鼻子就是一拳。"她皱起眉。"我现在仿佛还能听见鼻骨断裂时的可怕声响。他的重量压得我几乎窒息，血直往喉咙里流。我不知道苏珊娜在那一刻对他做了些什么，但她把他激怒了，他从我身上爬开，抓住了她的头发。我朝一侧滚去，躺在那儿，拼命想要呼吸。"

她停下来，努力保持镇定，颤抖地啜了一口饮料。"我不知道我是不是可以……"

"继续说吧。"那声音坚定，饱含同情。

她吸了一口气，他的冷静给予她勇气。

"我那时呼吸困难，还在吐血，我能听见她的尖叫声，可身体动弹不得，从没有人故意打过我。"她看着杯子小声说。

"突然，苏珊娜就不再叫了。我是说，彻底不叫了。刺耳的尖叫骤然停止了，这引起了我的注意。我又翻了个身，肚子贴地，奋力张开两只手朝最近的东西胡乱抓去，我抓住了她的脚踝。他正试图把她举起来，而她已经浑身瘫软，我甚至看不出她是不是还有呼吸，只知道我必须紧紧抓住她，否则她就会彻底消失。这变成了一场拔河比赛。我闭上双眼，使出吃奶的劲把她的脚拉向胸前，我凭直觉感到自己一旦放手，她就会丧命。"她抬起了眼睛。

杰克瞪大了眼。

"他朝我的脸上踹了一脚。很重的一脚。越来越多的血涌进我嘴里。我咳嗽着，想把血咳出喉咙。黏稠恶心的血腥味糟透了，但我不愿放手，就把脸贴在她的腿上，抱得更紧了。"

"然后他做了什么？"

"他不停踢着我的头，想让我放手。我记不清踢了几下。后来他不再踢我，我以为我们成功了。他准备离开，我们安全了，但我仍然没有放手。然后腿上突然爆发出一阵剧痛，我从没体验过那样的疼痛，比脸上挨拳头、断锁骨都要痛。他狠狠踩在我的膝盖上，于是我放手了。"

那鬼魂仿佛又在痛踩她的腿，莱西呼吸局促起来。德科斯塔踢断了靠近膝盖的那根胫骨。她发现杰克面色苍白，搓着大腿，却无法移开视线。

"他像扛娃娃一样把她扛在肩上，朝车里奔去。我记得自己看见她的两臂像折断的树枝，从他的背上耷拉下来，然后发生的事情我全都想不起来了。他们说我在救护车里一遍遍重复着车牌号，但我连这件事也记不得了。"

她的神经战栗，努力抑制体内飙升的肾上腺素，试图保持淡定，不让杰克看出那些复苏的记忆多么强烈地动摇着她的内心。她说自己记不得，是因为她不想告诉他那份恐惧和失落，在昏暗的灯光下，她是如何眼睁睁地盯着苏珊娜，妄想用意念把女孩儿拉回来。黑色窗帘垂落，车胎开始滚动，只留下闪烁微光的车牌号，发着红光的尾灯在黑暗中恍如恶魔的双眼。这幅场景她无力再去描绘。

那道黑色窗帘依旧埋藏在心底，一不留神就爬上她的皮肤。

她看向窗外高大的冷杉，冷峻的美使她的记忆冷却下来，帮她沉重的负罪感降温。

为什么她放手了？

杰克没有问莱西她是否还想吃完自己的三明治，他知道她做不到。不过，幸好他在莱西开始讲述之前就吃完了，否则他的三明治也一样会留在盘子里。

上帝啊，她都经历了些什么。

更糟糕的是，在她的想象中，她朋友经历了什么。

眼睁睁看着一个人处在生死攸关的境地，自己却无能为力，这种感觉他完全理解。沮丧、罪咎和让你整夜难眠的追责游戏。

他一只手伸过桌子搭在她捧着热巧克力的手腕上。他看见她吃惊的目光，莱西猛地推开他的手，坐得更直了。

"你还好吗？"**愚蠢的问题。**

她点点头，双唇紧闭，眼神中的惊讶仍未消散。

他怎么会想到去碰她？**只需要和她聊聊。帮她分神。**

"我告诉过你，我和希拉里·罗斯克曾经交往过，她也是受害者之一。"

她又僵硬地点头，以表赞同。

"我是在她失踪几年前和她交往的，后来又和她的十几个前男友一起受审。"他苦笑。"当时的时机坏透了，我正想进入警察局工作，还好我在谋杀案里受审的事没有吓到他们。"

她的嘴扬起了一边嘴角，但他更想看到一个完整的笑容。他好不容易才把视线从她的双唇移回到她的双眸，看到那双眼睛不再恐慌，他不禁松了口气。他终于用用对了方法。

"不过，搜查一无所获。我一直在跟进此事，抓到凶手时别提有多高兴了。"她终于露出了笑容。虽然那笑容对于她的脸庞而言显得太大了，但却散发着出人意料的迷人魅力。他的心头涌起一股暖流，还想再看到更多这样的笑容。"现在我知道，原来他们能抓住凶手是多亏了你。但我现在又遇到了这个麻烦，公寓楼、希拉里和卡尔，我像一只热锅上的蚂蚁。"

"你觉得到底是谁杀了他？"

"杀了谁？卡尔吗？"杰克摇了摇头。"我不想冒然下断论，但我觉得凶手和丢弃你朋友尸骨的人是同一人，有人特意在那儿留了警徽，把我们引向川顿。"他停顿片刻。"你认识卡尔·川顿吗？"能得到答复的可能性微乎其微，但有必要发问。

"不认识。"

"你知不知道有谁想要让你朋友的案子再次公之于众呢？或者为什么他们要在她的尸骨旁边留下警徽？"

她紧闭双唇，他观察着她思考的样子，这个问题帮助她将注意力从那次可怕的事件中转移出来——这也是他向她提问的原因之一。

"完全想不到，也不知道为什么有人想这么做，这一切对我来说都不可理喻。德科斯塔已经不在了，他死了，案子结束了。为什么有人又要重新把这潭水搅浑，还要特意和……苏珊娜扯上关系？你觉得苏珊娜和警徽同时出现是个巧合吗？"

"当然不是，我不觉得这是巧合。在我的地产上？出现了我前任搭档的警徽？德科斯塔可能死了，但有人知道尸体在哪儿，而且有人想要把显眼的矛头指向我。"

两个人都陷入了沉默。杰克感受到她安静的吸引力，尽管她的故事让人胆战心惊，但周六以来她最初散发出的魅力不仅没有消散，反而更加强烈，现在他知道莱西聪明、敏锐、富于同情心，同时也坚韧如铁。任何经历过这种事的人……

他想再次见到她。杰克惊讶于这份突如其来的感情。为什么是现在？他赶忙打消掉这样的念头。莱西·坎贝尔正背负着沉重的情感包袱，而他即将和无良媒体展开一场恶战。为什么好感偏偏在这时发生？

人们通常不会在这种情况下约会。

手机响了，他含糊地朝她道了歉，便去接听秘书打来的电话。他安静地听着那些毫不令他吃惊的新消息，莱西把盘子推到一旁，再次拿起饮料。她小口喝着，他的目光逗留在她的嘴唇上，看她厚重的金发遮住半边脸颊，垂在杯上。他伸出手想帮她撩开头发，却突然想起她的手臂被他触碰时的反应，便转而把手伸向自己的饮料。他的手指敲打着玻璃杯，没打算喝水，而是观察着她垂下的双眼。浓密的深色睫毛极为动人，她没有画眼妆，而他觉得也没这个必要，她已经有一双活泼的大眼睛。他挂断了电话。"州警察明天想找我聊聊。"他用手揉着粗糙的下巴。"我觉得自己挺想去的。"

"抱歉。"莱西蹙起眉头。"我周六已经去过了,并不是什么愉快的经历。"

她的眼睛与他同情的目光交汇,安静的一瞬无限延长。他还不想让她离开,便换了种坐姿,在丧失理智的头脑中拼命寻找其他借口。

"我可以给你打电话吗?如果我想到了其他问题?"

"啊……好吧。我想可以。"她把语速放得很慢,似乎在字斟句酌。"或许你应该让我知道警察明天会说什么,如果你从莱克菲尔德警局打听到的新消息,也请告诉我。"她的脸上半带微笑,他的心漏跳了一拍。

"当然了。"

他整个人都心满意足。

第八章

他想要飞奔。冰冷的空气灌进肺里,内啡肽[①]让他神经振奋。

一切都按部就班。轮子开始转动,小鼠们一头雾水,困在他设下的迷宫里毫无头绪。人像啮齿动物一样东窜西跑,而他则站在桌子一头藏起奶酪。绝佳的类比。他咧开嘴,双手插进脑袋和靠枕的缝隙,难得让大脑放松片刻,整理起思绪。

一切才刚刚拉开帷幕。

下一步是什么?他查看脑海中的笔记本,划去了卡尔文·川顿的名字,把注意力集中在它下方的名字上。多年来在纸上筹划、温习和修正的计划已经烂熟于心,毫不费力就能在脑中把他需要的那一页摊在眼前。

坐在他身边的女人换上一些新的白纸,他克制住掐住她喉咙的冲动,虽然拧断她的脖子用不了吹灰之力,也不会有谁怀念她。这只是一个普通的站街妓女。他用豪华酒店和山珍海味收买了她,让她陪他一整晚。

[①] 一种内成性(脑下垂体分泌)的类吗啡生物化学合成物激素,能与吗啡受体结合,跟吗啡、鸦片剂一样有止痛作用,并能产生欣快感,等同天然的镇痛剂。

这间酒店着实奢华，价格也比想象中高，但是这是他应得的，他已经为筹备和实施计划殚精竭虑。这间酒店和婊子是他的奖赏。每次顺利实施了阶段性计划后，他都会犒赏自己——这是种正向激励。他看着身边这个金发的小矮个。何不把她杀了，作为一份额外奖赏呢？

但他把这个想法清出了脑海。她不在计划之内，他也不想脱离计划行事。闭上双眼，他深吸一口气，抑制住跳动的脉搏。克制。一切都需要内在的自我约束。他不会放任身体的一时兴起。

他以为性能够让感官变得迟缓，放松身心，但他仍能感觉到巨大的愉悦感撞击着血管。**这感觉多棒**。谁会想吸毒呢？当本能欲望已经足够令人亢奋，何必再用化学药剂玷污身体呢？

他需要理清思绪，锁定目标，而这个婊子除了是他远征途中的一个里程碑式的休息站以外什么都不是。他已经用生活的大半时间厉兵秣马、缜密蓄谋，如今绝不打算因为无谓的冲动让一切前功尽弃。

他让神经放松下来，舒展着握拳的双手。**控制**。能量似波浪般直贯全身，他想起了自己第一次理解精神自律能够带来巨大成就的时候。

那时候他还没满十岁，他把狗拴在家后面树林深处的一棵树上，随后开始观察。

他看着那条狗因为缺少水和食物日渐消瘦，它试图咬断绳子，直到嘴里鲜血直流。它的眼睛逐渐凹陷、灰暗，变得毫无生气。

狗死了以后，他对尸体做了一番研究，对于是否要肢解尸体做了一番思想斗争后，还是因为尸体糟糕的情况和难闻的腐味放弃了。那尸体已经血肉模糊，身上覆满泥土和血垢，被它撕咬过的皮肤已经完全溃烂，尸体周围的泥土上全是它为了逃跑而疯狂刨开的小洞。愚蠢的动物。

而他对于自己在整个过程中控制住情感冲动感到自豪。不论多想放走这条狗，他都凭强大的意志压抑住本能反应。放走这只动物意味着行动上的软弱和失败，而成功的力量令他愉悦。

这是他的第一次杀戮。

他的父亲从未把母亲娶进门，却挥霍母亲的财产，住在她的房子里，把她和孩子们当仆人使唤。*给我拿杯啤酒，滚出我的视线。*

一天，父亲消失了，只留下自己的衣服和一辆旧卡车。他恨这个男人，却不明白为什么被抛弃会带给他这么大的痛苦。父亲离开后不久，他便杀了这条狗。

"全部完成了吗，亲爱的？"妓女昏昏欲睡的声音打破了他的遐思，把他从往昔的追忆中拉了回来。

"不。还差得远呢。"

一丝戏谑的笑容划过双唇，他还有很多要做。

第九章

"你必须离哈珀远点，他肯定和这码子破事儿脱不了干系，警察也在调查他。"迈克尔情绪激动。

"他没有杀任何人！他只是和一个受害者交往过。"莱西辩驳道。

"然后就因此接受了审问，紧接着另一个受害者的尸体就出现在他的房产上？而且那儿还有个警徽。杀死搭档，把警徽扔在自己的房子下面，还真是小事一桩。"

"根本不是小事一桩！你觉得他会把它扔在那里，特意引起警察的注意吗？他又不是个傻子。"

莱西坐在厨房的流理台上，和固执己见的迈克尔面对面坐着。她知道和他争论没有任何意义，因为他从不让步，哪怕连他自己都意识到自己大错特错。但她也不打算让步，"破事儿"这个懦弱的词更点燃了她的怒火。在她身边，他说粗话时总是要刻意选择更温和的措辞。

就好像她会被那个带脏字的词吓坏似的。

所以在他身边，她反而频频使用这个词。

"你他妈的真该去理理发了。"她看着他的头发说道。"需要我帮你预约吗？"

瘦高个的男人抽离原位，暴躁地沿厨房绕圈。迈克尔个子很高，深色的金发总留得太长，看起来像是个艺术家或诗人。斯斯文文的外表隐藏起了他超乎常人的体力和神秘感，令人想象不到他曾在洛杉矶一伙下流的飙车党里呆过两年。

他大概是她认识的最聪明的人，但同时又尖刻狡猾、莽撞大意。有时这些特征融合在一起并不是什么好事。他之所以加入飙车党，是因为那时正在写有关飙车经历的系列报道，他想知道登上麦金利峰[①]是何种感觉，于是就动身攀爬。（爬完后宣布这座山根本不值得在寒风里汗流浃背。）他还尝试过铁人三项、空中跳伞和亚马逊河漂流。他向来都把自身安危和皮肉上的小擦小伤置之度外，只关心如何获得脑中问题的答案，或只是为了单纯满足体验新事物的冲动。他曾想参加奔牛节，但莱西设法让他搞错了日期，让他最后根本没赶上节日。整整两周时间，他都没有和她讲过一句话。

但莱西并不在意。至少他全身而返。

他们曾是一对恋人，但恋情难以维系。她在大部分时间都是一个传统女性，而他无论如何也称不上是一个循规蹈矩的男人。他激情太盛，而她需要稳定。他是个黏人的控制狂，但她却努力保持独立。他想保护她免受生活里情绪负担的影响，却不明白这些是她所必须面对的丑恶，她需要证明自己能够独当一面。他们分手前，他发誓会为她改变，但若是如此，他就不再是她所爱的那个激情洋溢的迈克尔了。在她决定分手以后，他消沉了好几个月，销声匿迹，跑去阿拉斯加的

---

① 麦金利峰（Mount McKinley），现在正式名为迪纳利山（Denali，出自北阿萨巴斯卡语支），位于阿拉斯加州东南部、阿拉斯加山脉中段，海拔 6194 米，是北美洲最高峰，也是美国的最高峰。

捕蟹船上工作，那儿几乎没有女人。他险些丧命，意外从甲板上跌落，在冰冷的白令海里待了二十秒，却又侥幸逃生。

渐渐地，他也终于屈从于朋友关系的设想，成长为一个保护欲很强的兄长。她深爱着他，把他视作家人，哪怕争吵时也亲如兄妹。

莱西知道迈克尔凭直觉已经将杰克·哈珀划入危险分子。杰克不接他的电话，而他的名字又不停出现在每一处与案件有关的地方，这激发了迈克尔作为一个调查记者的无穷好奇。一旦发现疑点，迈克尔会穷追不舍，刺探驱策，直到得到想要的答案。他曾将恋童癖主教、互联网跟踪狂和俄勒冈监狱视频系统的回扣政策公之于众。

他打开水槽旁的橱柜门，在小药瓶里东翻西找。"你有布洛芬片吗？我的头快痛死了。"

"老样子，在后面。"

她看着他仔细查看着其他瓶子的标签，难道他觉得她不会察觉吗？

"有没有镇痛效果更强的？"

"没有。"她厉声说。"你知道我这儿没有。"她叹了口气。他在乎我。他会这么问，都是因为在乎我。

迈克尔突然动了一下，把她的思绪拉回现实，他换了个话题。

"今天我拿到了苏珊娜的法医初检报告。"

他是怎么拿到的？她本打算拖到明天再看。这个男人在哪儿都有线人。她虽然有些生气，但仍然满怀期待地看着他。

"你知道，她的身份还没有得到完全证实。"迈克尔说。

莱西摇摇头。"只是没有正式公布罢了，我毫不怀疑那就是她。我已经完成了牙科报告，也有她以前拍的牙片，两者完全吻合。我知道那就是她。他们可能还要再进行一些 DNA 测试，但连她的母亲都会通过明显的牙科手术认出她来。"

"有些事我搞不明白。"他又开始在她的木地板上来回踱步，脚趾踩过每一件厨房里的猫咪摆饰。"你没告诉我她的两根大腿骨都断了。"他说。

"在所有受害者身上都是一样的作案手法，不是吗？发现尸体的时候，她们都折断了两根大腿骨。为什么苏珊娜会不一样呢？"她艰难地吞咽。

他的眼睛眨也不眨地盯着她，让她感觉自己仿佛做了错事。

"想想吧，莱西。你还认不认识其他折断双腿的体操运动员？"

她确实认识一个。

"但那是一起事故……他们说是湍急的河流和粗糙的碎石把腿撞断的。艾米是车祸而死的，迈克尔……她不是被谋杀的。而且那起事故发生在交汇山，还是在苏珊娜遇害前的好几年前。"她说得结结巴巴，身子慢慢从流理台滑到高脚凳上，脑海中一片混乱。苏珊娜和艾米之间没有联系。不可能有联系。艾米·史密斯是她们在体操队的队友，在一次意外里连人带车翻进了河里，她的尸体几周后才被发现。

"所有德科斯塔的受害者都有两根断裂的大腿骨，你想要把艾米的死和其他这些人联系在一起吗？"

"她是个体操运动员。她有一头金发。她的双腿在几乎同一处断裂。她死了。这四个巧合对我来说已经够多了。我要把它调查个水落石出。"他已经在执行这项任务，他的眼神说明了一切，这个男人在找到答案之前绝不罢休。

"你和警察说过这件事吗？"她还有些发怔。*艾米不是被谋杀的。*

"还没有，这只是我的个人推测。我打算亲自去交汇山调查一次。现在我想知道,你都对哈珀说了些什么?"他的声音稍许冷静下来,在她面前拉出一把凳子,与她促膝而坐。那双绿莹莹的眼睛再次凝视她。

她眨眨眼,还想着艾米的事。他改变话题的速度怎么这么快?"为什么问这个?"

"上帝啊,莱西。这个问题很简单。"

她耸耸肩。"他想知道我和苏珊娜被袭击那晚发生了什么,我们只聊了几分钟。"她的眼神四处游移,故意避开迈克尔。

"所以你们之后还准备继续接触。"

"这有什么关系?"她打断他。

"受害者之一曾经是他女朋友。"

"我知道。"她又移开了视线。"我累了,可以明天再聊这个话题吗?"他看看表,立刻跳下椅子。已经时过子夜。"抱歉,莱西,但你必须知道你在和哪种人打交道。"

迈克尔一只手温柔地搭上她的肩,抬起她的下巴,轻轻在她嘴上留下一个吻。"我明天会再打给你。"他端详着她的脸,看到她双眸下的黑眼圈,皱了皱眉。

她知道迈克尔之所以对她百般呵护,是因为他不相信她有能力独当一面。也许她确实不行。她竟然与一个与苏珊娜案件密切相关的男人聊了天。

但是和杰克·哈珀聊天时,她第一次觉得自己仿佛对这个男人产生了持久的、令她心神激荡的兴趣。多年以来,她都麻木地拒他人于心门之外,而现在这种情感火花给她带来了愉悦。苏珊娜尸首重现应该与杰克无关,杰克·哈珀是个好人,她能察觉到这一点。

她把迈克尔送到门口,看着门上的单锁紧螺栓,他皱起眉头,前后拉了几下。"你怎么还没装上门卫系统？需要我打电话帮你找个人来安吗？"

"今晚就算了，迈克尔。我不想继续和你争执。记得去剪头发，拜托了。"她踮起脚尖亲吻他的脸颊。他的视线在她脸上短暂停留片刻，便从她玄关的台阶上慢跑下去，意志坚定。

莱西走回厨房，苏珊娜、艾米和杰克·哈珀在她的脑海中萦绕不去。

第十章

梅森·卡拉汉知道这一定花了一大笔钱。况且这个人付得起。哈珀开发商办公楼的装修风格简洁低调,但要打造出这样的低调风格得花上大价钱,美国西北部色彩、浓重的灰蓝色和带几许冷杉绿色调的泥褐色共同构成了装饰的基调。这间办公室没有大张旗鼓地宣扬公司的辉煌成就,它仅仅在低声诉说。连雷都在等待杰克·哈珀腾出时间来接待他们的空档瞠目结舌地沉默了三十秒。

眼前的景象令人震惊。手里拿着牛仔帽,梅森从会议室西侧窗户看出去,怀疑哈珀是否已经吩咐过胡德雪山在两位来客面前摆好姿势,雪白的山峰在城市的前景后如水晶般剔透,如寒冰般高孤,加之湛蓝澄澈的天空,很难相信窗外气温竟然有二十五度。

哈珀打开了门。"抱歉让你们久等,我能为你们做些什么?莱克菲尔德公寓经理是否已经将调查所需信息传达给二位?"他和两名男士都握了手,绕过桌子,在讲完话前倒好了三杯咖啡。仅仅在进门的瞬间,这个人就已经安排好了整间房间。

"高效"这个形容词首先在梅森脑中浮现。随后是"稳健"。他接过递来的咖啡杯,更近距离地观察着杰克·哈珀,虽有些不情愿,却还是逐渐喜欢上眼前这个男人。他的双眼诚恳直率，举止热情殷切但不失条理。

梅森和雷已经竭尽全力把这个男人的过去翻了个底朝天，每一个询问对象都对他赞不绝口。几个前女友除外，但这倒也合乎常理。令人不安的是，每找到一条有关哈珀的信息，就又能发现一条通向德科斯塔或是与逐渐扩大的案情的其他方面有关的新的联系。

杰克·哈珀会被卷入案件虽不合逻辑，但他们还是有必要对他好好做一番调查。

雷开口了。"公寓经理人很好，你一定让他对上帝起了敬畏之心，因为他为了取悦我们已经倾其所能。"他轻笑一声。"他甚至提出能帮我把车子后轮挡泥板上那条凹痕给修好。"

听到这句话，哈珀脸上闪过一丝笑容。"他哥哥开了家车身维修厂，业务做得相当不错。我还在他那儿修过车呢。"

梅森看见雷抿了一口热咖啡，想掩饰住自己被烫到了舌头却没成功，但这个男人照旧继续抛出了下一个问题。"我们想知道发现尸体当天的早上，你来莱克菲尔德做什么。你住在波特兰，是吗？"

杰克的脸耷拉下来。"我去看望父亲，他住得离那栋公寓楼不远，我周末常常去那儿。"

"我们在公共档案里查不到你父亲的住址。他叫雅各布·哈珀，是吗？他是租房住的吗？"

"不是。好吧，某种程度上算是。"哈珀散步到窗边，眺望着雪山。"他住在成人看护中心。"

"住在什么地方？"

从窗户的倒影中，梅森看见哈珀脸上掠过一丝不耐烦。"一所养老院，一间规模不大的私人养老院，专门为有特殊需求的老年人提供服务。在那儿，他和其他四个老人以及一两个护工住在一起。"哈珀声音拘谨，省略了很多音节。

雷涨红了脸，欲言又止，这样私密又痛苦的回答令他措手不及。梅森介入到谈话中。

"我以为你的父亲仍然活跃在公司业务中。"

杰克摇了摇头。"他的名字还印在信头，但也仅仅如此，他已经不记得自己开了这家公司，那些投资就更不用说了。"

"阿兹海默症？"

杰克从窗户前转过身来，直视梅森。"是的，大多数时候，他也已经记不得自己还有个儿子。"

"那一定把你折腾得够呛，这种病糟透了。"

哈珀的前额上，一根眉毛微微扬起。"你们还需要知道些别的吗？"

"关于希拉里·罗斯克，你还有什么能告诉我们的吗？"

"我们约过会，但分手了，那是她失踪前很久的事了。你们没有读今早的报纸吗？"

雷装模作样地在自己的小本子上记录着，仿佛哈珀提供的细节至关重要。事实上今天的报纸在头版大幅刊登了哈珀的往事，文章内容和梅森至今为止了解到的完全一致。

"你还记得苏珊娜·米尔斯被绑架的那晚你在做什么吗？或者和谁在一起？"

哈珀露出难以置信的神色。"你是在开玩笑吧？已经过去十年了！你还记得那个晚上和你在一起的人是谁吗？"

"告诉我一个名字，一个室友或者有可能正在和你约会的女朋友的名字。"梅森追问。

"大卫·哈里斯是我的室友，他现在住在班得。"

这一次，雷真的记录了下来。

"我能理解你和坎贝尔医生已经沟通过这个案子。很显然，你已经知道十一年前她曾侥幸逃走。"

"逃跑中发生了什么？她告诉了你什么？"哈珀挺直了背，防备地望着两位警探。

"自那之后我就没有再和她聊过，这个消息来源于第三方。"

雷从笔记本里抬起头，两名警探都好奇地观察着哈珀。那个身材娇小的医生有某种让他心神不宁的特质，当梅森提到她时，他几乎满头大汗。两名警探交换了一个眼神，这件事引起了他们的注意。

"你怎么知道她从德科斯塔德手中逃脱了？她的身份从没被公布。"

哈珀半个屁股靠在会议桌上。没有人想坐下来。"你那天在场，你看见了她发现朋友尸体时是什么反应。我听说莱克菲尔德警局已经流言漫天，说她就是那个逃走的女孩儿。我很惊讶这件事竟然没有登报，写报道的记者几乎把其他事情全写进去了。"

"布罗迪？"

"对，就是他。"

"他对我们纠缠不休，好管闲事的混蛋，只想搞个大新闻。"

"跟我说说这件事吧。过去几天里，我的一生都登上了新闻头条，我开始觉得他是在针对我，这个家伙似乎因为我拒绝回答他的问题而怀恨在心。"

"难道你不觉得他之所以那么好奇，是因为你和连环杀人案的受害者交往过，一具受害者尸体碰巧在你的房产下面出现，以前和你一起搭档的警察被人谋杀了，他的警徽还出现在了米尔斯抛尸现场？"梅森屏住呼吸，等着看杰克的反应。

哈珀咬紧了牙。"下次你们想找我问话，我会请律师代表我出席。"他从会议桌上起身，跨步走向大门。"今天的谈话到此为止。"

他把两个男人晾在屋里，走进走廊。

"把两名警探带出去。"疾步走过前台时，哈珀愤怒地把这些话甩给身后目瞪口呆的接待员。瘦弱的女人慢慢站起来，迟疑地向会议室挪步，就好像在那儿会发现两具尸体似的。

杰克在想摔上办公室门之前勉强平复了心情，他轻轻掩上门，额头靠在木板上。*该死，该死，该死。*这一切何时才是个头？到底是谁在这么对他？为什么？他先是在报纸里被大卸八块，现在又是这些警察。他没能很好地应对这次审问，但他必须离开那间房间，否则他一定会抢过梅森手上的牛仔帽，用它堵住他的嘴。

他挺直了脊梁，决定做些事来分心。回去工作。他可有一个公司要经营。*控制住自己。*杰克从桌子上拾起一大摞电话留言浏览起来。

*老天啊。*也许他根本不需要经营公司了。

三个客户已经取消了重要会议。他怒不可遏地把这些留言塞进了碎纸机。

办公室的大门突然敞开，连门都不敲一下，他的姐姐梅洛迪就这样闯了进来。"布莱斯说你刚才在和警探谈话。他们想知道什么？他们不相信报纸上写的那些废话，是吗？"

她的灰眼睛目光锐利，她站到杰克的办公桌前，鞋跟踩进地板里。他的姐姐很高，妆容精致，一套职业西装价格不菲；她情绪紧张，仿佛一只受到威胁的母老虎。但杰克知道她只是被警方造访搅得焦躁不安。

"报纸上写的都是真的，梅尔，他们没有胡编乱造。"*现在他又在为布罗迪辩解了？* "只是那些叙事用词都是瞎扯淡。"

"既然这样，为什么他们来这儿？"

"因为他们在我们的地产上找到了一具尸体，而且我以前和卡尔·川顿一起共事，他们只是在例行公事。"

"但你还是这家公司的董事长啊！他们怎么可以跑到这儿来，还……"

"董事长这个身份给不了我免罪符。上帝啊，他们可是在抓一个杀人凶手，当然要和我聊聊。"

现在他又开始为梅森说话了？

杰克抓着头发。"我知道媒体曝光让人心烦，相信我，我和你一样讨厌这件事。但是在事件平息前，你应该让事情朝对我们有利的方向发展。别朝我撒泼。"

"如果你没有……"

"如果我没有什么？在大学谈女朋友？还是和卡尔做搭档？你有点过分了，梅尔。"他不再理会她，心不在焉地盯着窗外。

"所以我们该做什么？"她的声音降了十个分贝。

杰克知道，她说出这几个字时一定非常痛苦。他们虽然吵过很多次架，但彼此内心深处却坚定地爱着对方，也珍视父亲的公司。

"你尽你的职责，而我尽我的，我们得让所有人知道，哈珀开发商一如往常，警方调查完全不会干预到企业运转中来。"

他想起了刚才被他塞进碎纸机的电话留言，他不可能提起这件事，否则她一定会大发雷霆。

梅洛迪缄默了片刻。从玻璃的反光中，他看见她恐惧的表情，但她不想承认。她点着高跟鞋转身离开了办公室。杰克松了口气。他相信他们两个只要齐心协力，一定可以熬过重重困难。

第十一章

他在手掌里掂量着高尔夫球棍微笑着，很喜欢这根球棍的重量。他对高尔夫知之甚少，但知道这些球棒都是顶级货，拿着这件价值连城的玩具称得上是种任性而为的冲动。这是富人地位的象征。他握住球棍，试挥了一杆便咒骂起来，这该死的球杆对于他而言实在太长了。他把球杆狠狠摔在床上。

他能指望什么呢？那个律师个子很高，但他不是。

这简直是他整个人生中难以逾越的障碍，这个社会对男人的身高有所要求，而他总恨自己长得不够高。他从没用过"矮小"、"矮冬瓜"这样的词，在一生中，他已经听到过太多次这样的词，而且都并非出于好意。

但他会向所有人证明自己，很快他的身高不会再成为关注的焦点，人们会对他心存敬畏。

他走到窗口，从百叶窗向外窥视，扫视着被黑暗笼罩的街道。一辆车都没有。老实讲，他觉得那个男人这个点应该到家了，现在都快凌晨一点了，一出退休派对又能花得了多少时间呢？他庆幸自己没和那些婊子勾搭在一起，夜夜笙歌，醉心于床笫之欢。

他觉得有些无聊，便决定再翻找一阵，现在他已经找到六部色情电影，少量藏起的大麻和超过两千美元现金。他把色情片和现金装进袋子里，唯独没拿大麻，他不会让任何这类垃圾玷污自己的身体，它会让头脑迟钝，像是把利刃在柏油里拖过一般。

这栋房子从某种意义上说是单身汉的天堂。房子的主人五年前就离了婚，靠电子音乐释放情绪，每间房里都摆放着高端立体音响和超薄大屏电视。放映室布置得如同剧院，架子上排列着的电子游戏、DVD 和蓝光碟比百视达①租赁音像店里的还多。车库里停放着一辆保时捷和一辆迷你库珀。很显然，主人今晚是开着四轮驱动梅赛德斯出门的。

他再一次在一尘不染的衣柜里摸索了一阵，下意识地哼起一首黑色安息日乐队②的老歌。他数了数，一共有二十二件西装，九双礼服鞋，和数也数不清的领带。他的手停留在一件灰色西服外套上，欣赏着它的款式和材质，他一向挑剔的触觉受了诱惑，便把它从衣架上拽下来穿在了自己身上。

他连自己的指尖都看不见。

于是他粗暴地脱下外套，像一个被惯坏的学龄前儿童扔掉破玩具一般，把衣服甩在地板上。

身高问题永远纠缠着他。

他的母亲曾说他只是发育得慢，很快就会长得和别人一样高。这个贱货一如既往地撒了谎。

---

① 百视达（Blockbuster）是一家美国家庭影视娱乐供应商，最初只是出租录像，后来发展到了流媒体、随选视讯和影院等行业。在其 2004 年发展高峰时段，拥有超过六万名员工和九千家商店。
② 黑色安息日（Black Sabbath）是英国 19 世纪 70 年代一支重金属风格的摇滚乐队。

他把所有精力都倾注在学习上，高中一年级时就进入了提高班，甚至修读了大学课程。虽然身高已经无法挽回，但他努力以另一种方式比其他人出类拔萃。

以智力压人。

对于他来说，学校是一个可供利用的工具。他把老师、图书管理员或是任何能够教会他特殊技能的有价值的人当作目标，为了出人头地不择手段。他学着成为一个巧舌如簧的演说者，一个控制者和营销家。

但是他却讨厌学生，尤其是其他男学生，他们把他绊倒，扔掉他的笔记本，甚至在一本充满恶意的高校学生手册里让他成为每一个恶俗笑话里嘲弄的对象。他被伤得很深，恨不得把他们全体枪决，他曾幻想过要报复这些把他的青年时代糟践得如此凄惨的混蛋。

当高校校园枪击案突然在国内接连发生，他几乎把脸贴上了电视。他理解这些孩子。他明白是怎样的愤慨和狂怒激起他们杀人的冲动。当他看到新闻报道没完没了，敬佩和嫉妒占据了他的心房。他们把它付诸实践了。这曾是他梦寐以求，却从没能贯彻的心愿。这些孩子们留下了多么宝贵的遗产！他们将永被铭记。

他的嘴角荡起一丝笑意。他也能像他们一样声名鹊起，只是时间早晚的问题罢了，如果严格遵守时间表，那么这一天近在咫尺，他已经花了几年时间煞费苦心地精雕细琢，完善时间表。绝不容许失败。

但他在考虑一个计划之外的变数。

他没有想到莱西·坎贝尔这么快便登上了舞台。到底是怎样惊人的命运让她恰巧出现在那个叫米尔斯的姑娘的尸体恢复现场？他难以置信，上百次地摇头。他本希望她在尸体被移送入法医局时再出场，即使她自己没有参与尸检工作，也一定会提前听说尸骨身份。她在游戏中的提前出场是一种强有力的征兆，但他必须在解读它时万般小心。

它意味着什么？

他还应该遵循最初的蓝本吗？还是放弃玩弄她的冲动？是否有更高级的力量决定要把她在时间线中提前，以此来给他更多时间和这个可爱的女人周旋？她的出现是一份礼物吗？

一份礼物？ 这倒是一个好想法。他当然可以在不影响计划的前提下送她一份礼物，不过得仔细想想该送她什么，他准备等自己有时间来权衡所有可能性时再来思考这个问题。

心情舒畅多了。他从一盒袖扣里捡出一些纯金材质的，在他挑选袖扣时，都没有意识到自己还在哼着曲子，这段旋律一直回荡在他的脑海中，他甚至不知道自己是何时把它唤醒的。

他眯起眼睛看着一副镶嵌着大颗钻石的袖扣。这些都是真钻石？他把它们放进了口袋。

老天啊，他口干舌燥，走去厨房的路上，他盘算着这位律师会在冰箱里储存哪些饮料。是名牌矿泉水还是微酿啤酒？他才刚打开门，愉快地拿出一瓶可乐，便听见车库的自动门打开时低沉的嗡嗡声。

该死。为什么偏偏是现在？ 他看了一眼手里的苏打水，为自己来不及在动手前喝上一口感到恼火。他把罐子扔回冰箱，摔上了门。**高尔夫球棍在哪儿？** 他怒气冲冲地走向卧室，抑制着喉头的干渴。这一夜又有的忙了。

而可乐明天早上依然会在原处。

第十二章

梅森和雷正尝试拨打当天第二通私人电话，他们已经在波特兰西山蜿蜒曲折的街道上迷过一次路。大雪纷飞的天气令人心烦意乱，梅森庆幸自己把那件不中用的四轮驱动政府用车停在了家里，换了一辆布莱泽汽车。明智的决定。有几条被冰雪覆盖的小路十分陡峭，好在铲土队在这片区域清出了一条通道。

"要是在这儿发生火灾，他们铁定出不去了，消防车更开不进来。"雷坐在前座上，一边引路一边抱怨，他从皱巴巴的地图查询指南上抬起头。"在那儿。就是它了。"

梅森望着那栋大房子。"你确定吗？"坎贝尔医生可没有开私人诊所，她只不过在一家牙科学校教书，再负责处理一些法医案件罢了，怎么买得起这样的房子？

这是一栋波特兰老宅，梅森估计它是在1900年前后建成的，误差不会超过20年。多屋脊屋面和户型拱廊让房子显得开放又亲切。这栋两层别墅完好无损地保存下来，丝绒般覆着雪的草坪铺展开来，绿化景观经过细心修剪，雪白的侧壁一尘不染。挺拔从容的老冷杉为这一带更平添几分威严。

在这儿，人们不会住在仓库般的房子里，坐拥三个车库和几个泳池，也看不到车库突出、均匀排列的猪鼻房，这些千篇一律的房子只能靠外墙涂料的颜色来区分。而这一切都不是这儿的房主所追求的，他们所追求的是房屋的质量和历史感。

梅森把车停在靠近路边的一辆路虎后面，他注意到所有车都停在窄路上，一些车上已经被雪层层盖住，似乎从一星期前开始下雪以来就没有动过。大多数住家都有一条窄小的汽车道通向屋后，那儿的车库里大概已经堆满了园艺用具。

雷从布莱泽车里走了出来，扫视着排列在街边的名贵豪车：梅赛德斯、雷克萨斯、宝马。"这些人是怎么做到把车停在街上还能若无其事地去睡觉？他们难道有隐形的金钟罩能把偷车贼挡在外面吗？"梅森知道，雷每晚都会把他那辆开了两年的老雪弗兰锁在车库里。

在雪幕中，梅森注意到在刚停了不久的路虎一侧车窗上放有一张方形的贴纸，那是一张俄勒冈州人报的停车许可。

"我不认为她现在是一个人。"

迈克尔·布罗迪想要接手这次问话。这个高大的男人热情似火，甚至有些无理了。梅森亲吻了他的脸颊，克制住自己的脾气，梅森允许布罗迪就座，因为他同意不以记者的身份参与问话，而只为坎贝尔医生提供帮助。

"有没有一种可能性，十年前被捕入狱的男人不是凶手？又或者卡尔·川顿的死是一次模仿杀人？"布罗迪问。

"我不会胡乱推测，我们正在调查案件的各个方面。"这句话梅森已经重复了三遍，这个该死的记者永远不会停止假设和反复推敲。读完他对案件的头条报道后，梅森已经调查过这个人。大家异口同声地认为他醉心于自己发掘出的故事，并且在写作中表现出近乎冷酷的坦诚。

梅森特意转向坎贝尔医生,想让布罗迪闭嘴几分钟。宽敞的正式客厅里,她正紧张地坐在沙发边缘。这个房间仿佛出自浮夸的装修杂志,深色的硬木地板闪闪发亮,雪白的护壁板和线板隔开了精心设计过的墙纸。

坎贝尔医生身穿红色的滑雪毛衣搭配牛仔裤,她的头发向后梳起,看上去只有十八岁——除非你看到她的眼睛。这双眼睛警惕地评估着一切,对外界事物小心提防。这双眼睛里流露出专业而冷静的自制,令梅森想起外科医生进行常规扁桃体切除手术时常会有的那种表情。如果上周六早上没有看见她几近失控,现在他会以为她无所畏惧。

布罗迪在她身旁徘徊,坐在沙发的扶手上,蜷着身子,随时准备在莱西受到威胁时挺身而出。

梅森觉得他很像一只老鹰。

"你确定你之前没有见过卡尔文·川顿?"梅森又问了一遍,他还试图找寻川顿的警徽和苏珊娜的尸体之间的联系。

坎贝尔医生摊了摊手。"我每年和一百多名患者打照面,不可能记得每个人的名字。另外,我在调查里配合过好几个警局,其中也包括莱克菲尔德和科瓦利斯,就算和他见过面也很正常。"

雷的手机响了,他看了一眼,便从椅子上站了起来,往厨房里走去处理私事。

在雷离开的这段时间,问话搁置了。梅森想找些家常话题来聊一聊,虽然他最不擅长这个。"这房子可真好。"

她抓住了伸来的橄榄枝。"谢谢你。这是我爸妈的房子,我在这里长大。"

"你父母不住在这儿了吗？现在只有你一个人？"

坎贝尔医生摇了摇头。"我妈妈几年前就去世了，爸爸不能承受在这儿继续住下去，但也说服不了自己把房子卖了，所以这就变成我的房子了。"

"你的父亲是俄勒冈首席法医。"这根本不是个问题。

"是的。"她也没说更多。

布罗迪清了清嗓子，趁坎贝尔医生看向他的当口悄悄和坎贝尔医生说了几句。她朝他轻轻点头。

梅森被他们晾在一旁。

这两个家伙关系太密切了。他们的肢体语言充满了亲昵，却又表现得不像一对正在交往的情侣。"你们两个是怎么认识的？"

他们又互换了一个眼神。布罗迪耸耸肩，拿出他的苹果手机把玩起来，把这个问题留给了莱西。

她先朝记者看了一眼，但紧接着对梅森投以礼貌的目光。"我们在市中心认识的，有一天深夜没有人送我回家，迈克尔提出送我一程。"

她搭了陌生人的车？梅森可不相信，他的表情里一定暴露出这种怀疑，于是她赶快澄清。

"我那时候在……约会的时候碰到点麻烦，在一家餐厅外面。他喝了太多酒，这时候迈克尔走了进来，局面变得很……难处理。"

梅森从她脸上遮遮掩掩的表情中看出"难处理"这个词是种委婉的表达，他用审视的眼神打量着她右边的那只老鹰。

"我把他的鼻子打断了。"布罗迪温和地抛出这句话，依旧把注意力集中在手机上。梅森还没来得及回话，雷出现了。

"梅森。"他在厨房门口叫道，面色苍白，甩甩头示意梅森进来。

"发生什么了？出什么事了？"布罗迪打断了他们。

从他眼睛的余光里，梅森看到这只鹰又嗅到了一些迹象。布罗迪终于从手机上抬起头来，梅森走向厨房时，他的视线一路紧跟。

但梅森无视了他，和雷四目相对，不论雷说什么，都一定不会是个好消息。

"又发生了一起谋杀案，他们觉得可能和这个案子有联系。"雷低声说道。

"谁？在哪儿？"该死，雷，快说啊。

"约瑟夫·科克伦。"

梅森在记忆中搜索着这个名字，却徒劳而返。"那是谁？"

"本顿郡的上一任地方检察官，他在奥斯威戈湖经营了一阵私人业务。"

"本顿郡。那就是在科瓦利斯，是吗？"虽然并不情愿，但梅森还是在脑中将两个地区联系在一起。

"他是德科斯塔一案的起诉人。"雷说。

"这个巧合让这起谋杀归在我们的案子里？仅仅因为和米尔斯和德科斯塔有关？"梅森现在想起了这个高个子的男人，约瑟夫·科克伦曾公开发誓揭发"发疯的杀戮恶棍"，此后他便开始追捕德科斯塔，如同鲨鱼追赶一条流血的狗鲑。他成功了。

雷清清嗓子，朝厨房门口望去，确保没人偷听。"尸体旁边还发现一包头发。"

"谁的头发？"

"灰色短发。他们准备拿去检测，但它在视觉上与卡尔文·川顿的头发匹配。"

"上帝啊。"这下他们得赶去凶杀现场了。梅森打算回到客厅向两人道歉，却突然朝雷回过头来。一些事令他头疼。为什么卡尔·川顿的头发会……

"川顿。他曾被卷入德科斯塔的案子吗？"

雷的脸上露出恍然大悟的表情。"他肯定和案子有联系，在某些方面，该死，我们怎么没有早些调查这件事？"

梅森想到一个好主意，可以马上验证他们的假设。他走进客厅，靴子发出沉重的敲击，把坎贝尔医生和布罗迪吓了一跳，后者正全神关注着自己的手机。

"坎贝尔医生，你在德科斯塔的审讯中出庭作证，你还记得当时还有其他人作出过对他不利的证言吗？"

"我想是有的。"她似乎在犹豫是否要翻出那段痛苦的记忆。"怎么了？"

"我想卡尔文·川顿现在可能和你有某些联系了。"

坎贝尔医生望着他，瞪大了双眼，梅森能看出她的记忆被唤醒了。"他是逮捕德科斯塔的警察之一，我现在想起来了。"她低声说。"那时候至少有十来个警察出庭作证，但他的证言至关重要。在描述德科斯塔的酷刑室和刑具时，他差点在台上哭了出来，我不得不离开法庭。"她哽咽了，梅森担心她有些不舒服。

那些记忆也回到了梅森脑中。作为专案小组的一员，他曾在侦破连环杀人案时遇到过一百多个警察，坎贝尔医生的描述让他也想起自己曾见过那个彪悍的警察在证人席上险些崩溃的场面。

"约瑟夫·科克伦被谋杀了。"布罗迪把手机塞回口袋。

三双眼睛齐刷刷地望向他。一双困惑，两双恼怒。

"该死的媒体。"雷小声说。

布罗迪对梅森缓缓展现出捕猎者般的笑容。"没错，你们的秘密藏不了多久，总有人喜欢嚼舌头。"

"我知道那个名字，他是德科斯塔案的地方检察官。"坎贝尔医生打破了男人间的紧张气氛。"发生了什么？人到底是谁杀的？德科斯塔已经死了，不是吗？"她从沙发上支起身来，提高了音量，想从梅森眼中看到肯定的答复。

"没错，那个人死了。"梅森的话也没有使她放心，牙医明显在发抖。他转向雷。"我需要每一个和把德科斯塔送进监狱有关的人的名字。"

"该死。"布罗迪站起来，一只手紧紧环住坎贝尔医生的上臂。"莱西，你就是其中之一。"

坎贝尔医生脸色发白，她和梅森的视线交汇。"我的证言让他被判刑了。"

梅森没有躲避她的注视，卡尔·川顿惨遭虐待的尸体在他脑海中闪回。他妈的！难道她也在某人的杀戮名单上吗？

梅森把视线投向几扇大窗户。"你家装了保安系统吗？"

"我现在就叫人来装。"莱西已经在手机上拨通了号码。

第十三章

　　那天没有下新雪，但寒风将人行道边缘的积雪冻成危险的几堆冰块。莱西浑身发抖，小心翼翼地从波特兰街道上的人潮中穿过，用厚衣领把脖子围住，她真希望自己有条围巾。斯图尔特·卡特，她的一名牙科学生，在一家小型画廊中展出了一座自己的雕塑作品，她已经答应去顺路看看。不到万不得已，她还没有打算完全将自己隔离于日常世界之外。

　　每月第一个星期四会在波特兰市区举办例行活动，市民聚集在珍珠区欣赏艺术作品和艺术家们。当地居民在人行道上搭起粗糙的展台售卖自制的小创作，画廊敞开大门，引诱市民慷慨解囊，品尝有机开胃菜。

　　就在她出发前往市中心画廊的几秒钟前，杰克通过办公室电话找到了她。她接电话时，他听上去松了口气，却没有在她问起时详述警察的问话，他还是想今晚和她亲自聊聊。莱西没有在电话里提到警察昨天的来访，她突然觉得迈克尔那些含沙射影的文章令她难堪，也还没想好如何解释自己和这位记者的关系，但她知道，杰克一定会过问这个人。

莱西告诉杰克她答应了别人要去市中心，他提出和她碰上一面。她同意了，却不知道自己为何这么做。

这不是一次与杰克·哈珀的约会。她又把这句老话重复了一遍。

他只是想和她保持接触，告诉她警察问话的内容，仅此而已。莱西的思绪飘向昨天听说的那起谋杀案。杰克认识约瑟夫·科克伦吗？

究竟是谁在杀害德科斯塔案的控方人员？苏珊娜尸体发现以来发生的所有事都指向德科斯塔案——苏珊娜、逮捕他的警察和地方检察官。

我的处境是危险的吗？有多危险？ 莱西的手指逐渐麻木，仿佛供血突然中断一般。她深吸一口气，庆幸人行道上人潮涌动，和这么多人在一起时，她是安全的。

寻找和杰克约定碰面的街角时，她停下脚步，透过窗户端详起一副丑陋的水彩画，画面上不协调的棕色和灰色颜料让她的思绪倒退回十年前。戴夫·德科斯塔是个恶魔。闭上眼睛，她还能看见他在庭审时懒洋洋地仰靠在椅子上，在被告席的桌子下面伸展着两条长腿，一双漫不经心、百无聊赖的眼睛观望着审判的进行，就好像是周末午后观看一场没有进球的足球赛。

她看见他的眼中不曾有过任何情绪，仿佛灵魂缺失了一块。他的家人缄默不语，坐在他的后排，那些脸孔都面无表情，他们的精神状态与思想在庭审观察员眼前隐藏起来。

她在法庭上度过了许多漫长的日子，听一长串证人作证，发现受害者尸体的证人们给出的证词令她不寒而栗，还有那些酷刑、性侵、虐待尸体的图表和照片。德科斯塔坐在那儿不为所动，游离世外，莱西却正竭力克制住呕吐的冲动，她想象着苏珊娜被他抓在手中，作为逃脱者的强烈负罪感令她精神崩溃。

她的心理医生把这种现象称作幸存者负罪感，这在同伴牺牲的幸存者中相当常见。

呼吸的节奏变快了，莱西睁开了眼，视线落回水彩画上，想要分散注意力。

心理医生管这该死的情绪叫什么根本不重要，这是她生命中最黑暗的时期，她与死神擦肩而过，出院后会一连在床上躺上几天甚至几周，对抗着玩弄她理智的梦魇。

但她根本没法摆脱这场梦魇。她只想入眠，一场没有噩梦的安眠，可是那些惨状却会在睡梦中复活。镇定剂虽能赶走噩梦，却会影响睡眠质量，榨干她的精力。踏出家门需要超乎寻常的努力，哪怕只是去一趟杂货店都需要好一阵精神斗争和心理准备。

倘若没有父母、朋友和医生们鼎力相助，她差点绝食。食物变得无足轻重，她不进食，因为她的身体再也感受不到饥饿。

因为她放手了，苏珊娜再没有回来。

负罪感把她渐渐拖垮，她开始大量囤积维柯丁①。每晚，她盯着逐日增多的药片，神经兮兮地用手指拨弄它们，数出数量，分成几堆，再放回瓶中，拧紧瓶盖，藏到母亲看不见的地方，这样的情况持续了几个月，哪怕生理疼痛已经消失。出于某种原因，哪怕是抵制药瘾都能让她感受到些许对生活的掌控。

苏珊娜失踪后一年，莱西站起身来盯着马桶，仿佛站在远处一般，看着维柯丁被自己倒进马桶冲走。一颗不剩。她觉得自己仿佛变得坚强了起来。她被赐予了第二次机会，而有些人却永远得不到它。

她不再回首那段黑暗时光。直至今日。

———
① 维柯丁（Vicodin）是当作香口胶或是糖豆一样嚼的药片，在美国为处方药，止痛药类，在国内被分在麻醉药品类里。

这一次，她努力保持镇定，尽管黑夜依旧煎熬，但牙医学校的忙碌生活有助于分散注意力，享用冰淇淋或和迈克尔简单聊聊天也能起到些帮助。她虽渴望得到母亲的安慰，但又觉得有这样一群密友已足够幸运，有些晚上她很想请求迈克尔睡在她家的沙发上，但却不允许自己有这样的依赖。她能靠自己挺过难关。

德科斯塔已经死了。他不可能再接近她。

莱西抬起了下巴，她不会再活在受警方推测或预感支配的恐惧中。要想打乱她的生活，这些还远远不够。她没有逃避，她直面生活，不会任由千篇一律的恐惧胡作非为。她在每一个大衣口袋里都放上了辣椒喷雾，时刻保持警惕。

当她终于明白这画的内容是一片墓地时，不禁转过脸去，胃部发紧，喉头灼烧，她两手抱在腰间，保护自己免受寒风和记忆侵犯。

"你很冷吗？"

她跳起来，一只手条件反射地护住钱包，抬起眼睛看向那双质询的灰色眼睛。是杰克·哈珀。一阵暖流穿过她的身体，赶走了凶险的阴影，比一杯超大杯咖啡更快见效。死亡和墓地淡去了。她端详着这个高挑的男人，他看起来挺帅，好看的便裤和厚夹克也无法掩藏一件事，那就是他……该用什么词恰当？健美。相当健美。他的黑头发修短了，头顶有些头发轻微竖起，惹得她想把手指穿过它们感受那触感。她把手插进了大衣口袋。

简而言之，这个男人相当性感。

在他身边时，她的全身都暖和起来，内心激荡起愉悦的漩涡。而他看着她的样子……仿佛他也有这种亲密的想法，想要在二人之间再添一把火。

她到底在想什么？

他完全不适合她！他肯定会要求女人们都拜倒在他脚下，那篇关于十大单身汉的文章已经暗示过他用情不专，从不做出承诺，她可不愿成为他身后那条长队中一块倒下的多米诺骨牌。何况他只是想和她聊聊，他想得到信息，而不是小酌怡情和烛光晚餐，甚至更多。不是吗？

她听到了自己的声音。"不，我不太冷。"

他伸出手来抓起她的两只手，用力地搓着，皱起眉头。

"你简直冷得和冰块一样，我们应该在里面见面的。"

他的温度渗入她的双手，跃入她的肚子，引燃了一阵小火花。她惊诧地抽回双手，不想沦陷在他的魅力之中。"我没事。不过我们先从这么冷的地方离开吧。"

他紧紧拉回她抽开的一只手，往橱窗里挂着丑陋水彩画的画廊里走去。她站着没动，看着那副诡异的水彩画，把他们握紧的手往回拉。他皱了皱眉。

"别去这间画廊，咱们往前走走。"

几乎一整个晚上，杰克的手都紧紧抓着莱西。

是她身高的原因，杰克想找个原因。即便脚踩高跟靴，她也只勉强到他肩膀的高度，这激发起他心里的保护欲，他已经用肩膀把一个微醺的马大哈推到一旁，以免这个白痴将她撞翻。又或许是因为寒冷。一开始，他发现她站在人行道上，衣领护住脖子，抱紧自己，好像快冻僵了似的，突然感受到短暂的歉疚，他本应坚持在一家餐厅或酒吧碰头的。

莱西停下脚步，查看画廊门上的名字。"该死。斯图尔特告诉过我他的雕塑在哪个画廊展出，但是我现在不记得了。"她看着一块小型的绿色路标，沮丧地叹了口气。"这条街是对的，希望我们能碰巧撞见他，因为我答应过来参观他的作品，但我不知道原来这儿有这么多画廊，一个城市需要多少个画廊啊？"她喃喃道。

这对于杰克来说却是个大好时机，他不介意多逛一会儿，这让他有更多时间和她攀谈、观察她的一举一动，了解她。他们很快就发现了彼此之间的一个共同点：艺术盛会不适合他们。推搡拥挤的人群、高谈阔论的画廊主人和买家，摧毁了单纯欣赏原创作品的乐趣。他还没有聊起警察的问话内容，想把这件事尽可能地推迟下去，他拖延得越久，就会有越多时间留在她身边。

她说话时，双手打着手势。她的眼睛也会说话，当她高兴时，棕色的眼睛配合手势有节奏地闪光。他想让她一直讲下去，随便说什么都好，她的声音温暖，总像快要大笑出来。他喜欢这一点。

他们推开咖啡店的门，跺掉鞋上冻起来的融雪。他看到她只是漫不经心地用一只手顺了顺头发，而不像其他女人那样，穿过大风后总要疯狂地寻找镜子。她看起来美极了。冷风在她的两颊吹出红晕，棕色的眼睛明亮闪烁。今晚她的头发松垮地披在了肩上，在此之前，他只看到过它们朝后束成一束马尾的样子。她的秀发纤长，微卷，金发上的光泽从深蜜糖褐色过渡到亮金，他忍不住想伸出双手抚摸。

"我太想喝杯咖啡了，不管味道如何，只要是热的就好。"她打了个寒颤。

他带她挤进队伍，很高兴又需要等上一阵，从队伍的长度可以看出，波特兰的其他市民也需要咖啡。

他站在她身后，悄悄将双手搭在她肩上，读着菜单板。他稍稍直起了身，一股周六早上闻到过的香气朝他袭来，但那并不是拿铁或摩卡的气味。他少许弯下身去嗅着莱西的头发，闭起双眼，她身上有面包房的味道，肉桂、香草和蜂蜜的气味刺激着他的鼻腔。很好闻。这香味与她很是相衬。

她的双肩猛地一抽，他赶紧睁开了眼。难道她发现他正在嗅着她头发的香气？

莱西此时正在关注一对队伍前头拿饮料离开的夫妻，他们的年龄在三十五岁左右，穿着厚实的衣服。妻子金发，骨瘦如柴，表情刻薄，和她同行的男性和她一样高，但从他焦虑的神色不难看出他很多年来一直得看老婆的脸色行事。杰克发现，男人发现了莱西，便放慢了脚步；他的目光移向她的头顶，与杰克四目相对，整张脸都沉了下来。

莱西猛地倒吸一口气，杰克搭在她肩上的双手感到一阵颤抖。他紧紧抓住她的双肩，回应着另一个男人挑衅的眼神。

真见鬼，这个人究竟是谁？

莱西不敢相信这是真的。

波特兰的三百家咖啡店里，他偏偏走进她在的这家。好吧，说实话，是他先进来的，但这句改编过的电影台词却在她脑中挥之不去，她已经有一年多没有碰上过这个男人了。为什么偏偏是今晚？

杰克把手抓得更紧了，她感激上苍让他出现在这，在这场交锋里，她太需要这样一个有血性的男人站在她背后了。一个高大而热血的男人。她肩上这双意欲将她占为己有的双手是最完美的选择。

"坎贝尔医生。"弗兰克的语气充满嫌弃。

有些事情无法改变。

虽然心里燃起怒火，但她只是冷冷一笑。

"弗兰克。"她转向弗兰克身边闷闷不乐的女性。"西莱斯特。"

那个女人一言不发地无视了莱西，抬头看向杰克，脸上那副尖酸表情逐渐变成谄媚、倾慕的微笑。做你的美梦吧。莱西不知道在这对夫妻中，她讨厌谁更多一些。

眼角的余光里，她瞥见杰克先是短暂注视了一会儿西莱斯特，又将目光转回到弗兰克身上，但什么也没说。

太好了。莱西吸了口气。"哦，这是杰克。"她用宠溺的眼神望着杰克，用眉毛对他使着眼色，他的脸上掠过短暂的困惑，但很快领悟了，他朝着这对夫妻礼貌地点点头。"杰克，这是弗兰克和西莱斯特·史蒂文森。"

没有人伸出手。杰克的手仍牢牢抓着莱西的双肩，让自己的身体紧贴上她的后背。弗兰克的脸上阴云密布。

"你觉得今天这些艺术作品怎么样？我们在这儿逛得很开心……"

"莱西，闭上你的臭嘴。"弗兰克粗暴地骂道。

她感觉到杰克开始把她往一边推，自己走到矮个子跟前，但她把他的右臂拉到胸前握住，死死把他拽在背后。弗兰克面色发白，稍稍挪向西莱斯特背后。懦夫。

莱西真希望看见杰克脸上的表情，弗兰克的反应已经说明杰克看上去恨不得把他剁成肉泥。

"好了，弗兰克，没理由这么粗鲁。"肾上腺素在她的血管中激增，这个混蛋曾经都对她做了什么……

弗兰克把盛怒的西莱斯特推向门口，在莱西和杰克之间留出一大片空间。西莱斯特双眉间的纹路加重了，表情扭曲，她已经深恶痛绝。

"没理由吗？理由要多少有多少，你这个狡猾的婊子。"弗兰克留下最后一句响亮的咒骂，摔门离开了。

　　人声鼎沸的咖啡店突然安静下来，队伍里、柜台后、座席间，所有目光齐刷刷投向莱西。

　　莱西闭上眼，倾听自己的心跳声。事情还不至于太糟。

　　"哇哦。那人是谁？"

　　她差点忘了杰克就在身旁，他的一只手臂还紧抱在她胸前，体温透过大衣传到她背上。她尴尬地放开他的胳膊，转过身面对他。她应该让他给弗兰克点颜色看看的，从杰克的神色看来，他再乐意不过了。面对如炬的双目，她挤出一丝苦笑。

　　"那人是我的前夫。"

第十四章

杰克沉默地护送莱西走出咖啡店，他们决定不喝咖啡了，况且他总觉得她现在不喝咖啡也没事了。

她结过婚，还嫁给了一个混蛋。真是难以相信。

他摇了摇头，借此甩去攫住他喉咙的妒火。何必嫉妒？他们又没在约会，或者做得更多。

或者做得更多。

他本能地渴望更多。那件笨重的外套下，她的妍姿在他的脑海中燃烧，这具身躯虽然娇小玲珑，却凹凸有致。昨天在法医局办公室时，她身穿隔离服，他花了很大功夫才把视线从她的纤纤玉臂上挪开，这位过去的运动员至今依然维持着性感紧致的身材。

当他无言地陪她走去她的车旁，心跳得飞快。城市上空夜幕低垂，零星亮着几盏街灯，巨大的金色光斑旁投出深色的影子。他们将嘈杂的文艺青年人抛在身后，走进小镇中更静谧的角落。杰克努力控制住自己的双手。莱西僵硬的姿势释放出强烈的不满信号，威胁着让他不要碰她。

他完全不知道她在想些什么。当他们从咖啡店离开时，她似乎因为在前夫面前奋起反抗感到骄傲，但随后便安静下来，现在又被怒火笼罩。杰克不敢开口，更不能提出那个问题：他们之间到底有怎样的故事？肯定不是个好故事，这段婚姻显然以悲剧收尾。

莱西在一辆大型越野车旁停住脚步，手伸进钱包中寻找钥匙。杰克看着这辆黑色的大车，不禁怀疑她的视线能不能超过方向盘。

"这真是辆大卡车。"

她疾步走过他身边。"你是不是要开始批评这辆车碳排放量太大？这样的指责我已经从我的朋友们那儿听够了。下雪的时候我必须开车上山才能回家。我还经常去滑雪。"她的双眼做好了迎战准备。

他往后退，防备地举起双手。"哇。等一等，事实上我也有一辆差不多的车。好吧，车龄比你这辆还要大一些。"

"抱歉，我不是有意要冲你发火的，这只是……"她的双手画着圈，指向他们刚才来的方向。"我很抱歉让你看到他给自己丢人。"

"他看上去就是那类人。"

她嘴角掠过的一抹微笑让他屏住呼吸，这微笑完全改变了她的面貌。他搜肠刮肚，想再讲出些俏皮话来，好让她再次露出笑容。在沉默的沮丧中，他走到她面前，随意地靠在越野车车门上，却完全放松不下来，他的每寸肌肤都全面戒备，他觉得自己好像刚喝了几杯浓缩咖啡，无法从躁动中回过神来。他不能放她走。

"你结婚多久？"

"两年。"她的笑容消失了。

"几年前？"

她掰手指数着："已经是七年多以前了。"

"天啊。那他还那么刻薄？在这么长时间之后？"谁的嫉恨能持续这么久？当然，杰克不清楚他们分手的缘由，但他敢打赌，肯定是那个混蛋的错。

她耸耸肩，明知他的重量压在门上，却故意用力拽着打不开的门把手。她没有和他对视，不准备把这段往事讲给他听，但他不会让她在失落时离开的，他没有挪开身。

"我真希望你在离婚前把他扔进了搅拌机。"

她看着他，露出一丝苦笑。"我不得不说我俩当时都快被榨干了，但我有几次可能践踏了他的自尊。"

"哎哟。"杰克一只手拍拍心脏，扮了个鬼脸，暗自庆幸她露出了笑容。"有些女人在这方面还真是能手。"

莱西敏锐地看向他。"你是不是也被践踏过几次？"

"哪个可怜虫没有呢？"

"我想起你的时候，可没法和可怜虫联系起来。"

他朝她笑笑，弯下身去，放低声音，他呼出的热气触到了她的脸颊。"那你想到我的时候会想到什么？"

"偏执狂。"她又拉了一次把手。

"我知道你一直都在想着关于我的事。"

她大笑起来，但愧疚感在她的脸上一闪而过。

她的确一直在想他。

他从卡车旁退开几步，打开车门，扶她爬上座位。他没有放手，莱西便把她的手抽了回来，脸上带着质询的神情。他靠得更紧了些，盯着她发笑的眼睛。

"我们能再见一次吗？"

"再见一次？想挨冻？还是想和我前夫吵架？"莱西的声音很轻，但她那双暗色的眸子却没在开玩笑。

她的嘴引起了他的注意，她的双唇稍稍分开，舌尖舔着下嘴唇。

看到这番景象，他全身都僵硬了，当她的眼睛捕捉到他的反应时，也屏住了呼吸。

"莱西……"

话还没说完，她就已经完全明白他想问她什么，看见她脸上闪过一丝挣扎，他的心揪了起来。

"好。"她轻声将这一个字吐露。

他战胜了她的理智。

他一只脚踩在脚踏板上，把她的脸捧在手中，用自己的嘴唇盖住了她的，他的手指伸入他一直渴望触碰的金色秀发里，在她的唇上留下深沉缠绵的长吻。在最初的惊讶过后，他感受到她的身体放松下来，投入到接吻中，把自己完全向他敞开。热血在他的脑中沸腾。她的嘴唇柔软而温暖，喉咙后部发出轻声呻吟，他感觉到她的手移向他的肩膀，满心希望那件厚重的夹克衫能够消失，他想感受她手的温度，他想要她的手划过他的肌肤，然后……

她的身子抽了回去，手仍搭在他的外套上。

"这不是个好主意。"她小声说。

他全身静止，努力对抗着流动在四肢上潮水般的冲动。"如果我要犯错，那我想要犯个大错。"

她睁大了眼睛。

他按下了锁车门的按钮，往后退了一步，关上了卡车门。她从车窗望向他，指尖触摸着双唇，震惊的神情淡去，他看见她手掌后微笑的痕迹。

"回去吧。"他做了个驱赶的手势。"回家吧。"

莱西发动引擎，推进档位。她再次看了他一眼，一边嘴角扬起，朝他眨了眨满含笑意的眼睛——和他们初见那次他冲她眨眼时一模一样。一切都记忆犹新。他的心脏猛烈地跳了两下，她踩下油门。

他站在街上，一直目送着汽车尾灯消失在视线里。

次日清晨，手里捧着一杯刚做好的咖啡，莱西从前窗向外望去，她订的报纸正躺在人行道上，离门廊刚好四十英尺。夜里，冻雨落在陈雪上，形成一层危险的冰层。为了拿到报纸，她必须穿着睡袍冲出屋外，冒着摔断肋骨的风险，努力避免在冰上滑倒。她太喜欢数独游戏了，不填完这该死的东西，她就无法开始一天的生活。

她放下咖啡，系紧了睡袍上的带子，把脚伸进靴子。她看见了镜中的自己。上帝啊。乱成一团的头发，破破烂烂的睡袍和瓢虫一样的靴子，要是卡森先生过马路的时候看到她，那这事就没完没了了，这个坏脾气的家伙不相信她是牙医，他告诉自己的老婆说莱西是个牙医诊所的前台接待。

她更仔细地向镜中看去，想要用手指梳通头发，她的双唇有些浮肿，莱西的一根手指从唇上拂过，她断定它非常敏感，即便那只是一个吻。昨晚这个无比炽热的、令人激动的吻让她直到凌晨三点还毫无睡意。

她为什么会答应要再见杰克一面？迈克尔的警告在她脑中回响。在理智上，她认同迈克尔的看法，和杰克·哈珀见面不会有什么好结果。她在处理自己的往日回忆上麻烦已经够多了，他的警告对她而言相当重要。

但她没在用大脑思考，而是在用一年多没有真正"约会"过的那一部分思考，她的这一部分正热望着男性粗糙的爱抚，呼唤着强健的臂膀做她的支柱，企盼着一个男人能在床上紧紧抱住她，让她觉得自己是他生活中不可或缺的存在。

　　莱西咬住嘴唇，承认自己是在逃避。**她非常孤独。**靠工作和在体育馆里的体操授课打发时间，她逃避男人，仿佛他们是粘在滚烫人行道上的一块口香糖。

　　为什么是他？为什么是现在？

　　这个男人的某些特质在她的自我防卫前乘虚而入，她稍一卸下防备，他就偷偷溜进来，引爆了她紧锁在心房深处的情感和记忆，以及生理需求。

　　昨夜事件引发的惊诧仍萦绕在她心头。杰克亲吻她时，她听到那声唯有对的人结合时才会发出的咔哒声，它是如此清晰可闻。况且莱西知道，杰克也听见了这一响声。

　　她抬起头，伸手去摸门把手，却在半途停了下来，再次审视镜中蓬乱的头发。她从口袋里掏出一个发夹，将头发向后挽去，拧了一下，牢牢地将它夹在辫子上。

　　此时此刻，谁管卡森先生会想些什么！

　　她浑身哆嗦，小心地穿过门廊，险些在踏上第一级结冰的楼梯时摔断肋骨，一阵刺骨的冷战冲上脊柱，伸向四肢，她咬紧了牙关。

　　很好。今天不会再有报纸了。

　　她一寸寸挪回门边，突然看见门框旁靠着一个小包裹。"莱西·坎贝尔医生收"，上面有这几个手写的大写字母。

　　什么鬼东西？

　　没有地址或邮戳，一定是有人昨天把它放到这儿来的。她挤压着包裹，感受到一张光盘的轮廓，皱起了眉头。她的同事里，有人曾说过会送她一张 DVD 吗？

　　她一边撕开包裹，一边走回温暖的房间，闻到浓郁的咖啡香气，舒了口气。光盘上没有标签，她好奇地拿起咖啡，走到起居室的电视跟前。

她将碟片放进播放器，一把抱起在她脚边打转的猫咪，坐到沙发上，挠着伊芙的下巴，电视屏幕上除了灰色的雪花外什么都没有。*真糟糕。这张盘是空的吗？*

屏幕突然亮起来，放映出一个水泥墙壁的房间。镜头摇晃地追拍，拍到一堆杂物胡乱堆在一起，凹陷的纸板箱堆积在各个角落，歪歪扭扭地堆成小山，老旧的木椅、破损的桌子和一卷脏兮兮的地毯填满了局促的空间。画面上很多噪点，这盘磁带看样子已经很老了，又或者被转录了很多次。摄像头转向一张铁制的单人小床，当它聚焦到被捆在床头板上的金发女郎身上时，莱西胸口一紧。

苏珊娜。

伊芙发出刺耳的尖叫，莱西放走了这只被她突然掐住的猫。伊芙从她的大腿上跳了下去，冲出房间，爪子轻捷地落在木地板上。

莱西屏住了呼吸。

苏珊娜的脸清晰起来。她的双眼半闭，但在变得面无表情之前，她眼里短暂闪过的仇恨直直射向摄像头。她没有试图挣扎甩开缚住自己的绳子，似乎完全失去了抵抗意识。她的头发又乱又长，莱西从未见过她这么长头发的样子。凌乱不堪的头发沾满油污。苏珊娜的头再次转向摄像头，和莱西的目光相遇，然后又移开了视线，低下头去。摄像头粗暴地下移到她的身体，她身着一件破烂不堪的 T 恤和一条运动长裤。

哦，上帝啊。

莱西越发仔细地盯着画面，视线集中在苏珊娜 T 恤衫下的肿胀部位，与此同时，她的双手盲目地在身边摸索，想找到放在沙发靠垫上的遥控器。她眼睛一刻不离屏幕，好像如果移开视线，画面就会消失。她必须暂停这盘录影！遥控器到底在哪儿啊？

天啊。苏珊娜怀孕了。

这么明显隆起的肚子是谁都不会看错的。莱西盯着画面，她看见T恤衫下起伏的动静。她正寻找遥控器的手僵住了。婴儿在动。

这个婴儿怎么了？苏珊娜的孩子在哪儿？

已经不是婴儿了。现在已经是个孩童了。估计有八九岁大了。

画面消失了，屏幕上又变回灰色的雪花。"不——！"莱西惊声尖叫。

视线从屏幕上挪开，她发现了桌上的遥控器，一把抓了过来。当她转身朝着电视，准备按下倒带键时，新的画面又突然在屏幕上出现。这一次，画面色调更暗，但更清晰了，这段录像是在户外拍摄的，是一座夜色中的城市。

莱西站着，将遥控器指向屏幕，她的手指正在倒带键上徘徊，眯眼看着漆黑影像里停泊的汽车和卡车，摄像头扫过一辆接一辆车。她发现了一辆福特野马，一辆新车。**是最近新出的车型。**她屏住了呼吸。碟片的这一部分是最近新拍摄的。

在一个令人绝望的瞬间，她差点相信苏珊娜还活着，怀有身孕，生活在某处。

不。莱西感觉胸腔泄了气。苏珊娜的尸体已经被发现丢弃在公寓楼下，莱西已经触碰过她的尸骨。泪水夺眶而出。

莱西的呼吸颤抖着，她盯着屏幕，努力将突然闪现的苏珊娜孤零零的头盖骨赶出脑海。

然后，她看见了他，莱西整个人往后瘫倒在沙发上。杰克·哈珀。他正朝着她的卡车前倾，和她深情长吻，然后摔上车门。莱西从卡车车窗里看着自己诧异的脸庞。摄影机猛地一拉，她听见摄像的人清晰地骂了一句粗话。

　　莱西感到恶心，跌跌撞撞地从沙发里站起来，一头冲进洗手间，伏在马桶上呕吐起来。大颗汗珠顺着她的脸庞滑下，灰暗的阴云遮蔽了她的视线。

　　距离那个吻才不到十个小时。

第十五章

他挑剔着他的拿铁咖啡，它不够甜，况且他已经把它退回去过一次了。咖啡店员第一次把咖啡豆烘焙过度了，那股难闻的味道现在还在他口腔中萦绕不去，她为他重新做了一杯，还送了他一张免费拿铁券以供下次使用。至少她还把他的抱怨当回事。如果你准备做一件事，就该把它做对。

他在小桌旁等着，一边膝盖轻轻晃动。他扫视着咖啡店里的其他顾客，跟着店里的音乐一起哼着歌，直到发现那是威利·纳尔逊的歌。他很讨厌乡村音乐，它们会让他想起他的父亲。

街上阳光明媚，天空泛着剔透的蓝色，却只有零下二十度。大风最恼人，它那如冰一般刺骨的寒意能在你走到室外的五秒之内冻住你的鼻子。只有勇士敢在溜滑的路上堵上性命驾车出行。

在冰天雪地里开车倒不会对他造成困扰，他从小就在这样的气候中长大。但这个镇上长时间的寒潮对他而言却很陌生。典型的波特兰冬季，半英尺的积雪会封锁整座城市，失事车辆堵在高速公路和城市辅道上。当需要在大雪中辨认方向时，波特兰住民没有任何参照物。谢天谢地，他生长的环境里，雪天开车是必备技能。

莱西喜欢他的礼物吗？首先，他本没有打算加上她和哈珀的视频片段，但当看到那个男人亲吻她的时候，他被激怒了。

妒火中烧。

那个女人始料未及地触动了他的心弦。

现在会发生什么？这会对他的计划产生什么影响？他啜了口咖啡，将各种可能性在脑中铺开。莱西是计划中一个变动的因素。打一开始，他就从没完整考虑过她命运的走向。他皱起眉头，他已经在那天才的计划中帮所有其他人都精确制定了已成定局的命运，何不帮她也准备一套呢？

难道在潜意识中，他就知道她异于常人？

苏珊娜就曾经是个特别的人。一阵醉心的笑容划过他的面容，引来邻桌那位迷人女士朝他微笑，那位女士试图吸引他的注意，但他却望向窗外，无视了她。他有必须专心准备的正经规划要做。

他已经很多年没有再看那卷旧录影了，每当他观看录影时，都会有特殊的感情涌上喉头。苏珊娜的肚子和婴儿一同变大时，她就如绽放的花蕾般惹人怜爱，在所有姑娘中，她是被选中的那个。他还记得自己的双手抚摸着她胀起的肚皮，感受着婴儿踢腿的律动。置她于死地对他伤害至深，他差点改变了主意，却别无选择。她会用余下的生命抗争，企图从他手中逃跑，这是他不能容忍的，因此和其他人一样，她也难逃自己的命运。

如果你想做一件事，把它做对。

他的思绪又回到手头的问题上来。莱西·坎贝尔。有一两秒钟，他想象她代替苏珊娜躺在破旧的床上，挺着大肚子，他的心一紧，屏住了呼吸。他还敢再冒一次险吗？

邻桌的女人想要故意引起他的注意，再次露出笑容，他不想怂愚她做出进一步行动，便低头朝自己的拿铁看去。曾几何时，女人们的视线躲避着他，他年轻时曾是个干瘦的极客怪才——牙套、粉刺、眼镜，如果这样的相貌能被称为书呆子，那么他可没少因此吃苦头。

而现在，他一丝不苟地对待仪表。衣服都整齐地熨过，做了发型，牙也刚漂白过，没必要让自己看上去像个邋遢的懒汉。只可惜他不能改变自己的身高。足球教练曾经制止他加入球队，那个男人从头到脚打量了他一番，对他的体型摇头兴叹。"还好你很聪明。"

他很聪明，这话说得对极了。

这个足球教练从来都不知道，是谁在返校日球赛那天用球棒打碎了他心爱的火鸟汽车的前车灯。

坚持到底至关重要。

他的第一次杀人是场灾难，但仍应着头皮把事情做完了。他没有意识到较之动物，人类的反抗会那么激烈。没有任何一种物种的求生意志比人类更强。他在几次目击到这种现象后，就再也没有犯过低估目标的错误。他从不会过分自信，永远将控制权掌握在自己手中。

他和泰德·邦迪不一样。邦迪最终失控了，他的弱点害了他的命。他一度盲目自大，坚信自己不会被捕，监狱也关不住他，他曾两次越狱，还筹划着在佛罗里达州的最终处刑前再逃一次。被处死时，邦迪还维持着健美的身形，涂抹无光照助晒乳让皮肤变得黝黑，坚持在狱内健身。他很可能计划混进小麦色肤色的佛罗里达居民中去。可惜，行而未成。

他用手指叩击着桌子，寻思着自己的结局会怎样——这是他计划中的黑洞，他不能精确地设想出大结局，但希望人们知道是他精心策划了这一切。他渴望体验崇拜和惊惶，一定有获得它们的方式。然而，要成为万众瞩目的焦点，就必须把自己公之于众。可是如何曝光自己，同时不必锒铛入狱？他咬着嘴唇，望着窗外的飞雪。他可以承认罪行，再引决自裁。这一举动既能将他的天才昭彰天下，又能免受牢狱之灾。他知道六七种不同的自杀方式，有些无需工具就能完成。

牢狱令他恐惧，死亡和自杀却不会。他曾与死神面对面站着，但那感觉很平和。当他的受害者瞥见物质世界之外的神奇魔法，他们的脸庞都会变得安详平静。莫非是看见了等待着他们的结局？

死亡本身不会扰乱他的心绪，但他讨厌死亡带来的脏乱，令人作呕，臭气熏天，毫不卫生。

他还需要再想想自己的计划。

他看了一眼墙上咖啡杯形状的钟，他已经多等了五分钟，不能再等下去了。

出于无聊，他望着那个女人，希望她再朝他这儿看一眼。她确实看了，右边的眉毛微微抬起，表情温柔而坦诚。他仔细端详着她身上每个细微的部分。是个相当可爱的女士，他如此裁断道，虽然比他喜欢的类型年长一些，但打扮得整洁得体。这一点至关重要。他望着她的棕色头发皱了皱眉，更希望它们是金色的。她卖弄风情似的甩了甩头发，用手指将几绺深色的发缕挑到肩上。他的视线集中到她的手上。一枚婚戒。

他感到恶心，便移开了视线，他最讨厌不忠的妻子。他认为自己已经等得够久了，便从桌旁站起来，无视了那位仰慕者疑问的目光。

他朝门边走去，把一整杯咖啡丢进垃圾桶，拉紧大衣来对抗即将迎面袭来的狂风。他礼貌地扶着门让另一个男士走进来，看着那人跺掉靴子上的残雪。他为自己的好运咧嘴笑了。

　　恰好就是他一直在等的牺牲品。这个男人今天可要倒大霉了。

第十六章

梅森·卡拉汉探长暂停了 DVD，快速按下回放键，他的手指有节奏地敲打着桌子，特意重温了一次接吻的片段。看着和他坐在同一张桌上的两人，他好奇地挑起眉毛。警察局审讯室里剑拔弩张。坎贝尔医生脸颊绯红，移开了视线，但哈珀却用冷淡的眼神直勾勾地看向他。

"你们俩是不是进展得太快了些？"梅森的头朝电视指了指，但目光牢牢锁定在哈珀身上。"而且，还有个人很不喜欢看你们两个情意缠绵，他在结尾时可没少骂娘。"

哈珀一言不发地继续盯着他。这个高个子男人故意仰靠在廉价的椅子里，双脚在桌下交叉，尽管坐姿松弛，但他的身体却因紧张而颤抖着。坎贝尔医生坐在哈珀身边，攥紧的双手搁在桌上，两片嘴唇紧闭成一条直线，目光粘住屏幕。她的眼睛虽然潮湿，但泪水没有涌出眼眶。暂时是这样。DVD 开始播放后，她一句话也没有说。

警局大楼这件局促的房间乏善可陈，其中只有一张会议桌、几张椅子和平板推车上的电视和 DVD 播放器。这间房间需要重新刷漆了，肮脏的白墙上能看出椅背不小心留下的刮痕和裂纹。天花板一处由于旧时漏水鼓胀起来，却没人乐意花时间维修。每次梅森挪动身体的时候，椅子都会发出尖锐的吱呀声。

"我觉得，很显然，有人正在跟踪坎贝尔医生。"雷·鲁斯科背靠着墙，声音平稳而安静。梅森知道他正努力平息会议桌上这场即将掀起轩然大波的自尊大赛，雷的双手交叉于宽厚的胸前，二头肌在白色的礼服衬衫下鼓起。

"苏珊娜怎么样？这件事不是关于我的。"坎贝尔朝电视挥了挥手。"苏珊娜怎么样了？他把她绑了那么久，一直到孩子生出来吗？"她的声音失控，湿润的双眼爆发出愤怒。

"这件事和你有关。"哈珀转向她。"苏珊娜死了，但你还活着，那个知道苏珊娜下落的人密切追踪着你的一举一动，我不喜欢这样。"最后一句话是对梅森说的，他正点头表示赞同。

"我不认为我们应该仅凭跟踪你的人和川顿、科克伦之间的联系就草草下结论。苏珊娜是我们手头连接起德科斯塔和其他几个受害者的关键，每个人都以某种方式被卷进了这桩案子，现在人们为此付出了生命的代价，我们那天在你家已经讨论过这点。如果这个变态遵循这种模式，你可能就在他的死亡名单上，也许就是下一个。"

"但是为什么他要把 DVD 寄给她，让她知道自己正在受监视呢？"哈珀嘀咕着。

面对哈珀的问题，梅森摇了摇头。"我也有和你同样的疑问，他肯定是在做出某种声明，我们得知道拍摄视频的人是谁。德科斯塔在苏珊娜遭绑架的二十四小时内就遭到逮捕，所以第一部分不是他拍摄的，但拍摄者显然是和他关系甚密的人，德科斯塔对他的信任足以让他将受害者交给他。我们会从他的家庭成员和密友着手调查，两段视频极有可能出自同一人之手。"他的眼睛与坎贝尔医生好奇的目光交汇。"而且那个人知道你们昨晚去了哪里，不然就是他从你的工作地点开始就一直在跟踪你。"

"这个人显然知道你和苏珊娜紧密的联系。"雷补充说。"他在释放一种讯息，希望你明白他知道这一点。他还想告诉你，他是目前事件的幕后主谋。"

"目前事件？"坎贝尔用手掌揉了揉前额。

"川顿和科克伦遇害，以及发现苏珊娜的尸体。"哈珀简略地说。

"你们能不能想到一些可能的嫌疑人？最近有没有一些形迹可疑的人接近过你？从我们对此人性格的判断，就算他和你走得非常近、甚至和你说过话，我都毫不惊讶。"梅森看见坎贝尔医生的脸越发苍白了。

"这个人也许对她来说不是个陌生人。"雷插嘴道。"这有可能是她过去认识的某个人，她在德科斯塔一案里和很多人打过照面。"

梅森点点头。"你最近有没有和一些以前认识，但并不常来往的人有联系？"

坎贝尔医生惊慌的神情传递给哈珀，梅森一下子直起身来，椅子发出一阵噪声。"什么？发生了什么？"坎贝尔医生摇着头，和哈珀四目相对，对他皱眉点头表示不满。

哈珀吸了口气。"我们昨晚偶遇了她的前夫。"

"昨晚？"

"在……那件事之前。"哈珀朝电视屏幕点头示意。"差不多十到十五分钟前。"

"怎么样的偶遇？"

"很不愉快。"他对坎贝尔医生投去抱歉的一瞥。"他在五十个人面前骂她是个说谎的婊子，非常大声。"

"他的名字是？"雷镇定自若地做着笔记。

"弗兰克·史蒂文森。"哈珀赶在坎贝尔医生开口前马上说道。

她到底嫁给了怎样的怪人啊！梅森仔细观察着坎贝尔医生，但她一直摇头。

"不可能是弗兰克，他是个混蛋，但绝不会是个杀手。"

"你们什么时候结的婚？他知道德科斯塔和苏珊娜的事吗？"

她点了点头。"我和弗兰克是在大学时期开始交往的，我们结婚是在……苏珊娜失踪后一年。"她哽咽了，但眼里却透射着自制。"我们一直一起出去玩，弗兰克几乎和体操队一起参加了所有赛事，所有人都认识他。"

"科瓦利斯的那次比赛他也在现场吗？"梅森问。

坎贝尔医生的脸上闪现出愤怒。"那个晚上我亲眼看到了德科斯塔的脸，我看到他带走了苏珊娜。那个人不是弗兰克！"

"我没有说他是，我只是想确定他在某些事件发生时身在何方。那卷 DVD 告诉我们，当时至少有两个人参与了绑架，一个进了监狱，另一个拍摄了视频。"梅森很生气。十年前，他忽略了一些至关重要的事，满以为德科斯塔被捕就等于结案。而现在，看到德科斯塔被捕后苏珊娜还活了好几个月的证明，他才知道另一人也在苏珊娜绑架案里插手。"所以你的前夫知道昨晚你在哪儿，而且我推测他也知道你的住址？"

她点了点头，露出迁就的眼神。显然，坎贝尔医生认为他的假设是无稽之谈，但在这个节骨眼上，每个和她接触过的人都是潜在嫌疑人，尤其是那些奇奇怪怪的人。

"他不可能是拍摄视频的人。"哈珀开口道。"我昨晚看到了史蒂文森，他完全没料到会偶遇她，我不认为他会跟踪我们到她的卡车边上，况且他还带着自己的现任妻子。"他的语气坚定，但梅森却看见哈珀眼里闪烁出怀疑和动摇。

梅森眯着眼看向杰克。"你可能现在也被这个变态盯上了，不管他是谁，他肯定不喜欢看到你们接吻。"

坎贝尔医生深吸一口气。

"你是指咱们这位嫌疑人对坎贝尔医生抱有某种特殊的好感？"雷的脸在沉思中皱成一团。梅森能听见他脑海中思想的齿轮飞旋。"这也许对她有利。"

梅森明白了搭档的言外之意。如果这家伙还对坎贝尔医生抱有爱恋之心，他或许就不会杀了她。至少不会立马杀了她。

"像对苏珊娜那样？"坎贝尔医生挤出这几个字，她也捕捉到了雷话里的意思。"看看他的这种好感在她身上造成了什么结果。"她的双手在桌上一拍。"孩子去哪儿了？为什么我是唯一一个关心孩子下落的人？"

"首先，我们不能确定一定有一个婴儿。其次，有关怀孕的那一段录影是很早以前拍摄的，但你受到的威胁不是来自过去，而是迫在眉睫。"梅森忍住不用手指指向牙医。

坎贝尔医生无视了警探对于自己人身安危的暗示。"也许那卷录影并不是很早以前拍摄的，也许他在她怀孕前已经把她关了很多年。"她努力想抓住一根救命稻草。

梅森摇摇头。"我昨晚和法医局的人简单聊了聊，他认为她已经死了有将近十年。"

"尸检报告有说她生过孩子吗？"莱西问道。"从骨盆带的骨头可以看得出是否怀有身孕。"

"是吗？"梅森并没有太惊讶。他已经对人类学家从一堆骨头看出各种蛛丝马迹习以为常。"我记不清他们有没有提到怀孕的事。"他在脑中回顾了最新的尸检报告。"我会复查一次。"

他看着坎贝尔医生的眼睛。"我希望在这件事尘埃落定之前，你先躲一阵子，这个疯子对你怀有某种病态的兴趣，稍微离开一阵子，你可以去度假或做些别的事。"

"度假？"她很激动。"别人付出生命的代价，你却希望我去度假？躺在沙滩上喝着迈泰鸡尾酒？我不打算躲起来！我努力奋斗了那么久，才过上今天这种正常的生活！我不打算让一个背后灵再把我吓回柜中。"从她嘶哑的声音里，梅森窥见到十年来她一定忍受过非同寻常的痛苦，也许有过很多年，她连影子都怕。

"我哪儿都不会去的。"

她的眼里掠过梅森一分钟前还没看到的新色彩。她表现得很强势，但那堵墙上的陈旧裂纹重新开始扩大，梅森不想看见她在背后埋藏的记忆。

哈珀碰了碰她的手臂。"他说的也有道理，你应该离开镇上。"

她甩开手臂，面色阴沉下来。"不要教我该做什么。"这句挖苦话让哈珀的身子往后一抽，他脸上的烦躁正好表露出梅森心里所想。

她站起身，套上那件厚外套，伸手去拿手提包。

"我要走了。"她避开大家的眼睛，朝门廊走去，雷帮她打开门。"你们收好碟片，我不想再看到它了。"

梅森听到靴子鞋跟愤怒地敲打着地板，消失在走廊尽头。

"她不会走远，我开车带她来的。"哈珀朝门看去，失落地摸着下巴，他朝梅森侧身。"你有什么能为她做的吗？"

"你是指保护措施？"

哈珀点点头，灰色的眼睛里满含坚定。"那人随时可能把她从街上或床上抓走。"他顿了顿，严厉地将雷也拉进谈话里。"你们俩都知道他想从她身上得到什么。"回头看着一片空白的电视，他降低了音调。"你们能想象出她朋友经历了多可怕的事吗？"

想象这一切对于梅森而言并不难，他还能很快把坎贝尔医生的脸投射在身体肿胀的苏珊娜身上。

"我们靠警局恐怕不能提供什么帮助，这一切都只是推测，我当然觉得她需要被全天监视，但我们做不到。"梅森看着杰克的眼睛。

作为回应，杰克缓缓点头。

杰克踏出警察局大楼，却没有看见莱西，他屏住了呼吸，上下打量着沉寂的城市街道。他跟在她身后出来还不到三十秒。杰克穿过雪堆朝停放着他那辆卡车的停车场慢跑过去，满心希望她正哈着气等待他。他抬头望向天空，在接下来的十二个小时中预计会增加三英尺的积雪，如果他想说服她从镇上离开，就必须得趁现在。

为什么他把她的事也揽到自己头上？难道要他收拾的烂摊子还不够多吗？

他得全神贯注地把公司从公众舆论的水深火热里解救出来，他没有那么多时间扮演大哥的角色。更何况，这个女人对他来说几乎是陌生人。她满面笑容的样子出现在他脑海中，喷枪般烧热了他的胸腔。他想骗谁呢？上帝啊。这种情感毫无逻辑可言。爱情从来都不讲逻辑，他只知道这是出于本能的情感。他不想让她看到那段该死的视频，想用自己的夹克衫挡住她的脸，手深深伸进她的发缕中去，她那双饱受折磨的棕色眼睛里流露出的痛苦和脆弱都令他无法忍受。

他想朝某样东西上揍过去。朝某个人揍过去。

杰克绕过砖楼，在转弯处看见一个瘦小的身影站在自己的卡车旁边。谢天谢地。他不会再让莱西逃出他的视线。杰克的心情稍稍平复下来，克制住说教她的冲动。

强硬的办法在莱西身上是行不通的，只会让她的叛逆变本加厉。他如果想劝她小心，就必须谨慎行事，让她觉得为她安全考虑的主意是她自己想出来的。他靠近了些，看见她脸上怒气还未消散，便立马把这项迂回心理战术丢进雪堆里去了。这个女人只凭自己的意志行事。

她对他说的话证实了这一点。

"我不会按照你和那些警察说的去做。"莱西斜靠在他的卡车上，眼神冷冰冰的。"我拼尽全力才把那些噩梦抛在脑后，让我的生活摆脱它们的控制，而现在你们全都在告诉我，我必须躲起来。"

"不是躲起来。只是让他抓不到你。"

"去他的！"她跺着一只脚的鞋跟。"这个精神病正在把我的生活翻得底朝天，我已经经历过一次，但是现在……我不可能边过我的生活边不停回头看，就算我离开镇上也无济于事。"

杰克站在原地，任她宣泄，他想触碰她，让她冷静下来，但又知道她还没做好准备。他一言不发地把拳头伸进大衣的前袋，紧张地僵站在原地。只能等待。

她突然停住了，举起双手捂住嘴巴，瞪大眼睛。"孩子去哪儿了？苏珊娜失踪时我的心仿佛被撕碎了一块，现在看到她怀孕，心上的空洞放大了一倍，我觉得……觉得就像自己失去了孩子。我知道这种痛苦远不及真正痛失爱子的母亲，但我必须找到这个孩子。至少得去试试，我欠苏珊娜的太多了……那天晚上我不该放手，如果我没有放手，这一切都不会发生。"莱西声音颤抖，目光越发空洞。"你觉得凶手会是孩子的父亲吗？哦，上帝啊。孩子现在还在他手上吗？"

痛苦令棕色的眸子暗淡下去，杰克将这视作一种暗示。

他一把将她揽入怀中，把她紧紧搂在怀里，想要吸走她身上的痛苦。她把整张脸埋进他的大衣，断断续续地抽泣，迟疑的双臂伸进夹克衫环住了他，他感受到她的心脏在他的胸口怦然跳动。他抱紧她，两臂环住她的肩，轻柔地将下巴搭在她的发丝上，深深吮吸着她身上的女性芬芳。欲望被挑起，他闭上了眼睛，唯愿能抚平她的伤痛。

究竟需要花多少年才能治愈那次侵犯留下的情感创伤？那伤口上的结痂如今又被剥去，裸露出脆弱的神经。杰克想起了卡尔，他哽咽了，卡尔对他而言不仅是益友，更是良师，如今却惨死于一个杀人狂手中，很可能和跟踪莱西的是同一人。

他想起接吻的视频，双手扣得更紧了，他紧抱莱西转了个身，搜寻着摄像头、尸体或任何形迹可疑的人，他觉得有一双眼睛正监视着他们。梅森说得没错，杰克必须把莱西送到安全的地方去，不管是夏威夷、斐济还是南极。

怒火涌上血管，杰克咬紧牙关，他一定会保证她的安全，除此之外别无选择。他的情感远压过理性。

他也一定会为她找到那个婴儿。

雷和梅森从二楼窗户俯视这一对情侣。

"该死！"雷转身离开，一脚把自己的椅子踢到房间那头。"我们没法帮上她任何忙。"他的声音放低了一个八度。"这简直太混蛋了，为什么我们不能在一切结束之前让她待在别处呢？"

梅森站在窗边，一言不发。他一手搭在窗台上，装作没听见这难得的抱怨。雷的问题是句反问句，但两人都清楚，他们没有足够的人力和财力。

梅森看见哈珀转了个身查看四周。*真是个好男人。派你照看她*

也许再好不过。如果警察不能出面保护她，一位曾经的警察却可以胜任。哈珀匆匆把她推上车，最后环视一次停车场，车胎扬起一阵雪花。

哈珀强烈的保护欲就像梅森家的狗保护最爱的咀嚼玩具，哈珀愿意为保护坎贝尔医生的安全付出一切，只要她允许。

但是那位记者……布罗迪又如何呢？梅森在脑中勾勒出这个金发男子，他总像头警惕的母熊徘徊在坎贝尔医生左右。这个男人身上散发出的微妙气质随时可能引发骚动和暴乱，梅森回想起第一次和哈珀谈话时，他也赞同布罗迪是个讨厌鬼。

在这段暧昧的三角关系中，布罗迪的位置在哪儿呢？

第十七章

"该死的杰克。"

莱西诅咒着，在牙科学院办公桌上的一堆文件中乱翻，寻找她需要填完的学生情况报告。离开警察局后，她总算说服了杰克放她下车。他先表示反对，直到她展示给他那套必须刷卡才能进入的严密安保系统，把附近的警卫车辆指给他看，他才总算妥协。他必须得去趟办公室，但向她保证半小时内会在学校停车场的电梯口等她。"三十分钟，不多不少。"他低声说。

杰克还在劝说她离开镇子，但遭到了拒绝。她已经作出让步，答应搬进一家当地旅馆，他坚持亲自开车送她去牙科学院，再接她回家打包行李。那只是个旅馆罢了。只是住上几天。莱西绝不打算离开波特兰，更不可能丢下工作。杰克咕哝着说她需要一个贴身保镖，而她则暗示他已经主动请缨。

我们走着瞧。

她用力拉开最下层的抽屉。它们就在这儿。现在她想起前一天有个同学过来质疑给分，她便匆忙地把这些文件扔进抽屉关了起来。她长吁一口气，但却无法集中精力，她现在只想要离那些雄性激素远一些，两名警探和杰克加在一起的激素配额已经够她受一个月了。

她抓起搭在椅背上的实验服，朝女子更衣室走去。一路上，学院的牙科实验室都鸦雀无声。她很惊讶，竟然没有学生利用晚上时间完成实验项目，天知道她和艾米莉亚在这个无聊的地方熬过了多少紧张焦虑的夜晚，她俩每隔一会儿就容易犯困，得靠狂喝咖啡提神，把巧克力当药吃，努力打起精神，免得搞砸实验，在浇铸了几小时牙冠后功亏一篑，追悔莫及。

有时有人会偷偷把六罐装的啤酒带进实验室，莱西牙科实验里的大部分错误都是这时候犯下的，她很快就明白千万不能一边喝酒一边浇铸牙冠。不过，今晚的实验室空无一人，事实是明摆着的——这些学生要么全部都按时完成了项目，要么就是要拖延很久。

她把实验服丢进更衣室的洗衣篮，和其余的牙医袍、手术衣堆在一起，她看了看表，发现自己还有五分钟时间到车库和杰克碰头。

寂静的走廊中，莱西放慢了脚步，突然猛地停下来。"哎呀，糟糕。"她掉头朝更衣室走回去，她忘了翻看实验室服上的几个口袋。有一回，她不小心把实验室的钥匙忘在了口袋里，洗衣公司却称没见到什么钥匙。她把衣服从洗衣篮里拿出来，搓搓着每个口袋，她摸到胸前口袋里有某种坚硬的小东西，便把手伸进去，掏出了一枚戒指。她瞪大了眼睛。

"什么……"

这枚戒指一直放在家里，她把它放在老旧的首饰盒里，藏在梳妆台最里面的抽屉里。莱西把戒指在手上转了一圈，前额浮现出几道深深的皱纹，整个胸口憋得无法呼吸。戒指上有一颗镶金边的红宝石，宽条指环上还刻有题字。这是她在全美大学生体育总会上赢得的诸多冠军戒指中的一枚，她从未佩戴过它们，甚至记不清最后一次见到它们是什么时候。

它怎么会跑进她的口袋?

她把戒指拿起来对着灯光,旋转着想看清冠军年份和学校标志,却突然把它拉近,眯起眼看着指环内刻的首字母。

这不是她的戒指,而是苏珊娜的。

她的胃一紧,肺部凝固了。

赶紧逃。

她冲出更衣室,沿着走廊奔向电梯,背后涌起一阵寒栗。在紧闭的铁门前捱过了漫长的三秒等待,她转身跑进了楼梯间,顺着楼梯井朝上。她跑过四楼走廊时,一句话伴着脚步声反复在脑中回荡。**戒指不是我的。戒指不是我的。**

除了这句话,脑中再想不到别的。

荒寥无人的牙科学院太危险了,她打每间教室、每一扇办公室大门跑过时,胃里都会泛起阵阵凉意。离体牙的玻璃展柜映出她的倒影,她在余光里瞥见自己惊慌的举动,加快了步伐。有人曾到过她的办公桌。翻过她的东西。

如果他还在大楼里,该怎么办?

这一切到底是谁做的?

离那道通往封闭天桥的双扇消防门只剩二十尺,天桥从牙科学院通向停车场,她的恐惧稍稍减弱,便放慢了脚步,她一定能赶到停车场。杰克会在那儿等她,一切都会平安无事。这一秒钟,杰克·哈珀在她脑海中成为了安全的代名词。

她用两只手撞上沉重的双扇门中的一扇,将它推开,带窗的漫漫走廊上空空荡荡,车库电梯就在走廊尽头。她松了口气,朝前走了三步,眼角余光突然捕捉到一个闪动的人影。她笨拙地转过身,眼前出现了一个男人，正斜倚在那扇她没推开的消防门上。

"弗兰克！"看到前夫站在面前，她震惊地叫出声来，身体稍稍放松下来。他是个怪胎，但当她看到这个怪胎时却松了口气。不过……

"你是怎么进来的？"她的心脏怦怦直跳。

他看了看手中的门卡。"我还拿着你的卡呢。"

老天爷啊。她给他这张卡的时候，自己还是个学生呢。他把它保留了这么久？而且现在还能用？她必须和大楼保安好好谈一谈。

"你不该留着它的，你不该出现在这儿。"她的惊异转为愤怒，想把卡抓过来，但他的手挥到她够不到的地方，她朝他眯起眼睛。

"你在这儿做什么？"

"我在找你。"

"为什么？你想做什么？"

他慢慢挤出一个莱西明白需要谨慎对待的笑容，她的手心发汗，怦怦的心脏漏跳了一拍。几年前，这样的微笑意味着他在谋划些什么，而且往往是她不喜欢的计划。

"我想你了，莱西"他的眼神越发温柔，勾引着她。

"饶了我吧，弗兰克！"她对他嗤之以鼻，心跳也不断加速。"你是不是喝醉了？"

他的面色阴沉下来，朝她靠近几步，把她逼得往后退去。他虽不是很高，体格却肯定比她强壮。"没有！你首先想到的竟是这个？"

"是啊，因为你做傻事都是因为喝了酒，比如这次！"她往后指指天桥，又后退了一步，神经突突直跳。他靠得更紧了。她的前额已被汗珠浸透，他正把她逼进一个凹陷的角落。

"你到底为什么要跟踪我？"

"我只是想和你谈谈，从昨晚遇到你开始，我就一直想着你。"

"你骂我是个粗野的婊子，还让我闭上我的臭嘴。你当真认为这种卑鄙的谄媚能让我忘记那些事情？或者让我忘记你在法庭上对我说的那些混账话？弗兰克，你是不是傻？滚回你的老婆身边！"

莱西的心脏仿佛要从胸腔中跳出来，她紧咬双唇，感觉背已经靠在了墙上，她已经被逼进角落。

别激怒他。

他抓住她的前臂摇晃着她，愤怒的脸紧逼到她面前。"莱西，你就是一个自以为是的高级妓女，你觉得我配不上你吗？"她感觉到他炙热的呼吸鞭笞着她的脸颊。

她睁大了眼睛，他的手仿佛会永远停在她身上，他一拳打在她嘴上的画面在她脑海中闪回，灼烧，她别过脸，用力把膝盖朝他的胯部顶去。他抬起臀部躲开了攻击，嘲笑着她。

天桥上回荡起一声巨响，弗兰克的眼珠朝上翻起，露出她前所未见、也不想见的一大片眼白。他放开她的胳膊，倒向水泥地。在他正后方站着一名保洁员，肖恩·霍姆斯，他双脚开立，手持拖把柄的姿势有如拿着一根棒球棒，他拧下了沉甸甸的拖把柄，击中了弗兰克的太阳穴。

"肖恩……"看着这名年轻的保洁人员，莱西说不出话来。她想要朝前走，却发现膝盖已经瘫软，因此只能背靠墙站着。这个地方靠起来倒挺合适。否则，三秒之内她就会栽倒在地。她垂下目光，看见弗兰克正一动不动地躺在她脚边。肖恩身着一身宽松的连体工作服，先是沉默地盯着她看了几秒，又将目光转向地上躺着的人，水草般的头发向前遮住了他的双眼，看不清他的脸。

"叫警卫来，肖恩。"她指了指墙上的白色电话，从手提包里掏出辣椒水喷雾，拧松瓶盖来确保自己的安全。对她有用的东西却被她藏在了提包里，她怎么没在找到戒指时就把它拿出来呢？两只手牢牢抓住辣椒水，她把它指向身前的这具身体，努力平复急促的呼吸，让发颤的双腿保持平衡。

肖恩一定是在打扫房间时注意到她的，那时候她正跑向走廊另一头，他大概想搞明白出了什么事，便跟了上去。

"他想伤害你。"肖恩的语气平静而从容，他没有去打电话，而是抬眼望着她，棕色的眸子让她想起一只伤心的史宾格犬。

"是的，没错。"她吸了口气。"你做得很对，肖恩。谢谢你。"她的双腿依然没法动弹，所以她只能把话重复了一遍。"肖恩，赶紧去叫保安。"肖恩的智力有某些缺陷，说话和思考都较为迟缓。这个可怜人总成为学生嘲笑的对象，还时常被其他员工忽视和排挤。她坚决的命令终于起了作用，肖恩朝电话走去，不时回头向弗兰克投去不安的目光。

早在几个月前，莱西发现肖恩有些情绪低落，和他以往开怀的样子不太一样，当她和他说话时，他也很少移动下巴。她把他拉到一张空的牙医手术椅上，戴上手套，无视了那双惊恐的眼睛，当即给他做了检查，发现一颗臼齿上已经蛀了一块大洞，他一定承受着难以想象的痛苦。她发现这颗牙已经无药可救，便给他打了麻药，当场帮他把牙拔了下来。

从那以后，他便一心一意为她效力，她怀疑他对自己抱有稚气的依恋。这种感情非常甜蜜，多亏了它，她今晚才不必顶着青肿的眼眶，否则，还可能更糟。

莱西闭上眼，深吸几口气。把戒指放在她口袋里的人是弗兰克吗？

　　临近午夜，警探雷将手机夹在耳旁，疯狂地在警局书桌前奋笔疾书。梅森看着雷在笔记本上翻过一页继续写，在电话中仅仅回答"对"、"是"、"在哪儿？"，听筒另一头的人倒是有很多要说。

　　梅森坐不住了，他推开椅子，在房间里踱起步来。警局里工作到这么晚的别无他人，更没有谁的桌上会放着连环杀手的资料。

　　梅森注意到雷掩起听筒，正招呼着让他回到桌边。"是俄勒冈州健康科学大学的保安打来的，坎贝尔医生险些在牙科学院遇袭。"

　　梅森僵在原地，脑中冒出了无数问题。

　　"她平安无事，没有受伤。"雷皱起眉头，发出厌恶的鼻响。"他说袭击她的人是她的前夫。"他又重新拿起听筒。

　　"史蒂文森。"坎贝尔医生前一晚正是遭到了这个人的骚扰。梅森本打算与他联系，不过看来，承蒙波特兰警察署的盛情邀请，他免不了到市区走一遭。很好，梅森为他准备了诸多沉重的问题。他抓起汇总好的案情记录文件夹，在纸张中翻找着他搜集来的前夫信息。他在其中一页上停了下来，手指戳在顶部的名字上。

　　弗兰克·史蒂文森。与坎贝尔医生的婚姻持续了将近两年。祖籍为交汇山。足病医生。

　　一个治脚病的医生？

　　他看了看弗兰克行医执照的日期——只有四年。坎贝尔医生从牙科学院毕业那年，他当上了足病医生。梅森从这件事中收获了满足感，露出了狡黠的笑容。坎贝尔医生在专业素养方面远胜前夫，弗兰基这小子是不是对这件事颇有微词？

　　"一枚戒指？谁的戒指？什么？你在逗我吧？她确定？"雷感到

难以置信，做笔记的手停了下来，梅森立即明白一定是出了件大事。雷恢复过来，在纸上龙飞凤舞起来，笔速比原先更快。

梅森从桌子另一头读着雷颠倒的笔记，在认出几个单词后抿紧了唇。口袋。冠（*后面的看不清*）。缩写。雷的字写的不是特别好——这已经是很委婉的说法，雷的字简直一团糟，只有雷自己能破译这片堆积如麻的笔记。

书面填写报告的任务通常会落到梅森身上，他不用手写体，而是用印刷体将大写字母排列得井井有条。

雷挂断了电话，摇了摇头。"你压根儿不会相信这一切。"

"和我说说。"

雷复述了关于苏珊娜·米尔斯冠军戒指的事，他是对的。梅森压根儿不能相信这一切。

杰克想杀人，尤其是莱西的前夫。他很乐意做这件事，还会将杀人的过程尽可能拖长，在每个细小的敏感部位都插上大而锋利的针头。他大步穿过她的房间，趁她在厨房煮咖啡的当口打开每一盏灯，查看每一处橱柜和可供藏身的地方。波特兰警察已经对房子进行了搜查，但没有发现非法闯入的迹象，她的房子严严实实地上了锁，但杰克还是要复查一次。他猛力推开一扇卧室门，阔步走到房间中央，吓跑了躺在豪华大床上的一只猫。他停住步伐，咬牙切齿地盯着床看。*他当时怎么会被她说服，留她一个人在牙医学校？*

这样的事绝不会再发生第二次。

他在卡车里等待莱西，当校园警卫车辆不断涌入这个停车场时，他几乎暴跳如雷。四名警卫人员冲向通往天桥的大门，杰克也跳下卡车紧随其后。

当他看见莱西坐在地板上，身边是一个倒下的人，他的每一根神经都在颤抖，一只手伸向臀部，尽管他已经很多年不带枪了。这样的场景他不愿再经历第二遍，再也不愿。

杰克走下楼梯，他有些沮丧，因为没能揪出一个潜伏起来的前夫让他狠揍一顿，尽管他很清楚这一晚剩下的时间弗兰克·史蒂文森都会在监狱中度过。他在厨房门口驻足，看着那个女人倒了两杯咖啡，她的手在发抖。尽管这是糟糕透顶的一天，她还是在强打精神，她先后接受了校警卫部和警察局的问话，杰克庆幸她无需自己开车，回家的路上，莱西一言不发，只是望向窗外黑黢黢的夜幕和覆着冰雪的街道。

她感觉到他的存在，猛然抬起头来，眼睛在一瞬间睁得很大，但旋即放松下来。

"抱歉，我应该打声招呼。"*该这么做。悄悄接近这个女人。*

她勉强挤出一个微笑，递给他一杯咖啡。她的厨房流理台上放着一堆珠宝首饰：项链、手表、手镯和一件银色的婴儿摇铃，警察说要看看她保存戒指的首饰盒。杰克拿起没有光泽的摇铃，读着刻字。*莱西·乔伊·坎贝尔。*她比他小四岁。

莱西掏出一个镶红宝石的金戒指。"我给警察看了这个，我正好丢了一个和它一模一样的，只是上面刻着的年份不同，这枚戒指是前一年冠军赛颁发的。"她又把手伸进乱糟糟的一堆首饰里。"我找不到另一枚冠军戒指了，它和苏珊娜那枚是同一年颁发的。"

她的声音有气无力，盯着那堆首饰。

有人曾经来过她的房子。

"有没有可能是你放错了地方？或者把它丢了？"*这两个问题都没有必要。*

她耸耸肩。"一切都有可能，但我已经很多年没有拿出过这个盒子了，里面装的都是我不会戴的旧货。"她叹了口气，在厨房中岛的一把凳子上重重坐下。杰克挪到她身边的一把椅子上，目光一刻不曾离开她的脸庞。

她这间黄蓝交杂的厨房在白天也许是个令人愉悦的地方，但今夜明显可感的恐惧和焦虑却摧毁了这种气氛。莱西煮了咖啡，因为他们二人都不知道凌晨三点还有其他什么事可做，他们都烦躁不堪，完全无法成眠，他又还没时间带她去宾馆入住。"这件事是他什么时候做的？"她的两只手围住杯子，低声问道。"他为什么要闯进来偷东西呢？我对于有人破门而入毫无头绪。"

"他放了苏珊娜的戒指，为的是告诉你他到过你家。他知道你会回去找自己的那枚戒指，然后便会发现他闯进过你的房子。梅森是对的，这个男人内心里想证明给你看他多有能耐，他要吓唬你，把你耍得团团转。"

"那他得逞了。"

杰克抑制住冲动，他多想把她捆起来扔到卡车上，就这么一路把她带离城镇。

然而，他们仅仅坐在那儿小口吸着两人都并不想喝的咖啡，凝重的沉默在他们之间蔓延。

"你觉得会是弗兰克干的吗？"他问。"他有没有你家的钥匙？"

她皱起眉头，杰克明白她想起了弗兰克和那张教学楼门卡，杰克和校园警卫在这件事上还没什么进展。

"他没有钥匙，我确定。"

"但并不排除是他拿走你钥匙的可能性。"

当警察问起弗兰克跟踪她的原因时，她没有给出任何解释，弗兰克亦然。莱西和那名保洁员接受问话时，他从巡逻车后座上用乖戾的目光盯着杰克。

在杰克心里，保洁员是一位英雄。当被问及为何在学校工作到这么晚时，肖恩只是耸肩摇头，据莱西推测，他是在等所有人离开后再完成工作，这样才不会有人在周围骚扰他。

杰克发誓要为这个孩子找一份新工作。毋庸置疑，肖恩在他自己的几栋大楼里能派上用场。

"你觉得弗兰克为什么会在学院？"杰克问。

他看她在这个问题上犯了难，支吾一阵后，她终于脱口而出："我觉得他需要钱。"她把脸埋进了咖啡杯。

杰克眨了眨眼。这不是他想听到的答案。

"为什么他来找你要钱？"

莱西的目光落在厨房水槽上方闭合的百叶窗上。杰克穿过屋子时，发现很容易从屋外向里偷窥，便关上了每一扇百叶窗和窗帘。"我以前给过他钱。"

"什么？你究竟为什么会借钱给你的前夫？"

"不是借。"

"你把钱白给了他？为了拿到这笔钱，他都对你做了什么？"打青了一只眼睛还是打断了一根肋骨？这一刻，他对莱西和弗兰克都怒不可遏。

"这件事说来话长。"她拐弯抹角，仍旧避开他的目光。

他仰靠在吧台椅上。"我一时半会还不打算走。"

她恼火地看了他一眼。"弗兰克……弗兰克不是一个很好相处的人。"她开始了讲述。

杰克哼了一声。

"你到底想不想听？"莱西厉声质问，两眼炯炯发光。

他点头闭上了嘴。

"我们大一认识，然后交往了几年。起初，我觉得他人很好。作为一名竞技体操运动员，你很难接触到体操房之外的生活，认识男生的机会也很少，但弗兰克是当时的追随者之一。"

他打断了她的话。"什么叫'追随者'？"

"弗兰克和其他一群人会前来观看每一次排练，学习规定动作，逐渐和体操运动员们熟络起来，他们会跟着我们到各地参赛。有一群这么热情的支持者令人欣慰，而且这些人中不仅有大学生，还包括一些退休人员和有钱的夫妇，他们简直就是为体操赛季而活。他们坐飞机来观赛，赛后用盛宴厚礼招待我们。在交汇山，体操赛会是件大事，规模比足球和篮球赛都大，体育馆座无虚席，高速公路上的广告牌上会出现我们的面孔。在商场和餐厅里，通过电视知道我们的陌生人会冲到我们跟前。"她微笑着。"学校有一档传奇般的体操节目，在美国收视率一直位列前三，我和州里每位体育主播和专栏作家都熟到能直呼其名。那个小镇里，我们也算得上小有名气。"

"那么弗兰克呢？"

她蹙起眉。"苏珊娜失踪后，他是我坚实的后盾，帮我挺过了那段绝望的黑暗时期。我大学毕业后，我们就结了婚，那时他已经毕业两年了，一切都美极了，我以为这段婚姻能延续一生。"

"我猜你马上就要说'但是'了。"

"但是……我不知道……他才是本来想进牙科学院的那个人。"

"是他想进？"杰克才不会让那家伙碰他的牙呢，不论他有没有从医资格证。

她点点头。"他在全国各地申请了好几年，但分数不够理想。我被录取确实给他造成了很大打击，他越来越……刻薄，最后完全变了个人，在某种程度上迷失了自我，我不知道那算不算抑郁症的征象，但他总觉得自己无路可走。"

杰克想起那个晚上弗兰克如何诋毁她的医生名号。彻头彻尾的嫉妒。

"差不多在同一时间，我的母亲得病了，这对我和父亲都是沉重的打击。我正打算入学，母亲在和乳腺癌抗争，但丈夫却一天天变得陌生。我决定不告诉他母亲去世后我能拿到一笔钱。"

什么？"拿钱？"

莱西在座位上扭捏地把弄着马克杯。

"妈妈给我留下了一笔可观的遗产，是以前的家族财产，还有人寿保险。"她的眼底蒙上一层阴影，他觉得自己如同一根针，不断刺激她触及不堪回首的往事。

"那你的父亲呢？"

她挥了挥手。"他有自己的财产，他知道妈妈指定我做人寿保险受益人，在我刚出生时就为我建立了信托，她家以前靠木材生意赚了不少钱。"一抹浅笑点亮了她的脸庞。

"也只在西北部。"杰克完全理解。西北部最初一批木材商人在经济萧条、木材行业破产以前积累了大量财富，大部分人已经赶在崩盘前撤出了木材业，带着几百万美金全身而退。现在他明白了莱西为什么在学校教书，在法医局工作，而不选择自己开一家牙医诊所，她不需要努力赚钱，而能随心所欲做自己喜欢的事。直觉告诉他，光是"可观"完全不足以形容她妈妈留给她的那份财产数额。

"所以你从来没向弗兰克露过富，他怎么看待你的家庭？难道他看不出你家境殷实？"

"我想他没看出来，他只看自己想看到的东西。我父母也从不炫富。"她翻了个白眼。"我母亲开同一辆旅行轿车开了十二年，我恨死那辆车了。"

"所以后来发生了什么？"

"我们的关系破裂了。弗兰克永远都在发脾气，而我一直待在学校。他完全变了个人，当初我嫁的那个富有同情心和责任感的男人消失了，他开始过分频繁地酗酒。"她咳了一声，杰克发现她不想就酗酒展开更多。糟糕透了。

"他还打你。"这不是一个问句。

她和他的目光短暂交汇后便移开了视线。"嗯。我挨了德科斯塔的揍，差点被杀，在那以后弗兰克曾打过一次我的脸，这是促使我们离婚的导火索。他虽然只干了一次，但对我已经够受的，不会有第二次机会了。离婚之后他发现了这笔钱，我对此事的隐瞒以及协议书上没能让他获益，都成了此后他记恨我的原因。"

杰克短暂地闭上眼，想象着她脸上乌青的眼睛和开裂的唇，愤怒再次沸腾，但他克制住情绪。"法庭没让你们平分财产？"

她故作无辜地眨着眼睛。"我那时只是个身无分文的牙科学生，哪儿有什么财产来分割呢？妈妈过世后，我便将那笔财产转入了爸爸名下。内心深处，我很清楚这笔钱会引来弗兰克垂涎。"

聪明的姑娘。"这就能解释那晚他为何对你那么粗鲁，他是在说你的钱。"

她点头。"在他的搬弄是非下，西莱斯特也相信我在这方面欺骗了她的丈夫，他们俩都瞧不起我。"

"所以你第一次给他钱是为了什么？"他发现她忘记了自己原来的问题。

"他在一些不良分子那儿欠下了债。这笔钱不是给他自己用，而是还他们的。"

"你帮他把债务还清了？"

"我不会称那笔钱成为债务。"她冷冷地说道。"那更像是他脖子上越勒越紧的绳套，那些没耐心的人手拉着绳索另一端。"

"他赌博吗？"

"糟糕的嗜好。糟蹋了很多人。我想你也许会觉得我助长了这种苗头，但我们刚结婚那会儿，他还没染上这种习气，赌博的嗜好是后来突然出现的。我本来应该让他自己收拾烂摊子，但钱对我来说并不是个大问题，他曾向我保证再也不去赌博。"

杰克哼了一声。是啊。"你觉得这次他又有麻烦了？"

"我确实是这么想的，但我觉得这次他可能已经在别人那儿欠下了一屁股债，他可能还很高兴进监狱，因为那儿更安全。"她若有所思。"我可以让迈克尔搞清楚他的债主是谁，他在报社有很多线人。"

"谁？"杰克喉头一紧。"你指的难不成是迈克尔·布罗迪？"杰克的舌头有些打结，说出来的语句支离破碎。"那个在《俄勒冈人报》的哥们？他是你的朋友？你不是在说那个成天揭我老底，在头版上大肆宣扬的记者吧？"

她快速眨着眼，嘴巴张开又合上。他的胸口冒起怒火，就在他想换个话题时，有人敲响了她的房门。敲击声沉重而愤怒。

第十八章

他们大眼瞪小眼，一动不动地坐着。凌晨三点还会在莱西家门口露面的人，莱西只知道一个。他通常不会敲门，而是直接用钥匙打开门径直走进来。*哦，该死。尴尬透了。*杰克对迈克尔文章的那些控诉还在她脑中回荡。她跳下椅子，但杰克抓住了她的前臂。

"别去开门。"

"你觉得一个想要加害于我的人会站在我家门口敲门吗？"

莱西再一次试图朝门走去，但他坚决不肯松手。她转向他，惊讶地发现他脸上过分想要保护她的表情。*野人。*

"别去。"

她甩开他的胳膊。"*我知道那是谁。*"他真的把自己当成她的保护人了，她在多大程度上可以忍受这一点呢？

他一路尾随她到门口，几乎要踩上她的脚跟。"是谁？你希望那是谁？"

"我没有在期待任何人。但我知道只有一个人会在他想来时随时在我家门口露面，一定是他。"

"他？他是谁？"

她是不是听到了妒忌的语气？抑或仅仅是野人又开口说话了？

她从猫眼向外看了一眼，拔开门闩，打开了门。"杰克·哈珀，不敢相信你亲自遇见了你的哥们，迈克尔·布罗迪。"

在门廊上两手插在牛仔裤口袋里站立着的，是一脸沉郁的迈克尔，他把恼火的目光从杰克停在车道上的卡车移到杰克本人身上。显然，他已经知道莱西不是一个人在家，他大概也知道谁在她家里。沉默在三人之间蔓延。

两个男人目光对峙，莱西的视线在二人之间游移。

他们俩都又高又壮，但迈克尔看上去更苗条，肌肉紧绷。杰克浑身结实。两个人骨子里都有很强的保护欲和占有欲，但迈克尔倾向于在发怒时先冷静下来，所以她很快明白是杰克在把事情推向极端。杰克表现出警察般的自信和果敢，而迈克尔则流露出暗中算计的狡猾。

杰克一言不发，大步走回厨房。迈克尔站在门口，观察着莱西的脸庞，一只手温柔地抚摸她的脸颊。"你还好吗？"

她点点头。

"昨晚发生了什么？我还是从一个警察线人那儿听说你差点儿被袭击了。"迈克尔把她领向厨房。

杰克已经放松地坐回他的酒吧凳里喝着咖啡，故意让迈克尔知道他是先来的那个人。迈克尔无视他，从冰箱里取出橙汁，直接用嘴对着纸盒喝了起来。杰克板起了面孔。

迈克尔继续打开一扇橱门，拿出一只马克杯，给自己倒了一杯咖啡。

正专注于观察这两个男人的莱西突然回过神来，朝他眨眨眼睛。"哦。弗兰克，你知道的……又原形毕露了。"

"在牙科学院，他在和她独处时把她逼到角落威胁她，还差点打肿了她的眼睛。"杰克补充了关键信息。

"我就知道，那个混蛋。"虽然这番话显然是针对弗兰克的，迈克尔却看着杰克。他皱起鼻子，就像闻到了馊牛奶。"他又来问你要钱吗？我告诉过你离他远一点。"

"我已经躲得远远的了，可是他对我穷追不舍，我还没机会知道他到底想要什么。"莱西注意到杰克冻结的表情，声音逐渐减弱。顺着他的视线，她发现杰克刚刚看见迈克尔的咖啡杯上写着："迈克尔"。

"你劝我和一大群人保持距离，迈克尔。"她的头稍微朝杰克指指。

"是啊，你也很善于接受建议。"

杰克冲咖啡杯哼了一声，迈克尔看向他。"你不同意吗？"

"她谁的话也不听，只做自己高兴的事，完全不考虑怎样做对她而言最安全。"

现在两个男人开始一齐针对莱西了，他们找到了一个共同立场，联合起来替莱西的安危担忧。

她看着迈克尔，改变了话题。"我以为你要去交汇山。"

"几小时之后我就要去机场了，我只是想先确认你是否平安。"迈克尔喝光了杯中的咖啡，把它放在流理台上，故意把带名字的一面朝向杰克。

"你告诉他关于视频的事了吗？"杰克瞪着杯子。

莱西一下子把满嘴的咖啡都咽了下去，呛了一下。事实上，昨晚的事已经让她把那段视频忘得一干二净。

"什么视频？"

莱西一五一十地告诉了他，庆幸自己把光盘留在了警察局。她知道迈克尔一定会要求看一遍，但她觉得再看一遍，自己的胃可承受不住。

"视频在哪儿？你还留着它吗？"

她是不是看透他了？

"我把它留在……"

"我把它拷在另一张盘里了。"杰克开口。

莱西盯着杰克，他什么时候做的拷贝？他朝她耸耸肩。"鲁斯科警探在我们观看录像前就做了几份拷贝，我要了一张过来。"

"我想看看。"迈克尔坚持。

杰克跳起来，朝隔壁起居室的电视走去。

哦，上帝啊。莱西拖着沉重的双腿紧随其后，她真的不能再看一次。

她慢慢在沙发上坐下，杰克把光盘塞进机。迈克尔坐在她身边，两臂撑在大腿上，凝神望着屏幕。杰克坐在她另一边，和迈克尔保持相同坐姿。

"等等。"杰克一只手拉住她的胳膊。"你确定你想再看一遍？"

莱西立马跳下沙发。"不，其实我不想看，我在厨房等你们。"

她赶紧到厨房忙活起来，把咖啡杯放回原位，擦拭并不需要清理的流理台，她只想做些事把那些光盘里的画面从脑海中清除出去。

"老天啊。"

听到起居室传来迈克尔的咒骂声，她又害怕起来。苏珊娜挺着大肚子的画面涌入她的脑海，眼泪止不住夺眶而出。她吸着鼻子，搓洗着炉子上的视觉死角。苏珊娜当时到底经受了怎样的折磨？她知道，是噩梦，是她不敢想象的噩梦。

"哦，让我他妈的休息一下。"

什么？为什么迈克尔……

脚步声重重向大门口移动，莱西走进起居室，刚好赶上看见迈克尔踏出屋外。他回头看了一眼，眼神严厉。"注意安全，莱西。"随后便关上了身后的门。

杰克仍旧坐在沙发上看光盘，她在电视屏幕上看见杰克关上了她的卡车车门。

啊哈。迈克尔看见他们接吻了。

她瞪着眼两手叉腰朝杰克大步走过去，他根本不明白她和迈克尔之间是怎样一种友谊。

"你真是个混蛋。"她当着杰克的面坚定地说。

"我不知道他的反应会这么大。"杰克说。"反正他看到了，我一点也不难过。"

他看上去是真心说这番话的，但莱西对他摇了摇头，追着迈克尔冲出门去。

早上八点，卡拉汉警探已经辛苦工作了两个小时，他砰地在桌前摔下听筒——又是一条死路。他想要追查的一个人两年前在一次打猎中意外身亡，梅森刚才又伤了一个寡妇的心，因为他要求她把丈夫的事讲给他听。他愁眉苦脸地看着自己的那份名单，他得在打电话前先对联系人名单做一次死亡人数统计，才能避免失礼行为，问题在于他不知道操作方法，他用不惯电脑。

梅森正逐个调查德科斯塔的狱友，以及在监狱内外与他关系密切的人，想从中找到德科斯塔有可能信任的人。也许德科斯塔发现此人有捕猎或杀人的天赋，又或者暗示过某个可能有意愿为他的死刑判决复仇的人。任何有可能让他们成为第二个杀人犯的线索都不能放过。

就现在看来，梅森希望渺茫。雷则负责找到德科斯塔的家人，他的运气倒可能更好些。

梅森揉了揉眼睛，长时间盯着名单让他视觉疲劳。真是一大群败类。绝大多数都在服刑，有几个人从狱中获释，却在一年内又被捉回监狱。每通电话的对话都大同小异：

"你是警察？你他妈还指望我告诉你什么？"

或者是差不多意思的话，然后就直接挂断了电话。

有一个囚犯倒是对聊天很感兴趣，从他声音中夹杂的呼吸声和对"棒极了"一词的钟爱，梅森推测出这是个同性恋，德科斯塔引发了他狂热的爱情。他喋喋不休地谈论自己多么崇拜他，当他们分配到同一间监狱时，自己是多么欣喜若狂。当提到德科斯塔无视了他的示爱时，他声音里充满了难以抑制的悲伤。然后，他以更加欢快的语调对现任男友身上更好的优点如数家珍，梅森听得满脸通红，好像刚在泥地里滚过一样。

总的来说，这通电话没有给梅森提供任何有用信息，除了让他迫切希望验证一下自己的异性恋取向。他决定休息一下，便跑到底楼和星巴克店员打情骂俏。现在，喝着大杯拿铁返回办公室，他觉得自己被净化了。

梅森看到一封同事发来的传真——杰夫·海因斯在波特兰联邦调查局特殊情报处工作。他曾请求对方在分析杀手信息方面提供一些援助，但调查局抽不出额外的人员，他们必须将反恐作为首要任务，直到一个多月后才能腾出多余的人手。

但梅森等不了那么久。

为了帮他，杰夫快速浏览了最近的两起案件，将这名杀手归入"条理性犯罪"这一大类。这意味着这名杀手智力超群，社交能力强，每一次谋杀都经过缜密规划。杰夫脑海中呈现一名高智商男性的形象。他很可能富有超凡魅力,在实施犯罪时控制情绪,并且非常关心媒体对犯罪的反应。这与"无条理型"连环杀手形成鲜明对比,他们突然袭击,随机杀人,智商一般低于常人。

这能帮上什么忙吗?梅森把传真揉成一团。

怎么不直接把那个混蛋的地址给我呢?

雷坐进书桌椅,把头埋进离他最近的一叠工作文件中。他的领带塞在夹克口袋里,袖口沾着墨水渍,他的搜查工作显然也没有进展得更顺利。梅森给他派的鬼差事是要求他找到当下根本无迹可寻的一群人,完成它需要上网搜索公共档案以及消磨时间的低效劳动。不过,雷操纵电脑可比他熟练得多,对于梅森而言,能学会查邮箱都算是万幸了。

"我找不到他的家人。"从一摞逮捕记录后面,传来雷微弱的声音。

"什么意思?"

"他们好像是从俄勒冈州、从地球上人间蒸发了。"雷抬起头,梅森被他布满血丝的双眼吓了一跳,这些由于长时间盯着电脑屏幕产生的血丝仿佛一张公路地图。

梅森在有关德科斯塔家人的事上思考了片刻。"你有没有查过死亡记录?"

雷看梅森的眼神像是在看一个白痴。"当然了,第一时间就查了,怎么会不查呢?"

梅森耸耸肩。"我只是确认一下。"他在文件夹里翻到德科斯塔出生证明那一页。

戴夫·德科斯塔的出生证明上,父亲姓名一栏是空白的。

梅森肯定，德科斯塔的家庭背景不可能一清二白。

这一栏空白通常意味着母亲不确定父亲的身份，对那个混蛋心存怨恨，又或是那混蛋在孩子出生以前就离开了。这使得雷在搜捕名单上很难找到父系关系的相关信息，否则通常能顺势找到他的叔伯或祖父母。"这个家族一定在某处。"

"所有死者都是母亲那边的，她是家里的独生女。"雷扬起一根眉毛，简要说道。"我找到了她父母的死亡记录。"梅森没有作声，雷继续说。"我和一些邻居聊过，他们也记不清了。"

"她有可能改嫁给别人，又改了名字。"梅森试图抓住救命稻草。这位母亲非常缺乏安全感，从不直视任何人的眼睛，说话时总是喃喃不清，她一直紧紧抓住离她最近的警察的胳膊，差点逼疯整个专案小组。梅森很怀疑是否有男人愿意娶她，除非有人想娶这样的女人——她看起来像被世界嚼烂又吐了出来，她掉光了牙，一颗不剩。

牙齿掉光这件事让他很倒胃口。

"如果她改嫁，那肯定也不是合法婚姻，我在这块的调查上也处处碰壁。"

联邦调查局的侧写和戴夫·德科斯塔的家属相差太远了。超凡魅力？社交自信？

梅森把这些事实在脑中归类，拧开笔盖，把它们拆开重组。他不能停下手指。"关于苏珊娜·米尔斯的那枚戒指，你有什么发现？"

雷看了看写满狗爬字的笔记本。"她的母亲说，它看起来和米尔斯的那枚戒指一模一样，她不知道这枚戒指在女儿失踪后去了哪儿，她没有再见过它，以为苏珊娜被绑架时正戴着这枚戒指。"他翻过一页。"除了坎贝尔医生的指纹外，戒指上没有其他人的指纹。哦，而且坎贝尔医生说她找不到自己同年冠军杯的戒指了，她怀疑有人把它从她家偷走了。"雷叹了口气。"坎贝尔医生不知道戒指失踪的具体时间，她已经很多年没有戴过那枚戒指了。"

梅森揉揉后颈。两枚戒指。简直一团糟。

雷抓起桌子另一头震动的手机。"对，我是鲁斯科。"他顿了顿。"你百分之百确定？"雷在笔记本上翻开新的一页，掩上听筒，紧张地看向梅森。

"他又杀了一个人。"

第十九章

　　警车把巴灵顿车道堵得水泄不通，任何民用车都被禁止进入这片高档住宅区。他和一大群拥挤到就快碰到黄色警戒线的记者和周边住民站在一起，调查完了犯罪现场。警戒带边上，每隔六尺就站着一名穿着蓝制服的家伙，受害者已经回天乏术的时候还需要那么多警力？

　　他收起了笑容。只有谋杀的腥臭味儿才能让这些警察不知从哪儿冒出来，受害者整整尖叫两个小时的时候，他们都藏哪儿去了？

　　也只有凶杀案才会让调查员们不得不在这样严寒的天气里在街上站着。他一阵颤抖。灰暗的天空中，不时有一阵阵小雪飘落而下，但主要是寒风在拍打、冻结人们。

　　他转向站在他身边头戴着红色开拓者牌绒线帽、年龄稍长的女人，她身材高挑，由于年龄的关系有些驼背，但当她扫视街道时，狭长的脸上却焕发出生机。她冲着自己的手机大喊大叫着，用浮夸的惊讶语气对这起刚发生在马路对面的谋杀滔滔不绝。

　　"你认识逝者吗？"他很喜欢"逝者"这个词，这听起来非常专业。他外套上夹着的伪造的胸牌赋予他一个身份：在《波特兰论坛》周报工作的杰夫·托马斯。他对她露出了一个温和的笑容。

听到他的问题，她皱起眉头，对他的打断表示不满，但她看见了他身份的证明——拿在手里作势要记录的笔和本子，在他饶有兴趣的注视下，贪婪的神色从她眼底蔓延开来，态度也缓和了。

"我得挂了，雪莉，有媒体想和我聊聊。"她把手机装进了笨重的滑雪夹克下那件丝绒浴袍的口袋，全神贯注地听他说话。

"你认识理查德·巴克吗？"看到这个女人眼里闪耀着的说长道短的欲求，他又把问题重复了一遍。啊，他是一个多么好的人。应该有人给他颁发一枚奖章，好好表彰他讨这位老人欢心的善举。

"我当然认识了！我住在他家对面已经有好几年了。"她指了指自己那栋前院里点缀着七个鸟池的小别墅。他眨眨眼，注意到每一个水池里的积雪都已经被清理掉，换上了干净的水，她是怎么让这些水不结冰的？颜色鲜亮的鸟食槽悬在她院里几棵白桦树的每一根树枝上。

她注意到了他的目光。"总得有人在下雪的时候喂鸟，你知道，不是所有鸟都会飞到南方过冬的。"她话中带刺。

他并不觉得在夏天她就会取下这些鸟食槽。

她那些讲究的邻居一定爱透了她。房主委员会显然忘记了在协议条款上加一条对鸟食槽和糟糕味道的处理办法。

他重新转身面对着她，露出了完美的牙齿。"这真是贴心之举。那在最近十二小时里，你是否听到或者看到一些不寻常的动静呢？"

"十二小时以前？那是谋杀发生的时间吗？"

他为自己的说漏嘴抽了一口气。"我不小心听到一个警察提到了案发的时间范围。"他耸了耸一边肩膀。"我不知道有多确切。"不，他知道。

"没有，什么也没听见。倒是看到联邦快递的快递员今天早上摁他家门铃来着，他把包裹扔在门口就离开了。"她指指街对面大楼前成群警察站着的地方。那包快递现在还在门口，有两名警探站在它旁边激烈讨论着，他们朝盒子打着手势，表情严肃。

他记起自己确实听到过门铃声，在极其短暂的一刻，这让他吓了一跳。他透过楼上的百叶窗窥视到那熟悉的棕色卡车，它的司机正在凛冽的寒风中小跑回车上。他完成了工作，几分钟后便从房子中溜了出去。

他的"采访对象"继续说着："巴克这几年接了几桩大案子。他替那个科瓦利斯的连环杀手作了辩护，你知道，就是把那些大学女生杀光了的那个。那一次他表现得可真是不错，成功把那个杀人恶棍给弄进了监狱。"她咯咯地笑了起来。

他又瞥了一眼那两个争论不休的警探，发现他们在上一次发现遗体时也在现场。他在脑海里默默记下，得弄清楚他们的名字，然后给他们送上一份勉励辛勤工作的大礼。这是一位良好公民应该做的。警察总是得不到应有的重视。

"他们说巴克的腿被打断了，和之前几起连环杀人案里那个老警察和被杀的律师一样。"她把身子朝他靠过来，压低了声音，眼睛环顾四周，担心别人偷听。"有人在给之前被送进监狱的杀手报仇。"她为了强调，点了点头。

"是的，我现在也开始这么觉得了。"被打断腿的消息怎么这么快就传开了？就他所知，警察们应该还没有对街边群众透露丝毫案情的信息，但这些细节总有办法口耳相传。

他挺起胸膛，直了直身子。完美。一切按计划进行。民众被卷进了案子，而警察却仍然没有线索。他想，那些渔具什么时候也会公之于众？

虽然用鱼竿杀人很麻烦，但他喜欢使用和被害者息息相关的东西，这些东西或是他们的谋生手段，或是他们的日常兴趣。他极尽垂钓参考书上的内容来有创意地用这把钓竿。早些时候，他看见三个脸色发青的警察从前门蹒跚出来，躲在灌木丛里呕吐，这让他确认自己表现得很出色。他看见门口的警探还在对那个盒子指指点点，他们也许以为里面装了炸弹。

嗯……他已经很久没有耍过在包裹里装炸弹的手段了，曾经有段时间他痴迷于此。把一些东西混在一起，再把它包装地恰如其分，然后来个大爆炸。刺激！树桩、信箱、甚至几只猫都曾是他爆炸实验的受害者。当他回忆起最后一个爆炸牺牲者时，不禁有些头晕目眩。

那是那个年轻婊子的错。高中时，他想在一个科学项目上帮她一把，她却当面嘲笑了他。当时，他知道她那门课快不及格了，还以为她会对向她伸出援手的班级尖子生感恩戴德一下。然而他大错特错，她毫不领情，仿佛是害怕他身上的书呆子气息传染给她似的。然后她就对他哈哈大笑，还告诉了自己的朋友，让她们跟着一起笑。这群高中娼妇，永远趾高气扬地四处卖弄风骚，从外衣里欲盖弥彰着自己的胸罩和内裤，然后再嘲笑和鄙视那些被她们的蛇蝎诱惑勾引去的人。

他把炸药装在了她家门口。那简直是一个艺术品，他为此感到骄傲，他花了几个小时将它们精心组合在一起。原本，这是为了报复她的嘲笑，给她一些小小的惊吓，仅此而已。他没有想到她家竟然就着起火来，她的妹妹也葬身火海。那个婊子从此再也没回过学校，谣言说她父母为忘记这段回忆，搬家到很远的地方去了。学校的孩子们掩嘴说着悄悄话，在之后的几个月里都和他保持安全距离，有些人已经知道他在实验炸药，所有人都知道她羞辱过他。

他多次拜访过那处小小的坟茔，站在那儿的时候无所适从，双脚不得安分。他看着那块小墓碑，心里在想婴儿死前是否饱受折磨，这种负罪感让他自己都感到惊讶。在此之前，他不知道自己会对婴儿抱有那么大的同情。

"你认识托尼·麦克丹尼尔斯吗？"

他差点都忘了老妇人的存在，扭过头去朝向她。"谁？"

她又看了看他的名牌，眯起了眼睛。她大脑里的神经比他想象的还要更敏锐。"托尼·麦克丹尼尔斯，给《论坛报》体育板块写文章，他是我的侄孙。"

"哦哦，那个托尼啊。当然啦，和他见面的时候我会转告他的。"他看了看表。"我得走了，多谢你帮忙。"他的背脊感到某种让他发麻的压力，他必须赶在她拿出手机打电话给她的侄孙并告诉他她遇到杰夫·托马斯之前，就从这儿抽身。他往后退了两步，转过身去。

"我叫伊夫林·韦克菲尔德。"她在他身后大叫，把她的姓氏一个字母一个字母喊给他听。

他没有转身，只是举起一只手表示听到了。希望没有人注意到他从人行道上匆匆离开，他是不是走得太快了？于是他慢下步子，假装在做笔记，眼神几次在房子和笔记本之间移动，看起来像是正在写一段场景的描述。他发现一个警探朝他这儿看了一眼，又回到了包裹旁边。

他在滥用自己的幸运。为什么要偏离原来的计划呢？**愚蠢，愚蠢，太愚蠢了。**

想亲眼目睹谋杀案余波的欲望过于强烈，当他看见警察困惑、民情激越的时候，他的手指仍会感到杀人时的那种刺痛感。**是他做了这一切。所有人都想知道他究竟是谁。**

他停下脚步，长吁一口气，将毒害他的自满情绪从体内清除出去。若想成功，他必须得更好地控制自己。

他不会再重蹈覆辙。

没有再犹豫，梅森最终决定当场打开盒子。拆弹小队已经用 X 光扫描过盒子，排除了危险，而他也等到了一个更懂行的人出现。他看着那个女人拍摄照片，在亮闪闪的胶带上抹上一层灰取证，然后小心翼翼地打开了盒子。联邦快递单上的收件人就是受害者，退件地址是波特兰的一个邮局。

雷和他一直在争论是否要打开它，雷希望能将它带回实验室，而梅森则希望在此时此刻打开它。罪案现场处理专员本也不想当场打开，但梅森否决了她。公寓的室内陈设具备和川顿、科克伦的谋杀现场所有的特征，只有一点除外：和前一次犯罪有一项物理性的联系。

这个杀手喜欢留下一点东西：川顿的警徽放在了苏珊娜的抛尸现场，川顿的头发则出现在了科克伦的遇害场所，甚至还有坎贝尔医生门口的录像带和她实验室外套里的戒指。

梅森的直觉高声勒令他当场拆开盒子。他不停把身体重心在两只脚之间转换，雷用奇怪的眼神看着他，很可能猜测他是否想上厕所。梅森站住了脚，将握紧的拳头放进外套口袋里，他的吐息在空气中结成白雾。

到底是什么在发生？这看上去是第三起和那个该死的连环杀手德科斯塔有关的杀人案了。某人显然在强调些什么，每个尸体上折断的大腿骨很明显是在告诉警察，这些案件系同一人所为。

难道他们当时抓错了人？漏抓了一个共犯？下一个遇害者会

是谁?

这些问题连他睡觉时都对他纠缠不放。他咬紧牙关。那个瘦小的牙医很可能是下一个目标。缉拿德科斯塔的时候,她的作用可不小。谢天谢地,首席庭审法官斯坦利·威廉姆斯几年前就死了,至少这让他们可以少担心一个人的安危。

他们两天前就已经警告了理查德·巴克,和他们警告坎贝尔医生时做的一样,他们建议理查德可以去度个假,或是离开城镇一段时间。然而巴克正在一件重要的庭审当中,他对梅森提出的让别人接手案件的建议一笑置之。

梅森打赌,巴克现在肯定会相信他了。

最后,包裹被打开了。天啊,她慢了一拍!他低头躲避,缩起了手臂。技术员处理包裹的方式没有错。可是该死的是,他知道里面一定装了些什么。

几个邻居都告诉警察他们看到了那辆联邦快递的卡车,他们都觉得它看起来是真的,没有可疑的迹象。这件快递应该很容易能被确认,这家快递公司计算机化程度那么高,他们很清楚各项物品什么时候在哪。梅森知道,这个包裹也一定会被查证为一封正常的快递,但退件地址一定是伪造的——这个包裹被人直接放在了一个邮政中心里。

他弯腰从技术员的肩膀上方看过去,对眼前的场景没有一丝惊讶。里面有一小包他知道一定属于约瑟夫·科克伦的头发,但在包裹里还有什么东西正闪着金光。技术专员用镊子将袋子拎到与视线齐平的位置。

梅森盯着塑料小包里的金色戒指,心脏仿佛要停止跳动,他知道戒指里一定刻着坎贝尔医生的首字母。又一个联系。

该死。

他掏出手机，快步走到站在门口穿警服的人跟前一指。"派一辆巡逻车到坎贝尔医生家门口。让他盯着她，在她家门口待着别动，在我们到达以前哪儿都别去。"他抬起头望向辩护人的豪宅，手机则在给坎贝尔医生快速拨号。"告诉他我们马上过去。"

第二十章

　　交汇山镇被介乎灰、白之间的光影浸染着。皑皑白雪覆盖着四周的群山，沿浅灰色街道延伸的雪堤上爬满了深灰的黏土。这是俄勒冈州下部地区几百英里内最大的城镇，它是围绕着本地大学一路建成的。这片地区的大部分住民都在大学里工作，其余人口有的经营牧场，有的则从事为学生提供餐饮、服装等的服务业。小镇在保守派中颇有口碑，这所学校为它在蓝色州①里仍站在红色一边感到自豪。

　　迈克尔很快便发现东南部的俄勒冈人明显比波特兰人更擅长在冬天的恶劣环境中开车。在这儿，雪是一种生活方式。打开暖气，迈克尔坐在他租来的四驱车上研读地图，他希望可以从这个州的这块地方快进快出，他不喜欢把莱西留下和杰克·哈珀独处。迈克尔本不在意莱西和谁接吻，但这个人不一样。哈珀把自己安插到莱西的圈子里，在她周围处处保护她，而这件事本应由迈克尔完成。毫无疑问，杰克会处处替她留心，为保护她的安全竭尽全力，但这不意味着迈克尔就必须喜欢这个家伙。

① 蓝色、红色分别是民主党、共和党的代表。蓝色州（blue state），选民倾向于投票给民主党的州，红色州则指代选民倾向于投票给共和党的州。

该死，他开始分神了。"注意力集中。"迈克尔小声说道。**赶紧把事办完，回到她身边。**

莱西早已不属于他，迈克尔清楚这点，但是这并没有使他们的关系完全冷却，她依然会像个喜欢担心的妹妹一样朝他抱怨，而他也会像兄长一样替她着想。然而，如果她哪怕表现出一丝一毫想要回到过去那样的迹象……他都会同意。他们短暂的情侣生活已经成为他人生中最重要的一段关系，他们擦出了火花，床上，床下。然而正是床第之欢之外的火花让她不得不终止这段感情。他一度感到压抑，但现在一切都过去了，他学会了咬紧牙关，等待时机。然而，和哈珀的破事儿却与之不同，它正在他胃里头翻江倒海。

迈克尔晃了晃地图，重重呼出一口气。集中。

他在当地警察里找到一个愿意配合他深挖艾米·史密斯的意外死亡官方报告中问题的联系人。这位交汇山镇的体操运动员开着车冲进了河里。迈克尔已经自己调查过这起事故，但在深入了解她的身份背景时遇到了一些问题，俄勒冈州姓史密斯的人太多了。他的线人答应他会将所有有关案情的信息和他所能找到的女孩的个人经历以电子邮件的形式发送给他，迈克尔尤其想看到那份验尸报告。

那些断裂的大腿骨一直在他脑海中挥之不去，艾米的、苏珊娜的，以及现在波特兰三个死者的，所有人的大腿骨都在同一处断裂。

迈克尔正在地图上寻找艾米车辆失事的地点。根据新闻报道，她把车开进了河水里，然后被水流湍急、乱石嶙峋的河水冲出了车外。那辆车没被冲走，半个车身陷在泥泞的河岸上，直到第二天才被几个渔民发现。三周之后，艾米的尸体出现在一英里开外的河流下游地区，一对年轻夫妇在河边的营地被艾米的尸体绊倒了，一开始他们都没有意识到那是一具人的尸体。

迈克尔想要站在艾米被冲走的地方，重新构想那天发生的事。发现尸体的营地是他的下一个目的地，仅仅通过照片和传言了解案情对他来说远远不够，他更喜欢直接去事发地点亲眼查证。

地图把他引向交汇山三米开外的一条公路上，这条弯弯曲曲、冰雪层叠的公路通向发现她的车的地点。他本可以直接用 GPS 导航，但他更希望研究一下这个区域的地形，对周边地貌有一个大致的感受，没有什么比手上的一张纸质地图更有感觉了。

他把车停在破旧的公路边上，徒步走完了通向河道的最后四百米路。雪足足有五十厘米深，当他走到河岸边时已经汗流浃背。他咒骂着。这场事故发生在春天，他要怎样在这样的冬季里准确想象出这里当时的场景呢？一切都被大雪覆盖了。

慢慢地，他转了一圈，将这一片美景尽收眼底。他对着刚刚从公路上走过来时踩出的那一条小径皱了皱眉。艾米·史密斯从路上开出了四百米后掉进了河里？他踩出的那条路两旁是大片巨砾和常青树林，它们蜿蜒曲折地一路延伸到水中。显然，她避开了这些障碍物，却仍没免得了掉进水里。她喝醉了吗？没有人在那天更早的时候看到过她，在她那辆小型卡罗拉在水里被发现之前，甚至没有人意识到她失踪了。

从他站的地方，河岸陡峭地向下倾斜，他估计从河岸最高处到水面大概有二十尺距离，她不可能把车再开回山坡上。也许她试着从车里爬出来却被水流冲走了。如果她没有受重伤，还有可能涉水走回岸边吗？

抬头眺望四周白雪皑皑的山峰，他意识到，哪怕是在春天，水温也一定接近冰点，一头扎进冰冷的水中可能让人瞬间休克。一阵冷战径沿着他的双腿直冲进他冷冰冰的登山靴中。他曾掉进过快要结冰的水中。他回忆起自己掉进冰水里时的场景，全身都绷紧了。他曾经愚蠢地紧紧抓着一个蟹笼，在它从捕蟹船甲板上晃回海中的时候松开了手。如果当时没有那些反应迅速的船员和船长，他会在白令海里被冻成人体冰山。几乎没有人在掉进那样的海水中还能活着回来的。

他将目光从深色的水面上抽离开来，搓着双手，努力让自己怦怦直跳的心脏平复下来，换了个方向思考。这片土地是公共用地还是私人财产？在河岸对面，大约一米开外的地方，有一座冰冷而又死气沉沉的谷仓。谷仓和河流之间曾经建有栅栏，但如今只剩下星星点点破碎、腐烂的旧木头。他需要做一次地产搜索。

提起厚重的大衣领保护好脖子，他往回朝自己的卡车蹒跚走去。雪开始轻柔地从天空中飘落，在这片沉闷荒芜的土地上营造出一种朦朦胧胧的圣诞氛围。他停下脚步，回头最后再一次看向了那条致命的灰色河流，犹疑自己是否是在追赶一个幽灵。

迈克尔放下手中滚烫的咖啡，翻页查阅起一项地产信息。他已经把宾馆房间的暖气开到最大了，但他的脚趾仍然冷冰冰的。去发现艾米尸体的营地造访的计划没能成行，因为冬天的缘故，路面已经封闭，通路上建起了围栏。他本打算把车停在旁边，徒步进入营地，但奈何从河边到营地大门有将近两英里的路程。另外，雪下得越来越大，织起了一张厚重的雪白的帷幕，他也已经饥肠辘辘了。他脑海里提醒自己得去谷歌地图上查一查，或许能找到这块区域的鸟瞰图。

他浏览着地产调查的网页，试图找到河边这片土地的所有者。他把滚动条往下拉，跳过法律术语，在中间页面发现了土地所有者的名字。他屏住呼吸，脑海中的齿轮开始朝新的方向转动。这绝对不是公有土地，他今天早上站过的地方，是一片 260 公顷的私人土地，它们归约瑟夫·史蒂文森和安娜·史蒂文森所有。

那是莱西的前公婆。

永远别惹怒一个记者。

杰克把报纸重重拍在办公桌上，想要给报社的迈克尔打电话。杰克的秘书珍妮丝心神不安地递上一份《俄勒冈人报》的下午要闻，她妈妈打电话告诉她，她的老板上了报纸头条，她当即就跑去报刊亭买了一份回来。

布罗迪牟足了干劲挖掘杰克的过去。这篇言辞激烈的文章详细重现了很久以前杰克和科瓦利斯警察的一次问话，当时他正在因为最初的校园谋杀案接受盘查。所有事实都准确无误，但这并不意味着杰克乐意看见它们登上头条。

布罗迪在语音信箱中留言表示自己现在不在镇上，杰克想起那天晚上莱西曾问过迈克尔有关今天前往交汇山镇的行程。这个记者准备去多久？杰克挂断了电话，揉了揉后脖子。他仰靠在椅子上，盯着不会有任何动静的电话。现在该怎么办？他什么也做不了，但也不打算向莱西打听布罗迪的手机号码。他还在对关于 DVD 的事情耿耿于怀。

今天早上四点，她要求他离开她的房子，就自己同那位记者之间的关系给他上了一课。他本不想离开，但她马上给自己的父亲打电话，让他过来陪她。莱西的父亲几分钟内就赶到了。在她勃然大怒的那最初几秒钟里，他就意识到迈克尔·布罗迪是她最亲近的朋友之一，她像一只被激怒的鹅妈妈一般保护着他。一只鹅的身材可能比你小得多，但当它被激怒的时候，会发出震耳欲聋的叫声，当它向你直冲过来的时候，会逼得你不得不往反方向逃跑。

他总会重获她垂青的，以某种方式。

至少他知道布罗迪和她没有在交往。

杰克把清早的窘境清出脑海，重新把注意力集中在文章上面。当然，报纸报道说杰克声称他与大楼地基里的尸体没有任何关系，报道上还写着杰克没有在任何案件中被指控，在警方调查时也全力配合。他本应该因此而开心的，不是吗？

然而，随后报纸上列出一系列他与以前几起案件的联系。

报道上称他是在德科斯塔最初犯案的时间前后买下那座老公寓楼的。这并不完全符合事实，他这样想着，抿起双唇。准确地说，当时那栋楼是他父亲所有的。最早的几起失踪案发生期间，杰克已经进入了俄勒冈州立大学，这话不假，但俄勒冈州几乎有三分之一的毕业生都进过俄州大。

报道称他在学院就读期间曾经和几个运动员交往过，而所有失踪的女性都是金发运动员。布罗迪引用某个匿名来源的话，称杰克在大学期间只与金发女性交往。他怒吼了一声。**那时候他所有的女朋友都是金发吗？**任凭他怎么努力回忆，也找不出一个特例，但这不代表他杀死了她们啊。

莱西。金发。运动员。**该死**。他把报纸扔进了垃圾桶，把椅子转向窗户，盯着窗外的远山。

他在脑海中又回忆起那篇文章，他将它读了五遍，已经完全印在脑海中了。

还有希拉里·罗斯克。

杰克把头版报纸从垃圾桶里挖了出来，看着她的老照片，在记忆里寻找他们曾经共度的时光，然而大部分都已经消失在记忆深处。她曾是个漂亮、甜美的女孩，但他们从一开始就不是天作之合。

她那双仿佛在质询的眼睛无声地回望着他，他又回想起那么多年以来他被强迫着帮助寻找绑架她的犯人。当他在莱克菲尔德警局工作时，她还常常出现在他的脑海中——和其他遇害的姑娘一同出现。

现在这些陈年旧案又重新被摊在聚光灯下，他的名字又重新从资料里浮现出来，仿佛一个沉下去的木塞一下子浮出水面。他紧紧闭上双眼，却仍能看见希拉里自信的微笑。

他以前也和一些恶劣的媒体打过交道，通常他仅仅将它们抛诸脑后。这些媒体就像苍蝇一样，随着公司日益强大，慕名而来。他通常不把这些事情放在心上，如果他计划一心一意处理公司事务，也不能介意这些琐事。他对于他们建设的项目感到自豪，同时也为自己在父亲下台后接管这些企业感到骄傲。如果人们只是嫉妒他的成功，就让他们嫉妒去吧。

但这次却不同以往。

电话铃响了，他睁开一只眼睛，吩咐珍妮丝先去接应一下，因为在此之前已经有三个该死的记者打进了电话。这一通电话似乎很重要，珍妮丝的声音从对讲机里传来。

"杰克，是比尔·亨德里克斯打来的，我想你应该想和他聊聊。"

"是啊，我最好接一下这通电话。谢谢你，珍妮丝。"

他将文件放到一边，手捋捋头发，将又短又黑的刺猬头梳理得更笔挺了。亨德里克斯是个正直的人，他是哈珀开发公司最大的客户之一，杰克和他正在深入探讨有关在炙手可热的南面海港区建立公寓楼的计划，该地区有望成为波特兰地价最高的住宅区域。杰克拿起听筒。和比尔·亨德里克斯交谈时最好开诚布公，这个男人能从十里远的地方嗅到谎言的气息。

"早上好，比尔。"

"杰克！到底发生了什么？"听着这阵咆哮，杰克将听筒稍微拉离了耳朵。是啊，跟他不需要吞吞吐吐。

"就是报纸上写的那样，比尔。他们在我在莱克菲尔德买下的一套住宅区里发现了一具尸体。"

"那具尸体是你藏在那儿的吗？"这位老人的声音很有力量，疯子一般。

"天啊，比尔！当然不是这样的！你觉得我会干这种事？"杰克努力忍住不去嘲笑这个硬汉毫不掩饰的直白。

"不，我不这么觉得，但我必须得亲自过问，听听你有什么要说的。"谢天谢地，比尔的音量终于降低了。"有三家承办公司都已经给我打过电话了，他们担心我在看了《俄勒冈人报》上几篇差劲的小文章后会选择退出建造公寓楼的项目。难道人们都没有一点独立思考的能力吗？所有了解你的人都知道这些故事都是些胡说八道。"

胡说八道？如果杰克希望有人能站在他这一边，那么这个人一定会是比尔·亨德里克斯，本州就数他的话一诺千金，在挽回杰克崩塌的公众形象方面能起到长期作用。

杰克在比尔几分钟的独白之后挂断了电话，心不在焉地揉着发麻的右边大腿。如果比尔·亨德里克斯已经碰到有人质疑他的公司前景，那么情况一定很糟。迈克尔·布罗迪到底对哈珀开发公司造成了多少永久伤害？

"哈珀先生，你的姐姐在二号线上。"

"谢谢你，珍妮丝。"他忘记让珍妮丝也不要接进梅洛迪的电话。她八成是想让他在慈善活动上露个面或是有一份慈善账单需要他联合署名，没有人比他的姐姐更擅长用公司的钱来做善事了。他犹豫地接起了电话。

挂断梅洛迪的电话，杰克坐回到椅子上，无法控制脸上自然露出的微笑，他的一个问题已经在解决的途中。命运把一根橄榄枝递到他手中，而他一定会好好利用这个机会。

他要去参加一个豪华派对。

傍晚时分，天色逐渐变暗时，莱西终于从整整一天都坐在她家门口的警察监视中逃了出来，往体操学院跑去。他一直坐在那儿，直到卡拉汉警官回给她一个电话，向她通知了今早发现尸体的事情。被告律师理查德·巴克被谋杀了，这是另一个和德科斯塔有关的人。莱西离开自己的卡车时，在昏暗的停车场中朝身后看了看。她整整一天都处于焦躁不安的状态，即便如此，她也不打算一直躲在床上。

警探又在劝她离开镇上，她告诉他她这一整晚都会住在父亲家，明天她要在波特兰本森豪华酒店参加一个募款活动，也许在活动结束之后她可以被分配到一个房间。

卡拉汉警官告诉她弗兰克已经从监狱释放了，而莱西则回答说她不打算起诉他。她并不是怕弗兰克，只是懒得和他周旋，况且直觉告诉她，他已经尝到了教训。之前他从来没有在监狱里过过夜，她知道这份记忆会跟他纠缠一段时间。要是他的病人们知道他曾因袭击前妻而入狱会怎么想呢？

要是弗兰克敢发牢骚，她就把这句威胁讲给他听。

莱西推开通往体育馆的沉重大门，闻到一股消毒剂和汗味混合在一起的独特气息。闻到这阵气味，她的身体放松下来，每当她走进体育馆，都会有一种和谐一致的气氛令她冷静下来，她来到了属于她的地方。肌肉发达而身材瘦小的男孩女孩正在做器械运动，助威的叫喊声和摇滚乐在地板和墙壁之间回荡。她老练的目光看向一个站在平衡木上的年轻人。

那天早上她对杰克的扫地出门，迈克尔的愤然离场，那篇头条上言辞尖刻的早间新闻，理查德·巴克的死，以及在新的杀人现场找到了她的戒指的事实，这一切都让她的脑子一片混乱，她努力直面事实，却又完全不愿思考。她的第一感觉是应该爬上床去，服下几片安定神经的药，然后远离现实。她花了很大力气才说服自己放弃这样的念头。她把赞安诺①的药瓶在手里握了五分钟，注意到上面贴着抗焦虑的标志，又把它放回了架子上。她知道，最好的方式就是赶着自己跑到房子外面做一些锻炼，因此才逃来了体育馆。如果她真的爬到床上，或许几天以内她都不会再出现了，这不可以，她必须找到苏珊娜遇害的真相。

迈克尔怎么会又就杰克写了篇文章？她摇了摇头。当然，那篇文章完全属实，迈克尔的每篇文章都经过再三核实。还好那篇文章是在报纸稍晚发行的那一期上，它的流通量远不及晨报那么大，莱西祈祷着一篇浮夸的报道能将杰克的名字挤出明天的早间头条。

迈克尔在看过他们的接吻视频冲出房门的时候已经完全失去了理智。她追着他来到车旁，敲打车窗，但他只是冲她摇了摇头，显然不打算和她说话，便把车开走了。

幸好迈克尔今晚不在俄勒冈州，下次见他的时候，她恨不得掐住他的脖子。他表现得像个被宠坏的孩子，不想让其他人碰他的玩具。

小小的手臂抱住了她的大腿，莱西弯下腰来给了梅根一个拥抱。三年来，她每周一次为低龄儿童进行体操教学，她享受其中的每一分钟。四岁的孩子身上迸发出生命的力量。每周莱西都会为他们设置包括基础体操技巧和游戏的障碍赛，而她带的班级总会充满激情地克

---

① 赞安诺（Xanax），一种缓解焦虑的药物。

服挑战，她看着他们越过更复杂的障碍，跃过巨大的海绵坑，跳上蹦床，在低矮的平衡木上跳跃。

他们总能让她开怀大笑，这永远是她一周最开心的时光。

"嘿。"

莱西转过身去，看见了凯莉·凯兹正用不安又好奇的目光打量着她。凯莉和她的丈夫克里斯是体操学校的开办者。

"你怎么样？"凯莉的声音很轻柔，她把莱西拥入怀中，给了她一个长长的拥抱。她一直都是个安静的人。几年以来这位女士已经不再拥有体操运动员健美的身材，她身体微微发福，但精灵般的面庞和金色的清爽短发还和以前一样。

"我想，都还好吧。我不太清楚每时每刻在发生些什么。"莱西答道。

凯莉那年也和莱西一样加入了东南俄勒冈大学体操队，当她跑去追赶莱西和苏珊娜时，发现莱西浑身是血地躺在人行道上。凯莉当时本打算和克里斯一起走去餐厅，但他临时改变了主意，于是凯莉在那个极其可怕的晚上落在了两个姑娘后面。她曾经是莱西最亲近的朋友之一。还有迈克尔和天堂里的艾米莉亚。

如果那晚凯莉和克里斯一直跟在他们后面会怎样？苏珊娜是不是还会在？

她放弃了这样的想法。他们不在那儿，也没有那么做。

她朝凯莉微笑着，和另一个恳求她注意的孩子打了招呼。

凯莉和克里斯那一晚没有在她最需要的时候出现在现场，莱西多年来一直挣扎着去克服由此生发出的对他们二人的怨恨心理。内心深处，她明白这不是他们的错，但是曾几何时，她只是想找一些人为这件事负责。

　　莱西曾经艳羡过凯莉和克里斯的这段关系。正如莱西和弗兰克那样，他们整个大学阶段都在交往。在关系的一开始，他们也有过隔阂和摩擦，但克里斯是个好男人，他们的婚姻也稳步继续。对于凯莉走过的地方，他总是怀有崇敬之情。

　　凯莉环顾四周，放低了声音。"警察为我在德科斯塔案上作证的事情给我打了电话。"凯莉没有亲眼目睹袭击过程或是杀人凶手，她的证言仅仅包括发现莱西时她的状况如何。"他们觉得我得小心一些，他们说杀手看起来正在一个个解决和德科斯塔庭审相关的人员。"她的双眼睁大，声音微微地颤抖。

　　"你真的得小心，凯莉。不要一个人去任何地方，晚上一定要锁紧房门。也许现在你应该去内华达州探望一下你的母亲？"

　　凯莉点点头。"我会和克里斯提一提的。"

　　"我家正准备尽快安装保安系统，今晚我会住在我爸家里。"

　　"你不害怕吗？"凯莉问道。

　　莱西没来得及回答，一个肌肉强健的高个子男人偷偷走近她们身边，把两只胳膊分别搭上两个女人的肩膀，把她们挤到一起来了个熊抱。"两位我最爱的女人，过得怎么样？"莱西身体僵直，心脏几乎要跳出来。是克里斯。

　　影子都能把她吓坏。

　　莱西用颤抖的手臂轻轻朝他的胸口捶了一拳。克里斯属于万人迷型的男人，他相貌堂堂，天生拥有黝黑的肌肤和栗色的头发，拥有吸引各个年龄段女人的魅力，却唯独钟情于凯莉。

　　"我想我得更正一下。抱歉，莱西，你排在杰西卡后面，是我第三爱的女人。"

　　发现他没有注意到她受到惊吓，莱西松了口气。"我可以接受。"

杰西卡是他们娇生惯养的独生女。"她最近怎么样？对体操还没兴趣吗？"莱西知道这个四年级的小家伙恨透了体育。

凯莉转了转眼睛。"一提到体操她就像要服毒一样。她唯一喜欢的运动是足球，这一点上她随她爸。"

克里斯在大学毕业以后做过几年职业足球运动员，在一次膝盖损伤后，凯莉说服他帮她开一间体操房。出乎她的意料，克里斯很享受教授另一项体育运动，在体操方面也独具慧眼，也许这是他多年来观看凯莉训练和比赛的成果。

"杰西一定会很乐意看到你的，莱西，明晚要不要来和我们共进晚餐？"

"不行。明天要举行波特兰牙科巴士项目的筹款晚会，我必须得出席。"

凯莉点点头，但目光中依然闪烁着担忧。

"莱西，你有关于这几起凶杀案的消息吗？"克里斯棕色的眸子严肃得有些不自然。

"我讨厌这一切。警察警告了所有上过法庭的人，重新深挖德科斯塔的过去，想试图发现是谁想复仇或者在实行模仿杀人。"

"那个登上报纸的男人呢？"克里斯问道。"迈克尔写的那个人？他们会逮捕他吗？他和以前那些谋杀案和新的几起都有太多联系了，这多可疑啊！"

"杰克·哈珀什么都没做，他没有任何杀人动机，也没有逮捕他的理由。"莱西为他辩护道，但她的心往下沉了一些。文章上提到的一些联系令她措手不及，但当他们放映那盘碟片时他一直站在她身边，他对她前夫的认识很准确。更何况，在他身边，她感到很安全。

对她而言，这才是最重要的一点。

第二十一章

　　杰克把一根手指伸到燕尾服的衣领缝中拉扯着。通常来说，正装不会成为他的烦恼，但今晚却不同。在这个慈善晚会上他仿佛与环境脱节，孑然一身。自从前一天莱西为他激怒那个该死的记者一事把他赶出家门以来，他一直没有见到莱西。他知道她今晚也会出席晚会，他的姐姐已经在嘉宾名单上确认了她的名字。

　　杰克之前已经忘了筹款的事，他老是会忘记这些正式活动，直到他一向很有效率的姐姐在活动前一天打电话提醒他。他相信昨天梅洛迪的电话是天赐良机，让他能够在中立地带见上莱西一面。*该死*。他又扯了扯衣领。他无法控制这一切，只能等机会到来时设法抓住它们。

　　他踱步走到酒店的宴会厅，想找些东西分神，同时也在寻找那位娇小的金发女郎。梅洛迪一如既往地完成了一项了不起的工作，她的筹款和组织能力令人称奇。巨大的房间的一侧，一场小型音乐会正在上演。优雅的银、黑色帷幕装饰着墙壁，让精致的房间内壁熠熠生辉。新鲜的白色玫瑰花和各种他叫不上名字的白花展示在沿宴会厅墙壁摆放的繁复陈设上。

晚会的主题是"月色之下",规定到场嘉宾穿黑白色的衣服。大部分嘉宾都遵从了这项规定,但他看到四处仍有几抹深红色的长裙,没有什么像一场"黑白"的派对更能让女人彰显自我。

这场晚会旨在为波特兰牙科巴士项目筹资。这项活动由一个非营利性医疗组织主办,所谓的"巴士"其实是两辆超大型野营车,它们在全国范围内旅行,为低收入地区居民提供口腔保健服务。

每一个与他交谈的人都有一口好牙。杰克在吧台前驻足要了一杯饮料。

"杰克,来这儿,我想给你介绍一个人。"梅洛迪·哈珀一只手勾住他的胳膊,将他固定在原地。他的姐姐体态优美,作为一个四十二岁的女人,她依然保持着苗条的身材,脸上没有皱纹,他总觉得她仿佛在逆生长。梅洛迪高挑的身形、深棕色的头发和眼睛吸引了很多男性。她曾两次离婚,两位前夫后来都被证实是攀龙附凤之徒。

杰克最后迅速扫了一眼,想看看莱西在不在,随后换上了一副礼貌的表情面对梅洛迪带来的客人。这灰白头发的一男一女原来是这家非盈利牙医组织的创始人,杰克努力将视线避开男人那一口歪歪扭扭的黄牙,收回了先前关于完美牙齿的总结,开始和汉普顿夫妇聊起天来。梅洛迪沾沾自喜地勾着他的手臂,为自己的成功而感到欣喜。

他感觉到梅洛迪有些紧张,她的注意力也从对话里转移开了。他转了个身,想看看她看到谁了。于是杰克与一双十五尺开外的棕色眼睛四目相对,那双眼睛从他身上转向梅洛迪,又回看向他。

他屏住了呼吸。莱西简洁的黑裙在脖颈后系上扣子,令她的香肩裸露在外,突出了她凹凸有致的身体曲线。她将头发向后松松地盘成一个髻,钻石耳钉看上去比梅洛迪的还要大。他的视线朝下越过刚过膝的裙边,越过小麦色的小腿,落在她尖尖的鞋跟上,那鞋跟尖得足以使人致残。总的来说，她看上去美极了。从她斜视的视线里，他知道她还在生他的气。

他不在乎，他想做的仅仅是将手指伸进她的头发，解开发髻，任长发在她的肩膀上倾泻而下。他的手指只要在她脖子后面轻轻一碰，就能让整个裙子落在她足以致命的鞋子上。他用力咽了下口水，克制住激动的情绪，想办法摆脱击中胸口的电流，这电流触动着他每一根神经，让他握紧了手中的玻璃杯。

莱西肯定不知道他也会出席晚会，见到他对她而言一定是一个巨大的冲击。很好。她一定有点手足无措。他不可能找到比这更好的偶遇地点了。现在他只需要把她带走跳上一支舞，在她耳边轻声说上一句抱歉。在这之后会发生些什么呢？

"哦，见鬼。"

莱西转过身去，她的露背裙装留下一个惊艳的倩影。几乎只到臀部的裙子激发起了杰克的男性荷尔蒙，但那个给莱西递上一杯饮料、挽住了她的手的高个子男人令杰克大吃一惊。

什么玩意儿？杰克的心猛地揪了一下。

那个混账默默朝杰克举杯致意。"那是谁？她为什么用这种眼神盯着你？"梅洛迪那种姐姐想要保护弟弟的直觉一下子被唤醒。

"我认识他们。"他喃喃道。那不就是那个本应该出城去了的记者吗？嘉宾名单上写的是莱西同父亲一道出席，杰克还天真地以为他们会一起来呢。

梅洛迪用评判的目光打量着那一对，杰克知道她在估算莱西礼服和珠宝的价格。"他看上去很眼熟，我觉得他在报社工作。我以前见过他，但不认识他的那位伴侣。"她瞧了瞧站在身边的弟弟。"但看起来你认识啊。"

汉普顿夫妇托故走开了。

迈克尔把莱西拉向了舞池。"真见鬼……"

"杰克！"梅洛迪快速地四下扫了一圈。"注意你的言行！你对那对情侣有什么意见吗？"

杰克闭上了嘴，他不知道从何说起，他完美的计划就这样被拦腰斩断了。

杰克也让莱西大吃一惊，看到那个男人身着燕尾服的样子是多少坏女孩儿梦寐以求的事。他的肩膀宽厚，站姿自信，灰色的眼睛仿佛要在她身上烧穿一个洞来。冷静的灰色怎么会有如此高的温度？如果她也是个坏女孩，莱西一定会全然不顾其他女人的想法，当机立断地在身边伴侣的鼻子底下勾引他。他的眼神仿佛在说，她只需勾一勾小指，就能让他成为她今夜的囊中之物。

如果她的伴侣像杰克看她那样望向别的女人会怎样呢？莱西会恼羞成怒的。她早该知道他会和别的女人交往，像他那样的男人容易吸引漂亮姑娘，她们会像饿坏了的兔子奔向新鲜胡萝卜那样朝他奔来。

她怎么这么没脑子？

她不是那种会发生一夜风流的女子，不论她怎么尝试……

她把这种酸楚的失落感咽进了肚子。他们经历过什么呢……一次非正式的约会？一些警察的问话？一次接吻？她对他而言什么都不是。他为什么不能和其他女人约会呢？他从来没有正式提出过要和她约会。啊，该死。

他们只是两个被某些非常情况联系起来的普通人罢了。仅此而已。

她感觉迈克尔正在接近她，将她的视线从杰克身上拉了开来。杰克身边的女人是谁？她非常美丽，身上的裙子和鞋都价格不菲，她正勾住杰克的手臂，摆出一副很了解他的架势。

迈克尔给她递去一杯香槟。"别再看他了。"他在她耳边低语。"我们去跳舞吧。"

她默默点头，最后朝身后看了一眼，迈克尔把她拉走了。

为什么杰克会在这儿呢？莱西过去三年一直都是牙科巴士项目的赞助人，她从没有在之前的筹款晚宴上看到过杰克。一定是因为他的女友，大概就是她把杰克拉来了这场盛会。

莱西还没来得及小啜一口香槟，迈克尔就把它还给了一位侍者，将她拽到了舞池中。她喘了口气，朝他虚弱地笑笑，以对他的关心表示感谢，随即在那些不愉快的时分过后开始放松地移动双脚。迈克尔和普通男人不同，他跳得很好，也很享受舞蹈。他放在她赤裸后背上的那只手十分温暖，莱西感觉到自己僵直的后背松弛下来。

"你知道他会在这儿吗？"莱西无法将他的名字说出口。

"不知道，不过我一点都不惊讶他会出现在这儿。"

她把头向后抬起，望向迈克尔。"这是什么意思？"难道杰克发现她会出席这场晚宴，所以也决定跟来？她的心跳快了一倍。

迈克尔沉默了几秒。"他的同伴是城里的首席筹款人。"他的话语简短凝练。

"哦。"她的肩膀微微下垂。

他们两人一言不发，慢慢沿地板转着圈。和迈克尔在一起时，她不用强迫自己没话找话，他们的关系亲密无间，令她感到舒服。这有点像她和她的猫。

一对跳舞的伴侣与他们擦肩而过，莱西适时地抬头，发现自己的父亲正搂着一个年轻女士靠近她身边，詹姆斯·坎贝尔身着燕尾服的样子看起来棒极了。"今晚你会来我公寓住吧？"父亲问道。

莱西点点头。

她的父亲笔直地看向迈克尔。"看好她。"

"我会的，先生。"

父亲携着自己的舞伴盘旋远去了。

这个场景让莱西的唇边泛起一丝笑意。

"他现在过得很愉快。"

"在这种社交场合下，他能够做他自己。"迈克尔看着那对男女，停顿了一下。"你母亲一定会很讨厌这种地方的。"

莱西大笑起来。迈克尔说得很对，她的母亲对于光鲜亮丽的筹款者从来没有足够的耐心。她回忆起母亲，笑意微微从唇边淡去。

"你想走了吗？"

她抬起下巴。

"不。完全不想。"

"很好。"迈克尔的视线越过她的肩膀。"但是你最好表现得开心一点。"

"为什么？"

"我可以与莱西小姐跳一支舞吗？"一阵熟悉的男低音在她背后响起。

他们都停下了步伐，莱西感觉到来自杰克身上的温度传到了她裸露的后背，一种焦虑感从她的后背转着圈往上升，她从迈克尔面前慢慢转过身去，面对着这阵温度的来源。杰克没有在看她，他严肃的目光落在她的舞伴身上。"没问题。"

她现在在杰克的臂弯里，他比迈克尔更近地将她搂在身边，也比迈克尔抓得更牢。他的双手强烈地想要占有她，他的指尖在她后背上燃烧。整整三十秒，莱西都缄默无言。

"你享受这场派对吗？"她笨拙地抛出一个话题，抬起眼，被他强烈的目光深深吸引。那一双炽热而冰冷的深灰色。

"我现在很享受。"

她眨了眨眼，将视线集中到他衬衫的纽扣上，重新想起了那天早上她对他说的那些狠话。她做得有些过分了，但是他先挑起事端的。

"在你的伴侣面前和我调情很不礼貌。"她说着，对那个女人产生了些许同情。只有丝毫。

他没有回答她，不过嘴角却露出了她所见过的最狡猾的笑容。

她停住了步伐，他笑得更开心了。

"怎么了？什么让你这么开心？"

"我的姐姐想知道你在哪儿买的裙子。"

"你的什么？"她尖叫了一声。

"我的姐姐。"他坚定地答道。"她喜欢你的裙子。"他的目光闪烁。"我也是，非常喜欢。"他从她小巧的身子旁后退一步，故意用目光将她从头到脚打量了一番。

她挡住他，不让他看到自己的裙子，抬起鼻尖。"萨克斯百货。"她一本正经地回答。关于故意不告诉她那个女人就是杰克的姐姐这件事，她回头得和迈克尔好好谈谈。

他的头向后仰去，放声大笑，无视着其他跳舞的人投来的目光。仍在暗自发笑的同时，他将她紧紧拉入怀中，在她的前额上留下一个吻。

莱西的心脏漏跳了一拍。

看着弟弟大笑，梅洛迪抬起一根上过蜡的完美的眉毛。他确实知道这个女人。为什么她缠着他想知道金发女郎名字时，他却选择无视她呢？她的视线划过那条黑色露背裙，明白自己永远不可能穿上那样的裙子。她的后背上有太多颗痣，她已经将大的那几颗点掉了，但仍然很在意余下的几颗。

她抓住另一个经过她身边的组织者的手臂。"塞拉，我的弟弟在和谁跳舞呢？"全身镶满钻石的女人停下脚步，朝杰克的方向看去。

"我不知道。"塞拉嘀咕着，挥了挥手腕。"我之前从没见到过她。哦！等等。"她又看了一眼，金发女郎的脸庞进入到他们的视线。

"我想那应该是坎贝尔医生，我记不起她的名字了，好像和时尚有关。"

一个博士①？那个瘦小的女人是个博士？

"时尚方面的博士？时装设计博士？"梅洛迪看着塞拉。

"不，不。"这位女士理了理显眼的法式发髻，用闪闪发光的眼神盯着杰克，这又激起了梅洛迪作为姐姐的警觉。"她是个牙医，我想不起她的名字了，好像叫卡利科或者银蒂格，你知道，就是那种特别时髦的名字。"她打了个响指。"对了，莱西，莱西·坎贝尔。他爸爸是本州法医，我刚才在这儿见过他。"

梅洛迪看着这位离异女士将兴趣转移到落入眼帘的詹姆斯·坎贝尔身上，飞一般地离开了。作为一位年龄稍长的男子，他是个不错的目标——帅气、富有，而且已经丧妻。连梅洛迪都将视线在他身上逗留了一阵，不过最终还是认为他们的年龄差太大，但塞拉比她年长十岁。至少十岁。

梅洛迪看见弟弟亲吻了金发女郎的前额，杰克可不是那种在公众场合喜欢引人注目的人。一个牙医？这能够解释为什么这个女人今晚

---

① 坎贝尔医生（Dr.Campbell）在英语中亦有坎贝尔博士的意思，这里，梅洛迪错以为"医生"为"博士"。

会到场，但不能解释杰克为什么不能将视线和手从她身上挪开。难道她的弟弟终于找到了一个好女人？梅洛迪稍稍抬起头，仔细观察着这对男女，他们跳舞时确实显得很开心。梅洛迪和杰克眼神交汇了，她冲他悄悄竖起大拇指，他回应她一个容光焕发的微笑。

莱西头倚在他的夹克衫上笑着，他身上的味道很好闻，阳刚又温暖。他的手向她后背的上方滑去，又向下抚摸，在与上一次差不多的位置停住。只要再往下一点，他就会发现她裙下什么也没穿，她没能找到合适的内衣，她试穿的每一件内衣都会露出明显的线条，或者对于低背装而言太高了些。谢天谢地，这条裙子在胸前有内垫的保护，但背后这块却是个大问题。

随着音乐放缓，他离她又近了一步，她放松地闭着眼，在这份安全感中纵情狂欢。悦耳的音乐、梦中的情人，在很长一段时间里，她感觉自己是最幸福的人。也许他们会继续在这条美好的道路上前行。

另一只手搭在她肩上，打破了她的白日梦。迈克尔。

"莱西，我可以和你聊一聊吗？"

"过会儿。"杰克朝他低声吼道。

迈克尔的肩膀朝后弹去，但他的身子却朝杰克的脸部前倾过去。"我现在就要和她聊聊。"

莱西害怕这两个情绪暴躁的男人指不定会给对方一拳，莱西从杰克身边退开，这让迈克尔也往后退了一步。"都住手！你们两个野人谁再敢大叫，我就用我的鞋跟踩他的脚了。"她两臂交叉，看向迈克尔。"你有什么话那么重要，必须在这种时候告诉我？"

迈克尔深吸一口气。"我得告诉你我在交汇山那发现了什么。"

"现在吗？"她深表怀疑。"你为什么不在来这儿的路上告诉我？

我问起你的行程，但你换了个话题。"

"我刚接到一通我在等的电话。"

"刚刚？在这儿？"

迈克尔点点头。"我说服了当地警察让他们再查一查几个旧案。当我告诉他们，我觉得艾米的死……"

"谁？"杰克插了进来。

莱西冲他嘘了一声。"等一等。"她的注意力完全在迈克尔身上。"他们说了什么？"

"说服他们不是件容易的事，但我又找到在那儿发生的两起命案，他们都被定性为事故。在这两起案件中，受害者都是折断了大腿骨的金发女性，而骨折的原因每次都归因于死亡现场发生的某种正常现象。比如，艾米的骨折被归因于河流中乱石撞击或车祸冲击所致。"

"你们到底在讲什么？"杰克有些困惑。

"我的一个体操队队友。"莱西出于直觉举起一只手，防止杰克往迈克尔身边靠去。"她死于车祸，在交汇山她把车开进了湍急的河水里，但迈克尔不觉得这是起事故。"莱西的语速慢了下来。这件事难以启齿，但更难以置信。

"那么现在警方相信有更多起苏珊娜·米尔斯死法相似的谋杀案了？"杰克的声音显得很震惊。

"是的。你想不想去交汇山跑一趟，杰克？"杰克猛地冲向迈克尔，莱西直接跨到他跟前，用自己的身体挡住了他。"你们两个都别闹了！迈克尔，闭嘴！这一点都不好笑！"

她无视了杰克低声对迈克尔的咒骂。"他在交汇山的滑雪度假村有套公寓，莱西。"

"什么？"理清了迈克尔的推理逻辑时，她的胃抽搐了一下。他的推理有些出格了。

"杰克。他在度假村有一套公寓，这套公寓在他们家族名下已经有二十年了，就在交汇山群山的山顶，他一年在那儿滑好几次雪。"

"这不能说明任何问题。"莱西用眼睛警告着迈克尔。

"不。还有一个更致命的巧合，把他和这堆破事联系在一起。"

"你这个饭桶！你到底想说什么？"杰克破口大骂。"你又想把它写在头条上了吧？又想把我和另一个女孩的死牵扯到一起？"他的声音越来越高，变成叫喊。"毁了我的事业？毁了我父亲一手创立的公司？"

杰克绕过莱西，笔直朝迈克尔走过去，后者快速后退两步撞到了墙上。杰克把他按在墙上，一只手抓着他的胸口。"你觉得你是谁，可以拿人命开玩笑？"

莱西把杰克的燕尾服边朝外拉，想把他从迈克尔身旁拉开。这简直像是试图拉开一头大象。

迈克尔抬起一边膝盖，用力顶撞杰克。杰克跄跄地朝后退去，绊倒了莱西，她感觉到臀部裙子的线缝裂开。

杰克稳住双脚，一边肩膀往前冲去，不偏不倚地抓住迈克尔的胸膛，他们两个一起摔倒了。

"迈克尔！"莱西透不过气。她的头发从发夹中散落下来，掉到眼睛里去了。她将它们从眼前拨开，检查着裙子上是否有破裂的地方。撕开的侧线大概让她的腰臀有六英尺暴露在外，但并没有露出私密部位。

这两个男人身边聚集了一群人，如同鲨鱼闻到血腥味一般向前挤着。珠光宝气的女人们放声尖叫或露出惊恐的神情，嘴巴张大成 O

形。几个男人你看看我，我看看你，仿佛在就应该支持哪一边交换建议。其他人仅仅笑着观赏这场好戏。

莱西从一个吓呆了的服务员手中抓起两杯饮料，把它们倒在扭打在一起的两个男人头上，两个人却都没有退缩。一双强壮的手臂抓住她的肩膀，把她推到一边。她望着父亲的背影，看见他抓住杰克的外套，把他朝后拉得失去平衡，将他往后一扔，几个男人抓住了他的两条手臂。詹姆斯·坎贝尔一只脚牢牢踩在迈克尔的胸部，将他固定在地板上。

"够了！"她的父亲咆哮道。两个酒店保安从人群中开出一条道前来调停，看到一切在一瞬间之内就得到了控制，他们相互看了一眼，又满怀期待地望向一只脚踩在迈克尔胸上的男人。

莱西长吁一口气，往前迈了一步，眼神在两个倒下的男人之间游移。杰克的眼睛和她对上了，他抬起一根眉毛，舔去嘴边流下的一点点酒，他看上去丝毫不尴尬。杰克耸耸肩，想要将手臂挣脱出来，但两个抓住他的人握得更紧了。莱西厌恶地注意到两个男人脸上带着如出一辙的激动神情，享受着他们在这场闹剧中扮演的小角色。

她又转而怒视迈克尔，却发现他的目光锁定在她臀上的裂缝处，她检查了一下，便挥了挥手让父亲松开迈克尔。迈克尔笔直地坐起来，鲜血混合着酒精从他裂开的嘴唇滴落到白色的衬衫上，莱西抓来一张酒巾，拭去他脸上的鲜血。

"你简直疯了，太出格了，你到底为什么要故意激怒他？你知道他不是杀人凶手。难道是因为那天晚上发生的事？请告诉我这不是对他的反击，你心胸应该没那么狭窄啊，迈克尔。"

"别管我了。"迈克尔把她伸来帮助的手推开，缓缓站了起来。

他朝杰克投去冷漠的目光，随即转向正在对讲机上说话的酒店保安。

"警察正赶过来？"保安点了点头，迈克尔冒着怒火的目光投向杰克。

"很好。我正要提出起诉。"

第二十二章

回家的路上，莱西什么也没说。她知道不是迈克尔先动的手，但一定是他的言辞先激怒了对方。她的脑袋还晕乎乎的。

迈克尔把自己的路虎开进了她家门口的街上，她绷紧了身子。如果他想要进她家门和她谈谈或道歉，她一定会把他劝回去的。他必须回家，今晚她不能再接触任何男性生物了。她看着他的车顶灯掠过沿街停放的其他车辆，挺直了背，准备和他对峙。

他们怎么敢像男孩儿一样打架！男人的行为有时候很愚蠢，而今晚恰好中了头彩。她发出一声愤怒的低吟，迈克尔转过头，诧异地看向她。

他有必要知道莱西现在正在气头上，在她火冒三丈的时候，他最好留心一点，她已经准备把这股气撒在他头上了。她本来也想朝杰克发火，但他现在不在场，所以得由迈克尔一人承受这阵愤怒的冲击。

他把车停在莱西的私家车道上，熄了火，两个人一言不发地坐着。

"莱西……"他有些犹豫地开口道。

"别说话。"她打断了他。"今晚我见识到两个大男人表现得像是被宠坏的臭小子。我的头发全乱了，那条特别贵的新裙子也被撕坏了。"她摸了摸一边耳垂。"我的一个两个半克拉的钻石耳环也不知道掉在哪儿了。"她才刚刚完成热身。"我知道这不全是你的错，迈克尔，但是现在你在这儿，而他正在哪儿蹲监狱呢。如果不是因为我太累了，而且必须现在打包好行李搬到我爸那儿去住，我现在肯定也会冲到他跟前破口大骂。我本来以为你想帮我。有那个杀手追着我到处跑，我不敢一个人待着。你怎么可以这么做呢？"

他识趣地露出惭愧的表情。"对不起，莱西。那家伙把我心里的坏念头都激起来了，你知道我绝不会丢下你一个人的。当那天我离开的时候，他还在你家，我知道他肯定不会让你离开他的视线。"他在椅子上不自然地换了一种坐姿。"我能感受到我们两人怀有某种相同的感觉，我猜你会管它叫过度强烈的保护欲。一方面，我很讨厌他对你产生了这样的感觉，但另一方面，我很信任他，所以才放心出城去了，因为我相信你在他身边不会有任何危险。"

这番话浇灭了她的怒火。"那你为什么还要暗示他可能在艾米的事故中动手脚？你这么做太卑鄙了。"

"我只是想看看他的反应。"

"很好，他确实如你所愿。迈克尔，你这件事做得一点都不明智。你为什么要起诉他？如果他被关进监狱，你离开的时候，他就不能陪着我了。"

"该死，你为什么这么有逻辑？"他小声嘀咕着，"我现在就撤诉，把他从监狱里带出来。"

"我很有逻辑，是因为我没有昏了头。"

她伸手去摸车门把手，目光投向房子。

那是什么？

她僵住了，更仔细地盯着那片黑暗。它又出现了。一定有人正蹲在她家的弧形门廊下，躲在房子的阴影中。

"迈克尔。"她压低了声音。"看。"她的手缩在仪表盘下指向窗外。"你能看到吗？有人在那儿。"她声音颤抖，按下了车门锁。

"我看到了。"他马上警惕起来。"待在这儿别动。"他的手伸向仪表盘，她还没来得及说话，他已经跳下了车。

她看见了他从仪表盘上拿出的枪，震惊得不敢作声。他在干什么？他有持枪执照，但她从没有看到过他在靶场以外的地方拿过枪。

那个躲在她家房子旁的人不可能没有看见迈克尔下车，但迈克尔把她留在原地。迈克尔随意地慢跑上她家的台阶，回过头朝她大喊："我去帮你把它拿过来，然后我们就走！"

她的心跳陡然加速。门廊边的影子没有移动。她看见迈克尔从钥匙环里掏出一把钥匙开门，冲进屋里，任门大开。

她眨眨眼。要是杰克知道迈克尔有她家的钥匙，他会怎么想？

她瞪大眼，看到门廊上一个新的影子挨着房子溜过来。是迈克尔。他偷偷从后门溜了出来，蹑手蹑脚地移动到藏在门廊下的人的头顶上。

她咬紧牙，全身肌肉紧绷。她没有移开视线，将手伸进晚宴包里掏出手机紧紧攥在胸前。她看到迈克尔悄悄移动到门廊的房梁上，向下径直跳到躲藏的影子身上。她大叫一声，只见两个影子混成一团，粗暴地滚到停车道上。

莱西一只眼睛盯着两个人影在雪地里扭打成一团，另一只眼睛移到手机上，拨通了911。

周日一大早，梅森从温暖的床上爬起来，准备去城市监狱进行一次特殊的探访。这趟行程不是必需的，但他只是想亲自见证这一切。他开车驶入酣睡中的城市，一想到警长口中杰克被捕的画面就暗自偷笑。

在一场风流盛宴上为了一个女人袭击他人。警察没有提到女人的名字，但梅森听说攻击指控的起诉方是布罗迪时，立马就明白了这个女人一定是坎贝尔医生。梅森在狭窄的走廊上大步向前，和认识的警察打着招呼，在拘留室门口停下脚步。

哦哦，太有趣了。这名已确定被捕的人坐在长凳上，身着一件翻领被撕坏了的燕尾服，头发上还挂着凝固的胶状物。梅森把手插进裤子口袋，靴跟点地，身体后仰，完全被眼前的景象吸引了。朝他直射而来的凶狠目光全然吓不到他，他向哈珀露齿一笑，但愿此刻能有支烟抽。

真该死，他忘了带相机。

坎贝尔医生的前夫弗兰克·史蒂文森没被关在这儿真是太扫兴了，梅森本可以把他放到哈珀的监狱里，这样他就能欣赏一出闹剧。这会像是把温驯的鸡丢进狼窝，哈珀会生吞了他。想到这幅画面，梅森窃笑。

那头狼厉声质问："什么那么好笑？"

梅森晃了晃头，端详着怒气冲冲的男人，和他分享了自己的类比。这头狼的态度缓和了些，露出似是而非的笑容。

"是啊，我不介意现在给我送个沙袋过来，史蒂文森的脸是再好不过了。"杰克嘀咕。

梅森噘起双唇。每次见面，哈珀留给他的印象都越发深刻，他虽然自命不凡，但却是个坦诚直率的人。他热爱慈善，而在梅森眼里，帮助坎贝尔医生就是项慈善项目。哈珀以前也许也是个好警察。那一枪实在太可惜了。

第一次和哈珀谈话后，梅森对那次事件有了更深刻的认识。哈珀是在执行公事时中弹的。警察署认为那次枪击让哈珀的情绪处在不稳定的状态，这会妨碍他安全地履行职责，哈珀躲过了警局裁员，但最终还是离开了莱克菲尔德警察机关。

在自己的地盘上时，哈珀总是高高在上，比如梅森和雷拜访他办公室那次。哈珀会划清领地，掌握主权。在那份工作中，这个男人有能力掌控环境和身边的人，这对于一个警察而言几乎是不可能做到的。梅森总觉得哈珀很少会朝自己的员工发脾气，也许和承包人也同样如此，他能看出哈珀会在买卖不能谈妥时适当让步。

这一次，哈珀和这位倔强的牙医在一起时又不能自持了。女人总是有让男人神志不清的本领，就像他的前妻……梅森赶紧把前妻的念头从脑中赶走，但这却让他想起了自己的儿子。梅森已经从……圣诞节开始就没见过儿子了，二月份都要开始了，但他从放假以来就没有见过儿子。当然，和他通过电话，但却没有面对面的交谈。孩子很忙，今年要升高三了。篮球，学习，全是那些零七八碎的事情。

"梅森。"

梅森赶紧从思绪中回到现实，哈珀已经站起来走到铁栅栏跟前，他站在离梅森仅有两英尺远的地方，后者却完全没有察觉。"什么？"

"我在问我什么时候能从这该死的洞里出去，你很清楚有一个女人需要我来看护。"杰克端详着梅森的脸。"昨晚没睡够吗？真抱歉让你今天起了个大早。"他微笑。

"不，我只是想起圣诞节后就没见过儿子了，他和妈妈住在一起。"梅森脸上马上浮现出尴尬，他本不想和一个才刚认识不久的人聊这些私事。

哈珀的笑容消失了，眼光闪烁。"那感觉很糟。"

没错。哈珀已经有好几年没有真正意义上见过父亲了。都怪那该死的阿茨海默症。

"我会搞清楚你什么时候能走。"梅森还红着脸，没有道别就朝走廊另一头走去，他感觉哈珀一路目送着他。

"911，您有何紧急情况？"

"有人在我家门口！"莱西飞快地报完地址。"他正和迈克尔搏斗！他们滚在……"

"女士，您在哪里？"

"在卡车里！但迈克尔有枪，我怕有人……"

"有枪？有人受伤吗？您需要救护车吗？"

"不！没有人被打伤！但是我不知道另一个男人身上有没有携带武器！"

"警察已经出动了，女士。你最好待在车里别动，车门都上锁了吗？"

"没有！我的意思是……"她按下车锁，它们在迈克尔方才出去后弹了出来。"现在锁上了。"为什么接线员一直在关心她的安危？明明有危险的是迈克尔才对！

地上的两个人影停止了厮打，迈克尔跪着压在另一个男人背上，把他的手臂拧在身后。

"他抓住他了！他把他压倒在地了！"她朝电话另一头大喊。

"别到车外去，女士。"

莱西已经打开车门冲上了私家车道，电话贴在耳边。她的高跟鞋踩在粗糙不平的冰面上步履蹒跚，在昏暗的灯光中张大眼睛想看迈克尔是否受伤。一个晚上打了两次架！他明早肯定会疼的。

"女士，不要下车！"

"我没事。我哪儿都不会去的。"

"我已经告知警局现场有一把枪。"

"什么！"她是不是惹上了更大的麻烦？"迈克尔！枪在哪儿？"

她对接线员说："告诉警方没有人携带武器！我看见枪在雪地里。别让他们开枪！我把它从地上拿走。"

"不要把枪捡起来，女士。"

莱西气得咬牙切齿，这位过分礼貌的接线员已经开始深深激怒她。"我把它从路上踢走，警察很可能会开车轧过它。"

她轻轻把枪朝迈克尔卡车的方向踢了几英尺，她能听见背景音里接线员正把她的消息转达给别人，但她知道这起不到任何作用，警方只会加倍警惕和戒备。他们不喜欢跑到持枪现场去，这会让他们的压力程度激增十倍。

她转过身，看到迈克尔把另一个男人的脸压在雪和沙砾中。迈克尔看起来没有受伤。

她局促地蹲在安全距离外，想看清那个陌生人的脸，祈祷他不会直接朝她看，否则他会看到她裙上的一阵好风光。警笛的尖啸响彻夜空。

迈克尔喘着粗气，抓住男人的头发，粗暴地往后拉起他的脑袋，将他的脸转向莱西。"你认识他吗？"

男人的脸上震惊的神色逐渐变为尴尬，他终于还是亲自自下而上看到了莱西的裙子。

但莱西受到的打击更大。

她的声音沙哑。"肖恩？是肖恩吗？"

迈克尔正跪着压在曾救过她命的清洁工英雄身上。

杰克正在监狱门口换下狱服,收拾钱包,这时,梅森又出现了。
"你可能会想再留一会儿。"梅森说。

"我怎么可能想这么做?"杰克斩钉截铁地说。他只想回家睡觉。

"你的某个朋友正在来这儿的路上。"

杰克朝梅森挑起眉毛,完美演绎了"我根本不在乎"的神情。

"你的一个牙医朋友。"

这引起了他的注意。他手上的动作停了下来,把钱包塞回了夹克口袋。"什么?莱西?她还好吗?她在这儿?"

"还有她的男朋友。"梅森露出了满口牙齿。

"那个混蛋不想让我出狱?"杰克听到梅森的用词,心里气得发闷。

"不。我想她的男朋友在她房子旁边抓到了一个入侵者。"

杰克的心漏跳了一拍。"是他吗?"

梅森没有问他指的是谁,这位警探心知肚明。"我不知道,他们说坎贝尔医生认识这个家伙,这个人和她在一起工作。"

"但这不意味着他就不是那个人。"难道那个记者在杀手在下一次动手前阻止了他?

"我知道。"

死一般的寂静在空气中蔓延,两个男人你看看我,我看看你。

"他到底走不走?"接待台后的警察问道。

梅森朝那个警察点了点头,拉着杰克的袖子把他拽到走廊另一端。"你想先洗个澡吗?"

杰克拉出他的翻领，听到一声缝线断裂的声音。他的手好奇地伸进自己被白酒浸过后发脆的头发，打量着自己脏兮兮的衬衫。领带没了。他把手伸向口袋。那儿也没有领带。

"我看上去不好吗？"

"你看起来棒极了，闻起来也很香。"

莱西生气的声音从走廊尽头传到他和梅森耳中。"不！你不能逮捕他！他不知道自己在做什么！他……他和我们的思维不一样。我和他在一起工作了那么久，他不明白那种行为是错的！"

杰克没有看见她，但他知道她一定非常生气。他稍微放松了一些，如果莱西还能被激怒，说明她一切正常。他默默重复着她的话，想摸清楚这话中的含义。谁会……难道她说的是那个清洁工？那个有精神障碍的孩子？那个用扫帚柄朝史蒂文森的头来了个本垒打的小男孩儿？

是他闯进了她家？

莱西从警察局简陋的大厅里朝漆黑的街上望去，两臂在胸前交叉。迈克尔和杰克尽可能远地坐在沿墙的一排椅子上，两人都仔细地观察着她，小心谨慎地履行着看护的义务。两个男人都没有眼神或语言交流，莱西觉得这样对大家都好。她开始在房间里踱步，心里为肖恩担忧。当闪着警报灯的警车停在她家门口，全副武装的警察出现时，那个男孩儿吓呆了，朝所有人大喊大叫。迈克尔不再需要把肖恩放倒，他自己便贴在了地上，伸直双手和双腿，动也不愿再动一下，把肖恩从地上抬走装进警车费了九牛二虎之力。

无论莱西或是警察都没能从他口中听到一句话。他们搜查了她的房间，认定肖恩没有闯进屋子，便宣布要把他带回市中心警察局。她强烈反对，但警察却说他们只是想和他谈一谈，她最终还是让步了。肖恩不肯告诉他们自己的住址或是一个能来把他接走的人，没有身份证明让警官们困扰了好一阵，他们想知道他到底是谁，家住哪儿。莱西也帮不上忙：她唯一知道的就是他的名字。

在局里，肖恩又开始瑟瑟发抖，随后他和试图把他带进大厅的两名警官厮打起来。莱西和迈克尔在摩擦升级时及时赶到了，她成功劝服肖恩冷静下来，说服他和警官们一起走。他们把他带进一间审讯室，在她面前关上了门。

她很高兴能看到卡拉汉警探的脸。在她的请求下，卡拉汉进入肖恩的审讯室旁听，这带给她些许宽慰。她告诉迈克尔和杰克，在肖恩和警察的问话没有结束之前她是不会离开的。杰克说如果她不走，自己也不会走，随即便挑了张椅子坐了下来，迈克尔看了一眼杰克顽固的面孔，砰一声挑了个最远的位子坐下。他们两人的表情都在警告她不许抗辩。

两个男人看上去像是打了一晚上的架，不过事实也差不多如此。迈克尔在和肖恩扭打时撕破了裤子，他的夹克衫松松垮垮地蜷成一团堆在椅子上，还扯下了两颗衬衫纽扣。他卷起脏兮兮的袖子，试图在看她踱步时显得极具威慑力。

杰克看上去同样邋遢不堪，令人生畏。他们二人都因为她倒在他们头上的酒精显得黏糊糊的，龙舌兰酒的味道飘得满屋都是，几名警官在穿过大厅时向他们投来了刺眼的目光。

莱西的晚礼裙仍然裂开，没有针线她什么也做不了。她已经在厕所里从疲惫不堪的脸上卸去了油性睫毛膏，当她意识到自己丢了发夹时，只好绝望地任头发披散下来。她用手指把它们梳顺，捋到耳后。

他们看起来都像奔赴国宴时突然遭遇地震的难民。

她轻叹一声。*周日早上六点钟。*她本应该还在梦乡酣睡，她本可以在除这儿以外的任何地方。

当莱西的手机铃声从放在迈克尔大衣下的宴会手袋中传出时，他们三个不约而同地一跃而起。迈克尔将手袋递给她，但视线没有与她交汇。

电话是凯莉的丈夫克里斯打来的。

"你和凯莉聊过吗？"他上气不接下气。

"没有。从健身房我和你们见过之后就再也没聊过了。"她开始焦虑起来，克里斯的声音听起来也紧张不安。"发生什么事了？"克里斯从来没有这么紧张。

"凯莉昨晚没有回家。"

"什么？她在哪儿？"莱西停止了踱步，担忧潮水般朝她袭来。

"我不知道！她吃过晚饭后去健身房处理一些文件。后来时间很晚了，我想给她的手机打电话，但是直接转接到了语音信箱。我开车去健身房，发现她的车不在那儿。我去了办公室，发现她已经处理完文件了，但我还是找不到她。你知道她可能去哪儿吗？"他的句子粘连在一起。

"说实在的，克里斯，我不知道，你和她的父母和姐姐联系过吗？"莱西头晕目眩，胃里发紧。*哦，上帝啊。拜托一定别让凯莉出事。*

"我昨晚给他们打过电话了，但我怕他们担心，就没问他们凯莉是否在他们那儿，只是编了一些借口，他们没有人提到凯莉。"

"你给警察打过电话吗？"

走廊里响起的靴声引起了她的注意，卡拉汉警探的视线正落在她身上，他看起来并不高兴。

"等等，克里斯，我现在就在警察局，我马上联系负责调查相关事件的人。"她一只手盖上听筒，对警探说，"我的朋友失踪了，她的丈夫正在和我打电话，他已经快疯了，他从昨晚开始就没见到过她。"

"谁？哪个朋友？"

"凯莉，凯莉·凯兹。我告诉过你，她和我有一样的戒指。"看到他眯起眼，她降低了音量。

"那个体操运动员？另外那个在德科斯塔案审判时作证的女生？他等了那么久到底他妈的想告诉我们什么？"他一把夺过莱西的手机，开始盘问起克里斯。

他抓到她了。他抓住了凯莉。

莱西无法呼吸。

第二十三章

　　杰克看见莱西接起电话，他偷听着谈话内容，从中得知莱西正在为一个朋友担忧。克里斯和凯莉是谁？该死，除了房间另一头的那个记者，他完全不认识她的朋友，甚至对坎贝尔医生也知之甚少，这一点必须改进。但每次他俩在一起时，总会发生些怪事。他们昨晚本来正朝着好的方向发展，哪料到她这位保护欲过强的保镖信口开河，让杰克失去了理智。

　　是啊，他在交汇山有一套高级公寓，那又如何？他确实滑雪，但他姐姐同样在那儿滑雪，梅洛迪使用那处地方的频率比他高得多。他们的父亲几年前买下那里，作为全家的滑雪胜地，但布罗迪却把这件事歪曲成针对他的诽谤。

　　如今在交汇山，新的谋杀案已与旧案件接轨。他斜眼看了看布罗迪，他正凝神倾听着莱西的电话。布罗迪很可能知道她在说什么，他很可能知道杰克渴望知晓的每一个小细节，比如她最喜欢的冰淇淋口味和爱听的音乐类型。

　　他看着梅森从她手中夺过手机开始讲话。莱西摇晃着倒了下去。杰克从椅子上跳了起来，想冲上前抓住她，但警探在她倒地之前抢先一步扶住了她。不过，她的手机他却没接住，落下来摔得七零八落，零件和电池板在地板上乱滑，杰克接住她的肩膀和膝盖，毫不费力地将她抬起。布罗迪差不多在同一时间跳起来，可惜还是太晚了，当他伸出手想接过她，只收获了杰克一个冷冷的白眼。

"别这样，把我放下来。"她平静的声音让杰克越发紧张。

"发生了什么？"杰克看着走向大厅前台给警官下指令的梅森。"你和她说了什么？"

"我什么也没说。"梅森下达好指示，几乎没有正眼瞧杰克一眼。"她的一个朋友很可能被我们在找的凶手给绑架了。"梅森转过身去，开始在手机上拨号。

杰克差点把莱西摔了下来。"什么？谁？"他让莱西双腿着地，使她转过身来面对他，他抬起她的下巴，想看见她的双眼。"发生了什么？谁不见了？"

她脸色煞白，眼睛下方的半月牙黑眼圈将她的失眠和震惊暴露无遗。"是凯莉，她失踪了，刚才打电话来的是她丈夫，他昨晚开始就没能找到她。"她的眼眶里盈满了泪水。"凯莉在法庭上作了证，但那并不是什么很重要的证词，她仅仅说了自己是如何找到我的。"她小声说道。

"找到你？她是什么时候找到你的？"杰克摇着她的肩膀，莱西的眼神迷离。

"在那件事之后。"她没有展开。

"凯莉是苏珊娜被抓走后找到莱西的那个体操运动员。"布罗迪轻声作答，他拾起了地上的手机零件，熟练地将它们重组在一起，而且明智地没在杰克面前把手放在莱西身上。

"是当晚在现场的另一个女孩儿？"另一个德科斯塔案的目击者

也失踪了？

"凯莉什么都没看见，只看见莱西流着血躺在地上。"布罗迪补充说。

莱西告诉过他，她曾经被打断了腿，打伤了脸，鲜血直流。

杰克四处寻求着支持，他看到当布罗迪的眼神从组装好的手机移到莱西苍白的脸庞上时，他的眼底冒着愤怒的火光。布罗迪也得出了相同的结论：莱西确确实实处在危险之中。布罗迪看起来正准备把莱西拖到走廊尽头扔到监狱里锁起来。

这也不错。如果他俩一起接手这个案子，她或许也只能服从。

杰克睁大了眼睛。该死。他方才那一刻竟然想和自己的竞争者做盟友。当然，在这个当口，只要能保证她的生命安全，就算是和一个恐怖分子结成联盟，他也在所不惜。

梅森和杰克的目光相遇，后者朝他甩头示意。

杰克把莱西安置在椅子上，跪在她面前搓着她冰冷的双手。"我很快回来，我去和梅森聊一聊。"莱西安静地点了点头，他站起来，而迈克尔仿佛把莱西接手过来一般，在她身边的椅子上坐了下来。杰克现在丝毫不担心这位记者，当他不能保护她的安全时，布罗迪似乎是个可靠的替代者。

"发生什么事了？"杰克不喜欢梅森脸上露出的表情。

梅森带着他走出迈克尔和莱西的能听到说话声的范围外，到走廊另一头。"她晕倒的时候，我本来想给她看一样从清洁工男孩手里拿过来的东西。"梅森从口袋里掏出一包干净的塑料袋，将它转交给杰克。"我觉得这样东西现在不适合给她看，她已经受够了惊吓。"

杰克抚平小袋子，想要透过塑料包装认清卡片和小信封上的字，信封正面仅仅用方块字写了"莱西"几个字。黄蓝相间的精致花束装点着卡片，这颜色令杰克想起她家厨房。

花束下方印着"想念你"。他皱起眉，在袋中翻开卡片读道："我为你我准备了一个特殊的派对，两天后，我们一起为他的纪念日默哀。"

杰克抿着嘴唇，抓紧了塑料袋，指关节泛白。"他的纪念日？他们在说谁的纪念日？"

"两天后是德科斯塔定罪的周年日。"梅森陈述道。

"你是从肖恩那儿拿到它的？"

"是的。肖恩说他出于担心才等在她家门外，学校里发生的那起袭击案，确实让他心绪不宁。在问话里，他也反复说着坎贝尔医生处境危险。"梅森摇摇头，眼神严厉。"当我告诉他弗兰克·史蒂文森已经被放出去的时候，他怒不可遏，我们花了好大的力气才让他冷静下来。"

"肖恩说她的处境很危险？"杰克火冒三丈。莱西对这个孩子那么友好，但他现在却给她造成了麻烦。

警探点点头。"他说，当他在坎贝尔医生门口等她回来的时候，一个人递给他这张卡片。那人请肖恩务必将这张卡片转交到莱西手上，并且告诫他必须小心，因为一个坏男人很可能再一次攻击她。"

杰克猛抬起头望着梅森的眼睛。"你觉得肖恩说的是实话？"肖恩不会是杀手派来的人吗？

梅森深吸一口气，闭紧双唇。"如果他在说谎，那他真是个好演员。他应该没有那么高的智商，他看起来是真心实意地在担忧坎贝尔医生的安危。"

"他有没有描述那人的样子？"

"是的，那是个男人。"

"仅此而已？"杰克无法相信地看着梅森的表情。他们终于有了一位目击者，而这就是他能给出的最好的描述？

"一个戴帽子的男人。"

"哦，见鬼。"杰克看着那张贺卡，真是笑里藏刀。"你已经从上面取过指纹了？"

"除了信封上那个孩子的指纹以外，没有采集到任何其他指纹。"

"我不觉得他是个孩子。"

"他不是，我估计他年龄应该在二十七八，只是看上去年轻。"

"我不喜欢卡片里写的消息。"杰克做了个深呼吸让自己冷静下来，克制住把贺卡和袋子撕碎的冲动。"这个混蛋在两天之内想搞一个大新闻，莱西是他计划的主角。"杰克望着警探的眼睛，察觉到平静的外表下翻涌着怒气。

"我知道，我只是不明白他为什么要告知我们他的下一步是什么。"

"也许是个诱饵。"

"也许是，也许不是。"警探笔直地望向他。"你想等等看究竟是怎么回事吗？"

"她必须消失一阵。"

"我百分百同意你的观点，就这么办。"

杰克没法儿告诉莱西关于卡片的事。

他站在离警察局大厅二十英尺开外的地方，沉默地看着莱西和布罗迪挥手告别。令他吃惊的是，当布罗迪轻吻她的前额，拥抱她长达五秒时，他并未感觉到胸闷。卡片上的信息已经让杰克不那么嫉妒了，他的怒气太盛，以至于无法把心思放在布罗迪身上。

那张纸条表示，杀手已经明确地将莱西列在名单上。见鬼，这个男人已经越来越猖狂了。杰克摇摇头。不，这名杀手从一开始就十分猖狂。这个精神病闯进莱西家偷走了她的戒指，然后在她的办公地点趁机把苏珊娜的戒指放进了她的口袋。这个男人太自负、太傲慢了。

而傲慢使人出错。

杰克知道他应该把这条消息告诉莱西。但毫无疑问，凯莉的情形已经让她明白自己的处境有多危险，如果她连这一点都不能明白，那她真是瞎了眼。

他不打算把她送回家了，他可以帮她买到她所需的任何东西，他可以打电话给宠物看护中心，让他们去照顾她的猫。反正莱西不能再离开他的视线。

现在只需要她同意。

而这件事的可能性有多少呢？杰克摇了摇头。

布罗迪准备动身回交汇山一趟，进行更深入的取证。他已经看到了那张卡片，梅森在它被撕碎前从布罗迪手中夺回并装进了塑料袋。布罗迪将史蒂文森家族领地和艾米·史密斯死亡现场的情况告知了梅森和杰克。大家都对有关史蒂文森的巧合表示担忧，布罗迪想去会一会艾米的双亲。杰克和布罗迪私下里商量了该如何安置莱西，如果她知道杰克在之后几天、甚至几周里打算如影随形地跟着她，一定会暴跳如雷。然而这一切都取决于那个混蛋什么时候能被抓住。

杰克看着记者最后拥抱了一次莱西之后转身离开。当布罗迪走出警察局大门，走进大雪中时，他给了杰克一次漫长而沉默的凝视。杰克与他的目光平稳交汇。

布罗迪正在移交一份贵重的珍宝，杰克无言地保证在他的监视下这珍宝一定会完好无损。

第二十四章

"你不能让我待在这儿!"莱西的脚牢牢定在回家的人行道上,怒视眼前这栋奇怪的房子。

"是的,我不能,但如果你知道哪里有不为人知的地方可以躲一躲,我会一直在你身边。"杰克拉着她的一只胳膊。

"什么?"

她没有打算让步。他跨了一步站到她面前,用那双沉重的大手攥住她的双肩,想引起她的注意。"莱西!你的朋友失踪了,三个男人死了,你真的觉得你能一个人待着?"他想让她动摇。

"但我根本不认识这个人,我不想打扰别人的私人空间,或者把一个精神病杀手引到他家中。"她的视线越过他,朝前门看去。

杰克拒绝带她去酒店,他不知道杀手在多大程度上借助电子信息跟踪他们,但杰克绝不希望以他的信用卡信息被人追踪作为代价。无疑,杀手一定已经掌握了他和莱西的行踪,他已经在那盘录像带里彰示了这一点。

"我和亚历克斯是老交情了,我只能把你我的命运托付给这个人。"他望着她,平静地恳求她听他解释。她不是他的员工,他无法给她下指令，她只是一个顽固女子，将十年前去世的朋友的性命看得比自己更重。

前门吱吱呀呀地打开了，杰克回头，却无法在阴影中辨识清楚他朋友的面目。一个高个子男人默默站在门口，他的背后有亮光。杰克紧紧抓住莱西肩膀的手松弛下来。很好。他需要另一个男人站在他这边，亚历克斯·金顿是最好的选择。

莱西把杰克一把推开，抬起下巴。"很抱歉，是他把我拖来的，我不想擅闯你家，我不知道……"

"没关系，如果我有需要，他一样也会对我伸出援手的。"亚历克斯粗哑的声音打断了她，这个男人听上去像已经一个礼拜没讲过话了。

她突然闭上了嘴。亚历克斯的声调和用词都很坚定。

令人感到沉重的沉默飘荡在凛冽的空气中，杰克祈祷着她会遵循他的建议。

"好的，如果你不介意的话……"她的声音逐渐失去了勇气。

亚历克斯向后退了一步，暗示他们进来。杰克在莱西背上轻轻推了一下，她犹豫地向前进了一步。

莱西想掩饰自己的犹豫。抬起头，她终于有机会仔细端详这个男人。超级正点是她对他的第一印象。随之而来的是冷漠和封闭。杰克告诉她，自己和亚历克斯·金顿是在同一所大学的兄弟会认识的，从那以来他们关系一直很密切。她微微笑了笑，不自然地从魁梧沉默的男人身边走过，进到屋子中去。

在她身后，两个男人握了握手，相互拍着肩膀。莱西转身时正好看见亚历克斯在微笑，但比起微笑，那更像是一种嘴唇机械化的运动，也许他们确实在强迫于他。她看了看杰克，发现他见到朋友的喜悦之情是真诚的。

"该死。见到你太好了。最近好啊？"

"很好。"

男人间的情谊。

杰克带莱西走进厨房区域。这个地方仿佛没有女性住过，一切都是光秃秃的，料理台也乱糟糟的，家具用的都是基础款，墙上什么都没挂。唯一能看见的私人物品是冰箱上的几张照片，她靠得更近些，看见那是亚历克斯和另一个男人在一起。那应该是他的兄弟，他们有太多相似之处——黑色的头发和浅色的眼睛。亚历克斯和另一个男人都露出快乐的笑容，但他兄弟的眼中却仿佛有些空洞。莱西没有看到任何女人的照片。

"你们饿吗？"

纵然再不想吃这个男人家的食物，她实在饿得不行。她和杰克已经在百货商店疯狂采购过一遍，因为他拒绝带她回家，但他们并没有在食物柜台面前停留。

"天啊，快饿死了！"杰克显然不介意把他朋友家里的食物全吃光。

"冰箱里几乎什么都没有，我去买些中国快餐怎么样？"

作为回应，莱西的肚子发出了巨大的响声，两个男人都朝她看去。杰克面露笑容，而亚历克斯表情漠然。

"我觉得这主意很好。"杰克的手宣示所有权似的搭在她的肩上，她立马将它甩开了。她看见亚历克斯脸上闪过一丝忍俊不禁的神色。

"好，我去买些东西回来。"他和莱西第一次眼神交汇。"走廊另一头右手边有一间蓝色的客房。你们如果想洗个澡，房间隔壁就是浴室。"他从头到脚将她扫视了一遍，离开家时便不再看她。

她总觉得他认为她身上有某些不足，便下意识地伸手去摸头发，意识到上一次洗澡已经是晚宴前的事了。她已经把身上那件破烂的裙子换成了百货商店里买的新衣服，但亚历克斯看她的眼神却仿佛是她穿了一件验尸台上难看的手术服。

亚历克斯离开后，莱西盯着大门，那样子在杰克眼中宛如一只受伤的小猫。

"他讨厌我。"

"他不了解你。"

"我知道，但他都不先给我个机会和他聊聊。"

"他和你说的话比去年他和其他任何女人说的话都多。"

"什么？"她眨眨眼。

杰克耸了耸肩膀。"他是个独行侠。以前他曾当过联邦法警，但一段日子过后便离职了。我差不多一个月带他出去喝一次酒，打一场球。"

"他还未婚？"

"离了，亚历克斯努力想要维持这段婚姻，但在他哥哥去世后这段婚姻成了负担。"

"他的哥哥去世了？是这个人吗？"莱西指着照片，杰克点了点头。

"他患有精神障碍。溺水身亡。但事实上是被他的一位监护人谋杀的。"

"老天啊。"莱西难以想象。"他看上去如此……"

"安静？内向？"

她摇摇头。"不开心。"

杰克脑中浮现出亚历克斯冷静的眼睛。"自从哥哥死后他就一直这样，几年过去了，但他再也回不到从前。"

莱西站在冰箱旁端详着这几张照片。杰克看见她的目光停留在他和亚历克斯的一张照片上。

"咱们去看看你的房间吧。"

她跟他一路走到走廊尽头。他推开右边第一扇门，看到一间被漆成蓝色的房间。

杰克把梅西百货公司的购物袋扔在地上，重重地坐在单人床上。他扭了扭背，紧张的一天过后，他感到自己仿佛在解开脊椎上的绳结。"亚历克斯家里安装了完备的安保系统，而且很可能在每个抽屉里都放了枪支，这个地方如堡垒般坚不可摧。他总喜欢未雨绸缪。"

"一个标准童子军。"莱西坐在一张小型书桌前，微微朝着顶部的抽屉偷瞄了一眼。"看上去他好像少了一个抽屉。"

杰克很高兴听到她的语气愉悦了一些。

"这儿很安全。除了梅森以外，没有人知道我们在哪儿。你明天要去牙医学校教书吗？"

莱西摇了摇头。"但是我有一项病例要赶快做完。"

"病例？"

"太平间里的一个无名氏。我已经绘制好牙部示意图并且用 X 光进行了扫描，明天牙科比较记录就会送到我这儿，我必须在完成报告前对他们进行评估。"

"这件事你多久做一次？"

"一个月三四次，几个专家会一起为法医局完成这项工作。"

"做这项工作感觉如何？"杰克把前臂搁在大腿上，所有的注意力都集中在莱西身上。他观察着她的脸庞，喜欢看她柔软的头发垂在眼睛上。他们买了一些为暂住准备的基础洗漱用品，但她没有在化妆品专柜停留。所以，她的脸上没有化妆，呈现出自然的色泽，这和她的气质很相配。

他慢慢吸了一口气。今天她虽然只穿了牛仔裤，但对他的吸引程度却可与昨晚一袭黑裙相当。

"我喜欢这份工作。我喜欢解决谜题，减轻家属的负担。"她的嘴唇闭紧成一道细线，他明白她想起了苏珊娜。

他看着自己的双手，"你觉得到底是谁在操控这一切？是谁杀死那些人，是谁在监视你？"

她沉默了好一阵子。"我不知道。我已经绞尽脑汁地思考，彻夜难眠，试图找出拼图里缺失的那一块。谁会想要为德科斯塔复仇呢？"

"你相信这是一起复仇？"

"你不这么觉得吗？为什么他要惩罚那些把德科斯塔关进监狱的人呢？"

"如果他们一开始就把错误的人关进了监狱呢？德科斯塔可能绑架了苏珊娜，但很显然是另一个人杀了她。我觉得完成一系列谋杀的另有其人，最近这几起谋杀都和几年前的作案手法颇为相似。"

"不，并非如此。"莱西站起来，开始在小房间中踱步。他看到牛仔裤紧贴她的臀部，让他不得不把注意力放在上面。穿着褪色的牛仔裤和俏皮的牛仔靴，她简直就是一个移动的分心物。"唯一的共同点只有大腿骨折断。德科斯塔的猎物只有女人，年轻女性，体操运动员，他从来没有袭击过男人，他从来没有用到过我们现在所见的酷刑。十年前的受害女性都遭遇性侵，留下切割伤口。"

什么？"什么叫切割伤口？"

她停住脚步，冲他皱起眉头。"你知道，就是他们割开皮肤的地方，只是为了制造痛苦，控制受害者，这件事当时没有写进文件。警方对那些自己认罪的奇怪的嫌疑人隐瞒了这一点，但德科斯塔被捕时，他知道得一清二楚。"她开始踱步。"这些男人身上没有那种伤口。"她继续说："梅森告诉我他们是被自己的私人物品所杀，凶手杀死被害人的凶器都和他们生前的兴趣和从业有关。第一个被害人是个警察，所以他用手铐和川顿自己的枪杀了他。他在其他受害者身上分别使用了高尔夫球棒和钓鱼线。这家伙很有创造力，而德科斯塔只是想从杀人中获得威慑的快感。"她深吸一口气，不再踱步，转身看向杰克的眼睛。"对吧？"她确实反驳了他的推论。这一次杀手另有其人，但他也一定与过去的案子有着密不可分的联系。

"对。不过你难道不认为他和德科斯塔也有某种关联吗？否则他为什么要这么做？"

"也许他只是对连环杀人案抱有狂热的嗜好，像其他那些怪胎一样。我以前读到过关于他们的文章，有些杀手把其他连环杀手奉为偶像。邦迪，约翰·韦恩·盖西，理查德·罗德里格兹，他们都有自己的粉丝。又或者是他有一个同伙，这种事也并不少见，也许那位同伙从来没被抓到过，现在决心重操旧业。"

"那么如何解释交汇山那个女孩儿的死？你不觉得她也和案子有关吗？"杰克努力想把问题想清楚。沉重的吸引力在房间中蔓延，他们正在将房间中仅存的空气呼吸殆尽，无疑他的肺部会觉得有些喘不上气来。

"我不知道。"莱西缓缓说道。"当时发生的事很奇怪，我们得格外小心。我曾经告诉过你镇上的体操运动员就像明星一样，只有连续几年获州冠军的体操队才能获如此殊荣。当地居民都为我校在体操界的声名而骄傲，我们的电话号码都必须保密，在街上我们会被人拦住，说认出了我们。教授们也喜欢在课上单独提到我们。我们总是身处镁光灯下。"

"但是？"他仔细地观察着她的脸，之后一定发生了些什么。

"我不想称他们为跟踪狂，但有时我们去哪儿，他们就跟到哪儿。一些女孩儿曾举报过几个在校园附近跟踪她们的男人，也不上前搭话，只是跟着，这样的情况我也曾碰到过一两次。我在不同的地方看到同一个人太多次了。通常来讲，我摆脱这种情况的方式，一般是去和教授或校园保安谈话，并故意用手指向他们。一旦意识到自己被发现，他们就会落荒而逃。"

"这就是你们给他们的'照顾'？"

"通常是这样。"她想起了什么，张大了嘴。"苏珊娜喜欢拍下他们的照片，她会确认那个男人看到她拍照的行为，然后他就会仓皇离开。"

"你觉得那些照片她会保留下来吗？"杰克突然间灵光一现。是否在某处的储物盒里，还会留着那些跟踪狂的老相片？

莱西明白了他的意思，摇了摇头。"不，我们会把他们的照片钉在教练员办公室里，这样所有人都会知道他们长什么样。这些照片最后都会被丢掉，没有人会承担后果，也没有人被逮捕或叫去问话。毕竟，这些人都只是好奇心过剩罢了。"

"但真叫人不得安宁。"他掩藏起了自己的震惊之情。要是他有个女儿，他一定会让她在大学期间留在家住，他要寸步不离地保护她。

"现在回想起来确实如此，但那时候我们却觉得这件事又好气又好笑。没人想到我们之中会有人出事，也没有人怀疑过艾米的死可能不只是一起普通的事故。"

"你还记得她是否抱怨过有人跟踪她吗？"

莱西想了一会儿，摇了摇头。"我记不清了，艾米要比我大几岁。"

"那时候德科斯塔有可能在交汇山做什么？"杰克说出了自己的想法。"他又为什么要把艾米的死伪装成一起事故？迈克尔说其他几起相关案件中尸体都是在被害人失踪几个月之后才发现的，但在俄勒冈州，情况却有所不同。除了苏珊娜之外，其他人遇害后抛尸总是很快就被发现了，不是吗？"

她艰难地咽了口唾沫，点了点头。

"她是个很好的朋友。"看见划过她脸庞的痛苦表情，他温柔地安抚道。

"我们那时候关系很密切，第一次见面就有心有灵犀的感觉。你有没有过第一次见就知道对方是对的人的经历？"

她没等他回话便继续说了下去。他的脑海中重新浮现出他第一次触碰她的场景，那便是一种心有灵犀。

"我们做任何事时都黏在一起，一起学习、训练。我们的身材很相似，所以也会互穿对方的衣服和鞋子。我们总是会到轮流对方家里过暑假，亲如姐妹。"

杰克没有意识到她们的友谊竟如此深厚。他皱起眉头。

"她去世时你怎么样？"

"很糟。"

房间中沉寂下来。她没有看他，而他默默等候。

当她再次开口时，已经压低了声音。"在那之后我被确诊为抑郁症。我只能不停地思考在她身上可能发生的事，如果当时没有弗兰克在身边……苏珊娜失踪后，我真的把他当成了唯一的依靠。我不知道如果没有他在，我能不能熬过这一切。"

"这是什么意思？"杰克不确定自己想听到答案，但他必须了解她的心魔，他希望了解她的一切——无论是好是坏。

"苏珊娜消失后，我断断续续地看了好几个心理医生，有时候那种负罪感那么强烈……"她转过身去盯着窗户上紫色的窗帘，没有说下去。

他知道她也企图自杀，也许差点就真的自杀了。有时候比起面对死亡，你更难原谅自己仍然活着。"我几乎是逼着你再看了一次碟片。"他的手掌跟狠狠拍了下前额。上帝啊，他觉得自己简直就是垃圾。"我真的抱歉，那对你来说该有多可怕啊。"

他会把那张复刻碟毁掉的。他揉搓着两颊，今早没来得及刮净的胡茬扎着他的手。

她没有回话，身体靠在书桌上，假装在观察台式电脑般地移开了视线。杰克看着莱西，体内渴望占有和保护的荷尔蒙呼之欲出，他的手指紧紧抓住床垫边缘。

杰克将视线从她身上挪开，他站起身来走到卧室里关着的门前想找些事来做，一些能够缓解空气中紧张氛围的事。这种紧张无关乎性，它比亲密关系还要更进一步。这种场景下，一个人将他或她的灵魂裸露在外，而另一个人则要帮他挑过身上的重担。这比他们那一次的亲吻更为亲密，更深层次地搅动着他，令他困惑。她刚刚将噩梦般的经历向他倾吐，而他只想把她扔上那张狭窄的单人床，用自己的嘴和僵硬的身体安抚她的情绪。

卧室里的门通向亚历克斯曾提到过的浴室，而浴室里还有另一扇门不知通向何处。亚历克斯的卧室吗？杰克转了个身，两臂交叉，把手按在肱二头肌下方。他不会去触碰莱西，因为他信不过自己。

她的手机突然响了，这阵干扰让杰克长吁一口气。

谢天谢地，手机响了。

卧室里不断涌动的情绪变得愈发紧密而沉重。她不知道杰克在想些什么，但她一直在用余光偷瞟他的一举一动。自从他们踏进这间卧室，她就不得不去注意他的存在，他在这方斗室之中显得尤为强烈。

他已经迫使她回忆起那段对未来无望的人生经历，那种虚无，她很少再回想那段黑暗时期。将自那以后包裹起她灵魂的污物彻底清除是一段艰难的历程，那是她忘记过去，自我保护的一种方式。而杰克·哈珀却将记忆上的钉板一块块拆下。

她感觉自己的心暴露在外，一览无余。

内心深处，她强烈渴求着他能够给她爱抚，但这么做的代价巨大。她不知自己是否愿意支付这样的代价，她还没有完全打算放下防备，那堵保护她心灵的薄薄一层心墙。苏珊娜的失踪和母亲的死接二连三地撞击着这堵墙，和弗兰克的分手又为这道墙添上了新的伤疤，她不知道这些旧伤是否已痊愈到有力量承受与杰克之间日渐增长的感情。

她把电话从包里翻找出来，在迎面而来的沉重空气中缓缓移动。手机提示她收到了一条视频信息，难怪它没有发出平时的来电铃声，而只是喳喳直响。她点了一下屏幕，看见画质粗糙的视频里镜头不断推移，聚焦到一个男人身上。

他已经死了。

没有一个活人能受得了让钓鱼线穿过眼睛。

她喘不过气来。

在一阵眩晕中，她抬起头看见杰克正在朝她这儿走。他伸出手臂，仿佛是要抓住什么。来抓住她。她感受到他的两臂包裹着她，于是将前额靠在他坚硬的胸膛上，紧紧闭上双眼。带鱼钩的画面仍旧在她的眼帘中闪现，她颤抖着肩膀，一阵寒意袭来。

但他的身体是温暖的，她彻底委身于他，在他的体温里瑟瑟发抖。

第二十五章

总有些事不对劲。

莱西从他的雷达中消失了。也许是因为他给她的信息太快也太多了。他看见她和哈珀一起离开了警察局，满心以为两个人会一起回到莱西的住所，所以，还加快速度想要赶在他们前面，但他在那儿等了整整一小时，却没等到任何人。

永远不要假设，这是他的头号准则，却被他自己违反了。

他决定变得强大，相信自身的控制力。他不会再做傻事了。为什么莱西·坎贝尔总是逼得他偏离自己的轨道？是她让他总是出于冲动做出一些计划里本不存在的事来。他绝不能偏航。

为什么他会写下那张该死的字条？或许他也不应该把理查德·巴克的视频片段发送到她的手机上。

他无法抗拒与她沟通的冲动，而现在他自食恶果了。

他们会去哪儿呢？他开车到市中心去查看过哈珀的公寓，从一辆坐满吵吵嚷嚷的孩子的小型面包车后面，悄悄溜进了戒备森严的停车场，开车的母亲全然没有注意到他。然而，哈珀的车并不在那儿。是因为莱西受到的惊吓过度，不得不躲起来？但她肯定得先回家拿趟东西，他可以由此追踪她的动向。

因此他把车再一次停在她的房子对面，开始了漫长的等待。

他几乎要把《纽约时报》上的填字游戏做完了，突然，一阵敲窗声让他跳了起来，险些扔掉了手里的铅笔。一个老人牵着一只卷毛的黑色拉布拉多犬做了个手势，示意他摇下车窗，他顺从了对方的指示，脑海中快速回顾着他的封面故事。

蓬乱的灰色眉毛下，那一双犀利的眼睛端详着他。"你在监视坎贝尔的房子？"男人朝他吼道。

"是的，骚乱过后，你是否看到有人在周围偷窥吗？"他装出一副无聊的样子，仿佛一个便衣警察正在执行一项枯燥的任务。谢天谢地，他的黑色小轿车看上去像是一辆政府分配的标准车辆。

老人摇了摇头，松弛的下巴随之晃动。"那些警车和警笛声都把我给吵醒了。从那以后我就没睡着过，也没看到有人过来。这儿到底发生了什么？"

"很显然，有人想闯进坎贝尔医生的房子。"

蓬乱的眉毛高高抬了起来。"然后，她那个记者男朋友把他给抓住了？我看见他一直在这周边晃悠。看上去，他很能应对这种棘手的事。"老人满心自信地贴近他，呼吸中散发着臭气。"你知道，她一直一个人住，这种漂亮年轻女士独居在家，就是容易招惹麻烦。不知道她爸爸为什么能允许她一个人住在这儿。"

"你还认识詹姆斯·坎贝尔？"这是个爱讲闲话的邻居。他能从他这儿打听到什么有用的信息呢？

"当然认识，我住在坎贝尔家对面已经二十年了。都是些好邻居，大家相安无事，都把院子理得干干净净。我还记得他妻子死时的场面。"他摇摇头深表遗憾。"不知道詹姆斯离开这儿是不是为了忘记她，夫人很美，小姑娘长得很像她。"

"最近一段时间，是否有你不认识的人频繁拜访她家？"

"有另一个男人几天前在她家里过夜，不是那个一直来的男朋友。这个男人留了一头黑发，以前没见过他。她一般没有多少访客。"狗闻了闻汽车前胎，抬起一条后腿。

他在方向盘上紧紧握起拳头，根本无视那只狗。他在脑海中回顾着那个男人的话。黑发？过夜？难道莱西和哈珀的关系远比他想象的亲密？他只看到过他们的一次接吻。这个婊子已经让他上过床了？真淫荡。

"我还看见一两天前一辆警车停在她家门口。"

他朝老人点点头，装出一副知情的样子。"你看到的可能是一对警探来访。"他看了看表，预感到这位邻居要开始滔滔不绝讲废话了。

"那两个人原来是警探？看起来倒像是卖保险的。你懂的，他们穿那种的夹克和领带……库珀。坐下！"那只狗立马坐了下来，抬起头来检视着这辆车和车里的司机，摇晃的尾巴扫起雪花。

他想起了很久以前的另一条狗。

"你的狗是条好狗。我该回市中心去了。我想您在这儿不会受到更多干扰了，请问您叫……"

"卡森，杰弗逊·卡森。"邻居挺直了背，骨头发出一阵咔咔响。

"再见，卡森先生，如果您察觉到异常，请及时与我们联系。"

老人转身走了。

他把车在莱西的车道上掉了个头，离开时，草草对老人和狗挥了挥手。

是个好人。大概把所有空余时间都花在监视邻居身上。

但愿我不用把他也杀了。

第二十六章

艾米的父亲恨不得把迈克尔丢出屋外——这一信息越发清晰响亮地传达给了他。当丈夫的暴躁情绪逐渐升温，珍妮特·史密斯会碰碰他的手，而这一细微的动作便能让他冷静下来。迈克尔被他们之间的互动模式深深吸引。这对夫妻共同构成一个整体，能够读懂彼此的心。盖瑞·史密斯好动而情绪化，珍妮特则更为冷静，善于分析。

一段完美的婚姻。

迈克尔回到交汇山，为的是对艾米·史密斯的父母以及该州其他遭遇类似"事故"的家庭进行访问。直觉告诉他，把交汇山和科瓦利斯的受害者联系在一起是他的一个重大发现。交汇山警方也同意这一点，在仔细研究过迈克尔上一次行程发现的引人注目的相似点后，他们重启了对所有疑点的调查。迈克尔相信，那里一定会有某些重大线索指向杀人凶手。

"自从你认定艾米是被杀害以来，我们的生命好像被连根拔起，撕成了碎片。"父亲脸上紧张的神色责备着迈克尔。"爱出风头的记者从四面八方涌过来，那些新闻节目组，最要命的是该死的警方问话比《罪案现场调查》里的还多。"

"盖瑞,警方重新调查这个案子并不是他的错。你不也想知道事情的真相吗?我总觉得有什么地方不对劲,我们从来不知道那天艾米开进河里的时候是要往哪儿去,她本应在几英里外购物的。"

珍妮特·史密斯是冷静思考的化身,这个瘦小的女人看上去刚过六十,脸上还没什么皱纹,迈克尔仍能看见当年让盖瑞·史密斯为之痴狂的美貌痕迹。丈夫个头很大,体型像个橄榄球中后卫,总是坐不住,他完全斑白的头发与黑色的眉毛和胡须形成了鲜明的对比。然而,这个瘦小的女人却把这名精力充沛的男子驯服得服服帖帖,仅仅和他独处一室都让迈克尔觉得浑身不自在。

他们坐在史密斯夫妇沉寂的房子中一间整洁无瑕的会客室中,这间房子被一种强烈的空虚感笼罩——这个家仅在等待时间流逝。

珍妮特同情地看向迈克尔,在短短一瞬间,他多希望自己的母亲像她一样。他那一心投入事业的母亲和盖瑞更为相似。

盖瑞的双眼中闪烁出憎恶。"我们没必要和你谈话,也不想回答你那些烦人的问题,我不知道珍妮特在想些什么才会放你进我们家门。如果你想知道我们已经说了什么,直接去问警察局好了。"

"盖瑞,我让他进门,因为是他促成了新一轮调查,而我很高兴他这么做了。我知道你对此并不满意,但他的所作所为对我们有利无害。"她把一只手搭在丈夫的手臂上。

盖瑞本想说话,但突然闭上了嘴。

迈克尔将目光集中在珍妮特身上。"现在,我知道已经有人问过你们了,但你们是否可以告诉我艾米那段时间正在交往的一些男人?"他没有看向盖瑞。

"她那时候正在和马特约会,他们已经交往了两年多,除此以外她没有和别人交往。他们已经在计划大学毕业后结婚的事了,我们差不多都把他当成准女婿看待了。"

杰克翻了翻笔记。"马特·彼得蒂?"

"是的。他大约七年前已经结婚了,圣诞节时我们收到了他和他妻子的贺卡,他们生有两男一女。"

迈克尔听出了珍妮特声音中痛苦的伤感,这对夫妻不会有孙子了,艾米是他们的独女。

"所以你们还在保持联络。"

"艾米的尸体发现后,他对我们而言是莫大的安慰,我们总觉得他像自己的儿子。"这一次她看向盖瑞,他依然沉默,但点了点头。

"我了解到她死前几周有人闯进了她的公寓,警方报告里说一个音响设备和几张 CD 被盗。你是否还能想起类似的事?"

"那时候我们从来没想过这两件事之间会有联系。"盖瑞沉思了一阵说道。"我们又要把关于那段时间的记忆全部翻出来,但是时间过于久远,我们记得的也不多了,我知道他们从没找到她被盗的那些东西。"

"被偷的东西里还有一些画片,但她没有把它们报给警察,因为它们不值多少钱。"珍妮特轻轻说。

"画片?那种能挂在墙上的吗?"迈克尔脑海中浮现出大学生常用来填满空白墙壁的那些廉价海报。

"不,是照片。她有一整个相册都不见了。"

"是新的照片吗?还是老的?和家人一起拍的照片吗?"

"都是新照片。我记得这件事,是因为她当时很难过自己在它们被偷前没来得及把照片给我看。我猜那些照片上应该是她的朋友和体操运动员,或者是她和马特的合影,那几年她没有在家里拍过照片。"

照片。为什么要偷一个陌生人的照片?

又或许小偷其实认识他们。

"艾米是否抱怨过在学校里太引人注目？你知道，因为体操运动员的事？"迈克尔换了个话题，希望私下里再仔细想想有关于被盗相片的事，也许事关重大，但也有可能与案件无关。

盖瑞和珍妮特互相交换了一个不自然的眼神。

"艾米花了很长时间才习惯到处被人认出来的感觉。你知道，他们印了那些广告牌。"

"广告牌？他们把整个体操队都印在广告牌上了？"

"不，通常广告牌上只会印一个做出夸张体操姿势的女孩儿，借此为赛季做宣传。镇上的人会抱怨这些姿势太低俗了，弓起的背，裸露的四肢，类似这些东西。如果你不常去观看体操比赛，这些紧身衣和光腿对于一个保守的小镇来说有些过于奔放了。"珍妮特站起身。"有一年，艾米出现在一幅特别漂亮的广告版上，但也招致了不少埋怨。我有一张海报大小的复印件可以给你看一看。"

迈克尔点了点头，珍妮特匆匆走出屋外，屋里的气氛紧张而冷漠，盖瑞和迈克尔一言不发，相互打量。

"当我以为那只是一起事故的时候，我的日子还好过一些。"盖瑞的眼睛朝石质壁炉上方的照片望去，上面是一个蹒跚学步的孩子。是艾米。

迈克尔表示理解地点点头。

沉默的怒火在房间里蔓延。

"我找到了。"珍妮特忙乱地走进客厅，重新带回暖意。她的声音中满是对女儿的自豪，看到海报时，迈克尔顿时理解了原因。

艾米曾经光彩照人。那是一张她的侧面镜头，她坐在地板上，身体撑满整张画面；她的身体后仰，一只手肘撑地，头部向后甩，下巴高抬指向空中，露出脖颈。她的右腿弯曲，右脚平放在地上；另一条腿向外伸直，脚尖点地。空出的一只手懒洋洋地搁在弯曲的膝盖上方。她身着红色的紧身衣，更凸显出体操运动员尤为发达的肌肉线条。"俄勒冈东南大学体操队"的字样被印在海报顶端。如果没有学校的标志，这张图片可能出现在任何一本男性杂志里，画面的整体印象健美而又充满性暗示。

迈克尔仔细端详着从她高抬的头上轻垂到地面的金发。

简直和莱西的一样。

他瞟了一眼盖瑞，发现那个男人看海报的表情在不悦与骄傲间徘徊。迈克尔试图从父亲的角度观察这幅海报。

他会希望自己的女儿以这样的姿势出现在广告板上吗？

天啊，绝不。

"她真美。"迈克尔拿起笔记本和外套，清了清嗓子。"谢谢你们抽空接待我，抱歉打扰了。"

珍妮特有些惊讶，一双朦胧的泪眼从海报上抬起来，她恍如置身他处。迈克尔朝门口走去，觉得自己就像一个非法入侵者，他一只手抓着门把手，转身朝向珍妮特。

"您是否介意将马特·彼得蒂的手机号码告诉我？"

距离视频信息发送到莱西手机上已经过了二十分钟。亚历克斯拎着两大袋中式快餐和两名当地警察一起走进了家门。房间里香气四溢，莱西从厨房中飞奔出去，她已经在马桶上干呕过，庆幸自己一整天都没有吃东西。

当警方带着她的手机和报案信息离开时，饭已经有些冷了。两个男人坐下吃起东西，将饭菜推到她面前，但莱西已不再有食欲。他们怎么能在看到那些钓鱼线之后还吃得下饭呢？亚历克斯和杰克已经把视频看了好几次，而她看一次就已经够受的。

亚历克斯很快便吃完了晚餐，以要去打个电话为由离开了。他消失在走廊尽头，莱西听见门"咔"的一声上了锁，他将自己锁在卧室中。莱西和杰克单独坐在饭桌旁。几个半满的白色纸盒凌乱地摊在桌上，两个男人已经把食物糟蹋得差不多了，但亚历克斯仍打算在接下来几天吃掉这些残羹剩饭。

亚历克斯对莱西似乎热情了一些。那段视频点燃了他的怒火，他似乎发自内心地为莱西的安危担忧。吃饭时大多数时间都是杰克和他交谈，但他也问了莱西一些有关德科斯塔的问题。

现在，在寂静无声的餐厅里，她希望亚历克斯能回来，他在杰克和莱西之间起了绝佳的缓冲作用。要无视杰克是很难做到的，他属于哪怕仅和他人共处一室，也天生需要被关注的那一类人。在这个狭小的房间里，他的男性气场填满了每一个角落，没有哪个女人能够坐在他对桌却在生理上忽略这种冲击。爆发的性意识扫荡她全身，令她感到震惊。她怎么能在刚看完生命中如此触目惊心的一幕后还能感觉到这些东西？

然而真相很简单——她被自己为杰克所吸引的事实吓呆了。

这个男人与一个又一个女人萍水相逢，像是一个孩子沉浸在一个又一个芭斯罗宾 ① 的冰淇淋球里。这个尝一口，那个舔一下。同一种口味使人厌倦，要不停尝试新的口味和种类。《波特兰月刊》上的那篇文章已经表达得非常明确：在杰克体内没有承诺于人的细胞。

他不是她需要的那类人。

---

① Baskin-robbins，美国著名冰淇淋连锁店。

"你不喜欢中国菜吗？"

"我喜欢。"她做了个鬼脸。"但我已经不饿了。"

杰克放下叉子，露出探寻的神色。"你还喜欢别的什么？"

"墨西哥菜或者意大利菜……"

他摇了摇头。"我不是指食物，我对你一无所知。我不知道你喜欢听什么音乐，在哪儿上的高中，你的母亲因何去世。"

她眨了眨眼。杰克·哈珀想知道那些触动她心弦的东西。

她仔细观察着他，揣摩着他的心思。他看起来很真诚。她记不得上一次被问起这些私人问题是什么时候了，她长久以来都将自己的内心封闭，不愿与他人发生联系，几乎要忘记如何创造出亲密感。她习惯一个人已经太久了。迈克尔和艾米莉亚是唯一真正理解她的人。还有凯莉。

想起那位失踪的友人，泪水盈满了她的眼眶。

"哦，该死。我不是有意要打听你的私事，我没想到几个问题也会让你难过。是因为我问起了你的妈妈吗？"杰克的懊恼看起来发自真心。

她抓过一张干净的纸巾，先是擦了擦眼睛，再擦去鼻涕。该死！她最讨厌在别人面前哭了。"不，不是那样的。"她尽可能优雅地往纸巾里擤着鼻涕，但没能做到。"我想起了凯莉。上帝啊，她到底出了什么事？"她一下子泪如泉涌。

莱西从前已有过这样的经历。当苏珊娜失踪时，她曾在名为"如果"的深海里翻腾和挣扎了许久。充满痛苦的画面令她感到恐慌，她的眼中充斥着报纸上对那些被谋杀女孩儿遭受的酷刑的描述。

"我不是故意要让你想起她的，我很抱歉。"

"我知道你不是有意提起。只不过她是为数不多的完完全全了解我的人，当你开始问……我才意识到能走进我内心的人寥寥无几。"
她边说边抽泣，努力避开那双好奇而又同情的眼睛。

她也想在他面前放下重担，想告诉他自己有多么为自己的朋友担
惊受怕——同时也为她自己。她想告诉他，当母亲去世、苏珊娜失踪
后，她曾经是那么孤独。她还想告诉他为什么害怕让他人接近自己：
只是因为害怕他们离开时留下的巨大创伤。

什么男人能够帮她安顿好她乱七八糟的人生呢？

他不知怎地突然来到她面前，坐到她身边的椅子上，一只手安慰
地搂着她的肩膀，另一只手把头发从她的眼睛中撩拨出来。这阵抚慰
让泪水再一次迸发，只是这次她和他的眼神始终保持交汇，他在她模
糊湿润的泪眼中显现。真诚的同情从那双深灰色的眸子里流露出来，
那双眼睛从他们相见的第一面起就深深吸引着她。

她的泪水没有把他吓退。

她不希望他成为自己整个人生里日思夜想能够依靠的一块磐石，
否则当他离开时，她定会崩溃，但此时此刻她需要某个人来给她一个
肩膀。

她冒险投入了他的怀抱，把一双泪眼埋进他的肩上，他的双臂紧
紧环绕着她。她感受到他的双唇扫过太阳穴，令人平静的暖意流遍全
身，安抚着她的恐惧，融化那道坚硬的心墙。

梅森·卡拉汉手头有三个被害的男人和一个失踪的女人，而线索
依然不够明确。案子的公分母是戴夫·德科斯塔，线索 360 度全方位
围绕他旋转。他需要把范围缩小，他不喜欢在无用的线索信息上浪费
时间，但另一方面，在这些线索被一一调查以前，他并不知道如何区
分有用和无用，比如苏珊娜生过孩子的事实。没有人知道这样一个婴

儿的存在。那么他应该从何入手呢？连这个婴儿是否存活过都无人知晓。过去十年里，从没有人找到过无名婴儿或婴儿尸体。

他从办公室走进漫天飘散的小雪中，抬眼看向阴沉的天幕，天气预报预计明天又会有几英尺的降雪。他一只手拿着大杯清咖穿过停车场，在横穿汽车或沿车绕圈的雪路上用脚扫着雪。他喜欢在户外思考，在荧光灯照射的办公室里坐了几小时后，凛冽的空气令他头脑清醒。他朝一块从车上落下的肮脏的冰块上踢了一脚，它从刚落下的雪中滚了过去，划出一道幽暗的小径。梅森抬起头，看见雷从窗户上望着他。正是从那扇窗户中，他们一同目送坎贝尔医生和哈珀远去。

雷一定会摇摇头，在办公室周围四处踱步，向所有同事抱怨说梅森一定是疯了才会在寒风中站着，随后自己却也加入了他的行列。几年来，他们一同在停车场散了好几里的步。难以想象，在鼻子冻僵的寒风里他们竟然一同取得了那么多成就。梅森会提出假设和问题，大声讲出头脑中的所思所想，而雷则会在那本该死的本子上记下笔记，对他的假设予以辩驳。

快来啊，雷。

梅森啜了一口已经冷却的咖啡，集中注意力。他知道就是他在找的人给坎贝尔医生留下了一张卡片，拍摄了坎贝尔医生和哈珀的视频，发送了那段理查德·巴克令人不忍目睹的视频。那就是凶手。

可问题是，他是谁呢？

交汇山的几起过去的谋杀案是德科斯塔犯下的吗？又或者是现在这个在逃的连环杀手当年实施的犯罪？德科斯塔从未透露过任何与交汇山死去的女孩儿有关的信息，但偏偏他又是个健谈的人。

德科斯塔把受害者抛尸山野，他不会把它们藏起来。林警和背包客总能轻易发现那些女孩，她们受尽虐待、被打断腿的尸体都是在失踪几周内就被人发现了。

而交汇山死去的女孩却都被伪装成事故，她们的尸体总是在掩藏了几个月后才会被发现。车开进了河里。一个失踪的滑雪者，直到夏日阳光将雪堆融化时，才发现了尸体。一个失足落入山谷的独身远足者。他们最终被发现时，尸体已经被严酷的自然条件或动物摧残得面目全非，而所有能够找到的大腿骨都处于折断的状态。

最近几起谋杀案中，大腿骨的断裂情况与那些案件一致。只是这次受害者是清一色的男人。

*该死。*梅森想去打什么东西。各项案件之间有千丝万缕的相似点却又不尽相同，他无法统一这些矛盾。雷怎么还没有拿着笔记本下来？

两个杀手。一个还活着，另一个十八个月前就死了。他们之中到底哪个人杀害了那些受害者？

谁又会是下一个？

雷关上了后门，拖着沉重的步子一脸烦躁地朝梅森走来。他夸张地戴上帽子，竖起外套的衣领。"这个鬼天气太反常了，以前咱们镇上从没下过这种一刻不停的大雪，也没有这么冷过。"

"大概是因为全球变暖什么的吧。"

雷流露出难以置信的神色，然后才意识到梅森只是在开玩笑。他打了个鼻响，掏出了铅笔和本子。"咱们开始聊吧。"

他们边踱步边聊了有一个小时，将严寒降雪抛诸脑后。

"弗兰克·史蒂文森两个地方都待过。他的老家在交汇山，毕业后搬来这儿住。这样，他刚好在恰当的时机出现在合适的地方。"雷边说，边在史蒂文森的名字下方画上了重点符号。

"没有和德科斯塔直接相关的线索。"梅森反驳道。

"也许他只是他的粉丝。"

梅森被自己的笑呛了一下。弗兰克·史蒂文森是个混蛋。在袭击坎贝尔医生的那个晚上就已经证明了这一点，在那以后他还在关在监狱的五个小时里滔滔不绝，为了让他闭嘴，警察都恨不得给他来上一脚。

"德科斯塔袭击过他的前妻，这就是你要的关联。"

梅森暂时忘记了那件事，全方位审视着这种联系。"联系太弱，不太可能。"

"你是什么？博格机器人吗？你的回答听起来和电脑程序一样。"

"请输入下一行代码。"

雷郁闷地呼了口气，白雾向上飘去，消散在冰冷的空气里。"好。杰克·哈珀。"

梅森停住脚步，转身面朝着雷。"他还在你的嫌疑人名单上？这个男人自告奋勇地充当了坎贝尔医生的保镖。"

"是啊，为了更方便接近她。"

"哎，你真是个糊涂蛋。"梅森又开始用脚扫起雪来，但雷想要继续说下去，便用一只手顶住他的胸，想让他停下来。

"听着。他在那两个地方都出现了。我们可以假设他在苏珊娜消失当晚离事发地点很近，苏珊娜尸体出现的地方是他们家族的地产，他曾经和其中一个受害者交往过。他的名字比任何其他人出现的次数都要多。更何况，他还很暴躁。"

梅森把雷的手从胸口敲开，继续往前走。

"嘿，我知道你和我一样喜欢那家伙，但是我们必须得继续调查他。"

梅森停顿了一下，转了个圈面对他的搭档。"他以前还是一名警察，一颗子弹曾经打穿他的大腿，而且他还是镇上最成功企业的老总。"

"BTK。[①]"

"什么？"

"那个 BTK 杀手就是他教会或者什么组织里的长者，我很怀疑他的邻居是否能料到他竟然是个杀手。不知道出于什么原因，每次提到哈珀你就失去了逻辑性。"雷关切地看着梅森，仿佛他会有什么重大发现。

梅森考虑着雷的话，没有回答。那个变态连环杀人狂在几十年间不停犯案，愚弄警方和家人。你无法从一个人的外表判断他究竟是不是杀手，梅森很清楚这一点，警校第一百零一条准则。

雷并没有特意提及这一点，但梅森清楚他正在回忆 FBI 给出的简短侧写。超凡魅力、高智商、社交能力极强，看似和哈珀相符。

"你在德科斯塔一家子里有什么发现吗？"是时候从另一个角度分析问题了。

雷蹙起眉头。"仍旧一无所获，我没能找到他们，不过我刚刚找到他母亲琳达·德科斯塔以前的住址，在交汇山。"

"在我们框定的时间范围内？"

"差不多是这样。"

"这是什么意思？"梅森不喜欢模棱两可的答案。

---

① 美国堪萨斯州的连环杀手 BTK。他原名丹尼斯·雷德，BTK 是他自己取的名字，为"捆绑，折磨，杀害"（Bind，Torture，Kill）的缩写。受害人至少有十名。工作是普通牧师。三十年来，"BTK"这个恐怖的代号，是美国堪萨斯州威奇托地区居民的梦魇。60 岁时丹尼斯·雷德在法庭上承认，自己就是制造连环杀人案的"BTK"杀手。

"好吧，看起来她仅仅在艾米·史密斯和另一起交汇山谋杀案发生时住在那儿。但在其他案件发生时，她住在别的地方，比如那个掉进山谷里的远足者。"

"她当时住在哪儿？"

"不清楚，也许正和家人或朋友住在一起。"

"他们一个家人也没有，我也严重怀疑他们是否有朋友。"

"你知道我的意思，我是说，可能暂时住在了别的地方。甚至有可能是个避难所。"

"你去调查一下这件事。"

雷在笔记本中做了一条笔记。梅森仿佛能看见雷脑海中的齿轮飞速转动，这名警探正想着网上哪里可以搜到这些信息，这个男人在使用电脑方面颇具天才。

"我不喜欢德科斯塔家族情报中的这一大片留白，由于某些原因……"

雷抓紧了铅笔，接下了搭档的话茬。"你对他的妈妈和弟弟很感兴趣。"

"是的。我们手头的信息并不多，但直觉告诉我，我们应该在这方面深挖下去。除了母亲以外，还有谁能对儿子的死抱有那么强烈的报复心理？"梅森把心里所想大声说了出来，尽管他很清楚雷的反论会是什么。

"好吧，在大部分情况下，连环杀手都不会是女人。况且在她们实施犯罪时，手段都不会那么……血淋淋，女人的工具通常都是毒药。"

"'通常'是你话里的关键词。那么她的孩子呢？也许母亲是幕后主谋，而孩子负责动手。"梅森又在做最后的挣扎。"现在他已经不是个孩子了，大概已经二十岁左右了。"

"但是为什么坎贝尔医生受到如此非同一般的注意？留言卡片、视频监控，会用那些垃圾挑起事端的应该是个男人，而非一位母亲。"

"也许她是个女同性恋。"这个想法激起了雷的胸腔里一阵低沉的笑声。

"不要笑，你还记得那部关于连环女杀手的电影吗？《怪物》。艾琳·伍尔诺斯专杀卡车司机，她的同性恋倾向对她的行为产生了影响。这种推论并没有什么不妥的。"

"但你刚刚却告诉我弗兰克·史蒂文森就很不妥。"

"他不是仍然在我们的嫌疑人名单上吗？我现在没有把任何人剔除出名单。"雷脸上的神情告诉梅森，他想起了这位搭档针对哈珀的那些不合逻辑的观点。

梅森没有在意，他意识到自己的双手失去了知觉。"我们进去吧，我们得把这些线索串在一起。"

这两个男人将雪花从靴子上踢掉，他们的吐息形成雾团，静静地沿着警察局的楼梯向上飘去。梅森敢肯定他们刚才什么问题都没有解决，反而提出了更多问题。

第二十七章

　　莱西沿着走廊走向自己房间时，杰克长吁了一口气。哪怕再和她多处一秒，他都会把她扑倒在床。胸腔中的渴望几乎快把他撕碎了。当他安抚她的情绪时，脑海中却努力回想着他所能记住的每一个棒球数据，她离开厨房打算睡觉，而他踹了一脚冰箱，从里面拿出一罐啤酒。

　　整杯啤酒被他一扫而光，他漫不经心地盯着她空荡荡的椅子，随后又打开一罐啤酒。

　　"她真的很棒。"

　　听到这个声音，杰克吓了一跳，他没有听见亚历克斯已经回到房间。他放松下来，拉开了第二罐啤酒。"我知道。"

　　亚历克斯穿过房间想去打开冰箱时，看了一眼两罐空空如也的啤酒瓶。"不如尝尝这个。"他在桌上放下一瓶灰雁伏特加和两支高脚杯，落座后为他们两人各倒了一杯酒。

　　"这有那么明显吗？"

　　"你表现得太明显了，你的心情全写在你这张该死的漂亮脸蛋上了。"

"她觉得你不喜欢她。"杰克喝光了伏特加。

亚历克斯没有回话。

"我告诉她你属于超级沉默的那种类型，不要把你的举动当成是在针对她。你不擅长应付女人。"

亚历克斯仍然一言不发，喝完了自己的那份酒，又为二人斟满。杰克也加入了这场无言的沉默，思绪萦绕在走廊尽头的女人身上。

他之后该如何和莱西相处？ 当他们在一起时，四周的空气都被搅动了。当她靠近时，他指关节上汗毛直竖，他必须努力克制住把任何盯着她看的男人打翻在地的那种压倒一切的冲动。

这不是个好兆头。

这种感觉，他从没在其他女人身上找到过。

他难道变成了一个专一的男人？每次在她身边时都会禁不住思考这个问题。杰克，这到底有什么乐趣呢？这个男人原本享受同时多段的恋爱，而几乎从未为此事苦恼。

如今，就连在一个女人和一个潜在连环杀手之间安顿位置时，他都会被自己绊倒。很显然，脑细胞退化了。那个男人已经在过去几天里杀了三个男人，而现在莱西毫无疑问地成了他的目标。

也许杰克只是同情她？

是否是赎罪的潜意识作祟？他只是想拯救这个女人，以此消除对那些他未能拯救的女人的愧疚？他垂下眼盯着面前的酒，但愿能把脑子在酒精里蘸一蘸，这样或许就能忘记这一切。

"你为一个女人感伤真是少见，我认识的杰克可不这样。"亚历克斯又喝了一杯。"你有没有告诉过她为什么不继续当警察了？"亚历克斯有不可思议的读心本领。

"没有。"

"那不是你的错，兄弟，你得克服它。"

说得倒轻巧。杰克用掌跟按了按眼睛，但那些鬼魂依然不会放过他。

那件事发生时，他在警队才待了两年。卡尔文·川顿被分配给新人杰克作搭档，这个男人在杰克的耳朵里发了一通牢骚，然后就开始尽其所能训练他成为最好的警察。

杰克一度敬佩卡尔，这个男人很有语言天赋，他能让一个醉酒的司机相信让他们把他载到城里是在帮警察的忙；家庭纠纷变成一场嬉闹，受惊的孩子紧攥着他的手不放。他总是确切知道该说什么话才能让一个人放松下来。

是一场家庭纠纷把杰克的生活撕得粉碎。那栋公寓大楼对杰克而言并不陌生，杰克和卡尔已经数次到这里出警，但那天吵架的夫妻是他们第一次见，邻居们报警称听到尖叫和吵打的声音。

那对夫妻是拉美裔美国人，也许他们之间有一些语言不通，但杰克和卡尔发誓在那糟糕的一天，这对夫妻准确无误地理解了他们的意思。

她极为沮丧，罗莎琳达·金特罗二十二岁，挺着大肚子。杰克通过她脸上和手臂的擦伤明白与她关系亲近的某人总是对她施暴，而他并不想将此归咎于她那只有两岁大的女儿。卡尔和杰克在公寓外和这对夫妇分别谈话，杰克负责女人，卡尔则负责对她的丈夫哈维尔施法。

哈维尔比妻子还矮，是个壮实的小矮个，小胡子让他看起来仿佛只有十九岁，但他双眼中的傲气说明他相信自己是个成年男子汉。

罗莎琳达承认哈维尔曾经打过她，但这并不是引起这次争执的原因。这次吵架，是因为当她在做晚饭，而孩子正哭闹着，他却懒洋洋地坐着看电视。她责令他去照顾女儿，这样自己才能腾出手来把晚饭端上桌，但哈维尔却发起脾气。这就是整场争吵的导火索，战火蔓延到家庭财产、干净地板上的脏鞋子，以及一系列鸡毛蒜皮的小事。

罗莎琳达向杰克抱怨的声音越来越响。他注意到，当卡尔试图对哈维尔讲道理时，他总朝他们的方向摆出一副厌恶的表情。罗莎琳达开始朝丈夫大喊着诉苦。杰克试图把她送回公寓，给两人之间留出更多空间。卡尔低沉的声音连哄带骗，努力缓和局面，但哈维尔并不吃这一套。

哈维尔滔滔不绝地对妻子放着狠话。杰克在过去两年里西班牙语大有长进，但他能听得懂的只有 puta 这个词：婊子。

罗莎琳达的脸涨得通红，她一只手滑到怀有身孕的大肚子下面想努力撑住，另一只手朝他挥着拳头，对着丈夫的辱骂吼了回去。杰克紧张地望着她鼓起的肚子，担心她在这时突然生产。

邻居们都走出屋外来看热闹，三五成群的女人们为罗莎琳达呐喊助威，这又助长了哈维尔的怒火；男人们观望着紧张的局势换脚站着，偶尔插两句嘴。西班牙语和英语交杂的低语声更响了。杰克和卡尔相互对视：他担心失控的局势下将引发暴徒心理。

"我希望所有无关人士都回到自己的公寓里去！这件事只与金特罗夫妇有关，剩下的人必须离开。"但人群并不服从卡尔的指示。

"他打了她！她怀着孕，但他还打她！"一个拥有珍妮弗·罗伯兹般动人美貌的年轻女孩开口说道，其余女人都热心地点着头。

"闭上你们的臭嘴！"一个年纪稍长、穿着宽松牛仔裤的拉美裔男人用手背朝女孩儿身上一拍，引起周围所有女人和个别男人激动的叫喊声。一小群人往前挤来，已经开始让杰克觉得不舒服，他再一次企图把罗莎琳达拉回房里。

但她从他身边挤了过去，用狠毒的骂人话羞辱着扇了女孩儿一掌的男人。杰克向卡尔投以惊慌的一瞥，看见他一面努力把丈夫往后拉，一面朝对讲机里讲话。谢天谢地，他们实在太需要支援了。他看见几个拉丁美洲人一脸狡诈地步步挪近卡尔和哈维尔身边。

杰克还没来得及提醒卡尔，两个头发灰白的西班牙老太婆便挡在了三个男人跟前，在他们两边用语速飞快的西班牙语说了些什么，年轻人脸上浮现出尴尬和愧疚，他们往后退去，被人群吞没了。一群女人为老妇人的壮举而喝彩，而男人们恶狠狠地咒骂了几句。

卡尔带着哈维尔朝警车走去，让他远离人群。杰克身边的罗莎琳达看见丈夫和卡尔朝车子走去喘了口气，她推开了杰克，这个挺着大肚子的女人以出乎意料的敏捷身姿从水泥台阶上疾步而下，从人群中挤出一条路来。杰克在她身后追赶着。

杰克以为她大声叫喊是为了让卡尔放开哈维尔，站在她正后方，杰克唯一能听到的是罗莎琳达用模糊不清的西班牙语发出尖厉的喊声。随后，当他看见丈夫脸上的怒容，才理解罗莎琳达在诅咒丈夫滚进监狱。杰克不相信这个男人的脸能涨得更红，直到罗莎琳达喊叫说现在她终于能和宝宝的父亲在一起了。

一片寂静。人群因为过度震惊安静了下来。唯一的声响只有两岁大的罗莎琳达的女儿的呜咽声。

两秒的沉寂对于杰克来说就像再过一秒后的枪响一般洪亮。哈维尔从衬衫盖住的牛仔裤后面掏出一把手枪，对着妻子的肚子就是一枪，面带微笑。

这一记枪响将罗莎琳达击倒在地，人群发出怒吼声。一群人跑去救援罗莎琳达，另一群人冲过去制服哈维尔。被制服前，哈维尔已经让枪软绵绵地滑到脚边，他抬头越过人群与杰克四目相对，那双自大的棕色的眼睛里没有丝毫悔恨。

子弹穿过了罗莎琳达的身体，击入杰克的大腿。他跪下来帮助血流不止的女人，然后才注意到腿上令他眩晕的疼痛。他艰难地坐下来，盯着裤子上的血迹，还在疑惑为什么罗莎琳达的血会让他的大腿发痛。

在亚历克斯桌前，杰克两只手捧着眼前这杯烈酒，想要驱散奄奄一息的女人在他脑海中留下的表情。那天，他搞砸了一切，罗莎琳达死了。

经过一番调查后，卡尔和杰克未受处分。局势失控得太快。哈维尔现在还在服刑，他的女儿和祖母住在一起。而她那尚未出生的妹妹已经没有机会来人世走一遭。

都怪杰克没能反应得再快些。

亚历克斯再一次斟满了酒杯，与杰克进行了一次没有祝酒的举杯。

"我找到了一些线索。"

梅森从一堆理查德·巴克谋杀案的照片中抬起头来。雷的神情像是刚获了强力球 ① 头奖，还获了两次。梅森想知道钓鱼线是从哪儿来的，但每一通电话都让他心灰意冷，看起来像是巴克自己制作了钓鱼线。

"什么？"梅森又恼又累，眼睛上方的太阳穴突突直跳，让他头痛。

---

① 强力球（Powerball），美国的一种彩票。

雷的眼里闪着光。"一个宗教公社，好吧，听上去更像是一个邪教组织。琳达·德科斯塔在俄勒冈州东南部郊外过着结社生活。一个狂热迷信组织，一个男人能有五个老婆和二十个孩子。"

"很好！"梅森的一只拳头朝空气中挥去，头痛减轻了一半。

"她的儿子呢？"

雷摇了摇头。"关于那个弟弟，现在还没有任何信息。我连关于琳达的消息都是通过和她现在一起同居的男人咬牙切齿的前妻那儿听说的。这个气炸了的前妻正在和当地警察局通气，他们想齐心起诉公社的头头，他负责安排婚姻。我猜有一些新娘才只有十四岁。"雷觉得恶心，皱起鼻子。

"那真是很恶心。"这个案子的每一步都在朝更诡异的方向进展。"究竟谁会同时娶一个十四岁的小姑娘和五十多岁的琳达·德科斯塔？"

"她没有结婚，她只是一个管家婆或者保姆。我猜就算是这些精神失常的多配偶论者也是有择偶标准的。"

"我们必须得到那儿去一趟。"梅森觉得浑身充满了力量，终于有一条重要的线索可以把他们带到某个地方。他站起来，把照片堆成一堆，合上了几份文件。

"我给布罗迪捎了个信。"

梅森的手停在半空。"你他妈的说什么？"雷在想些什么？"雷，你妈妈有没有给你吃够母乳啊？你的脑子到底出什么问题了？"

"布罗迪现在在交汇山，那个公社离镇子非常近。那个记者很敏锐，而且他的线人比约翰·埃德加·胡佛①手上的还要多。我觉得他

---

① 约翰·埃德加·胡佛，美国联邦调查局第一任局长，任职长达 48 年。

可以先去摸清楚状况，这样也免得我们浪费时间。"雷迫使自己直面梅森愤怒的双眼，这双眼睛激发了他争辩的勇气。"毕竟我们要找的杀手在波特兰，而不是在俄勒冈州的东南部。"

梅森沉默了，顺了一遍雷的逻辑。他说的不错，但这种处理方式却有问题，他会让他们俩都被炒鱿鱼的。"别把这件事透露给任何人，找一个当地警局的人通过官方渠道把她找出来。"

"我已经联系过了，离那儿最近的巡警办公室在一百英里开外，但他们现在正在伯恩斯搜寻两个失踪的狩猎者，忙得脱不开身，他们必须先审问一名目击者。俄勒冈州全境县警局表示他们尽量在一两天内赶到那里，但公社的位置过于偏远，他们人手不够。"雷同情地皱起眉。"所以我才给布罗迪打了电话。"

"我希望他每隔两小时都能向我们汇报。"

"我让他每小时都向我们汇报。他不需要什么激励就能把这件事做好，布罗迪在情感上和这个案子的关联比其他任何人都紧密，他对坎贝尔医生几乎着了魔。我很高兴他终于从波特兰那个主战场跑了出来。"

梅森倒是不同意雷的说法，他还能想到一个比布罗迪情感联系更紧密的人。

杰克关上了亚历克斯借给他的卧室的门，跌跌撞撞地闯进了隔壁浴室。他还以为自己是个保护者，结果却在杀死卡尔的杀人凶手正在寻找隔壁房间手无寸铁的女人时，和一个老朋友喝得酩酊大醉。实际上，他并不认为莱西是毫无防备的，她很坚韧，也很聪明。他知道她随身带着辣椒水喷雾，打量四周时目光十分机敏。

世界上不会有任何其他地方能让杰克自甘堕落，但这里是亚历克斯的家，他知道这个人能够让他卸下防备，亚历克斯永远会给他最坚实的依靠。当往事涌上心头时，亚历克斯曾经一两次把杰克从地板上拉起来。然后他会把责任感再次猛力安放回杰克的心中，让他能再次抬起头来，自从那次枪击以来，亚历克斯的家成为了他几次逃遁的绿洲。他把莱西带来这儿，也是因为他毫不怀疑这个地方能保证她的安全。

在酒精的作用下，他微微晃着身子，双手撑在洗手台上，望着镜中的倒影。莱西不需要他，他只是一厢情愿地希望她需要他。她需要的仅仅是一个偶尔能够让她哭泣的肩膀，而连她家的猫都能给她这样的安慰。很好。他已经把自己贴身保镖的身份降格成一个呼呼作响的暖脚炉。

每当他想起那次枪击，这种情绪都会袭上心头，他觉得自己如此伪善。想要当警察是他一直以来真正的梦想，他想要成为隔离公众和那些人渣之间的那道墙的组成部分，然而他失败了。况且，他也没能承担相应的后果。

那天，他彻底丢掉了优势，他不能再面对无法把控的局面，但警察的一生就是该面对这样的不确定。每一次细微的冲突都可能走向致命的结局，一次交通违章，一起商店里的顺手牵羊，一次家庭纠纷。他和卡尔犯了个愚蠢的错误，他们都没有检查这对年轻夫妇是否携带武器，而有人因为这个失误而丧了命。杰克始终跨不过这道坎，最终还是离开了警察局。

现在，他就站在这儿，一个醉酒的白痴，满心以为自己能从杀手手中保护一个女人。他终于跌跌撞撞地走到一个让他重燃斗志的女人跟前，但却怎么也不相信自己能配得上她。

他伸出手想打开水龙头，却把梳子碰掉在地上。他弯下腰想捡起它，突然间头晕目眩，一头撞上淋浴间的门。"该死！"他扶住前额跌坐在地上，默默祈求房间不要再继续旋转。

浴室中通向另一间卧室的门打开了一条缝。

"杰克？"

"别进来。"绝不能让她看见他这个样子。

她把门拉开得更大了。

"你喝醉了吗？"

"我很清醒。"他想要直视她的眼睛，却无法从她的四只眼睛里辨认到底哪两只不是幻觉的产物。他看见她脸上的惊愕。

"你竟然喝醉了。你刚才在干什么？"

"喝酒。"她非要问吗？

他把自己从地上拽起来，东倒西歪地走出浴室来到床前。他坐在床边，想要解开靴子的鞋带，这着实费了一会儿工夫。最后，他终于让它们砰的一声掉在地板上，仰面躺在床上，闭上了双眼。*感觉好多了。*

听到一阵响亮的撞击声，他猛地睁开眼，发现她正在把梳子扔回洗漱台上。"抱歉。"她小声说道。*他甚至都收拾不好自己的烂摊子。* 他的眼皮像灌了铅似的重重地合上了。

一切都安静得过了头。他睁开一只眼，感受到浑身猛一阵的抽搐。她的脸就在离他一个半英尺远的地方，她皱眉凝望着他。"怎么了？"

"我从没见过你这样。"

"你几乎就没见过我。"他闭上眼，不想看见她飞旋的脸。"你对我一无所知，也许我每晚都这样。"

"我不这么认为。"她的话语那么温柔，他觉得自己仿佛乘着这些失重的语言飘走了。

莱西被深深吸引了。这个保护欲极强的魁梧男人在自己床上醉醺醺地倒下。他在浴室发出的声音太响,让她以为是有人闯进了屋。她闻了闻他身上的味道。啤酒。他为什么会喝醉?她才是今晚提着行李来借宿的那个人。

她也希望自己能神志不清一回,对他有几分羡慕。她在考虑帮他脱下汗衫,因为他瘫倒在床的时候还穿着外衣。不过至少他把靴子脱掉了,虽然花了三分钟,但他还是做到了。

她只是不能忍受看见他穿着厚厚的汗衫睡觉,她很讨厌穿着外衣睡觉的感觉。虽然杰克可能并不在意,但她仍拎起他的一边袖口,将他的一根胳膊抽了出来。把他的另一根胳膊也抽出来后,她把汗衫从他的头顶褪下。汗衫下面,他穿着一件黑色的长袖 T 恤,完美地勾勒出他的胸肌和腹肌。莱西大饱眼福:这个男人的身材经过精心雕琢,况且还失去了知觉。

他的牛仔裤也让她看着不舒服,但她不会碰它。绝对不会。她更仔细地看了看,发现他需要刮一次胡子。她试探性地伸出一根手指,触摸粗糙的胡茬,为自己能够偷偷把他研究个透而暗自欣喜。

他乱蓬蓬的短发令他看上去比以往都性感,仿佛是滚了整晚的床单。胡茬让他放荡不羁的气质比往常更强烈,他的体内仿佛潜藏着一个暴戾的海盗。至少那双热情的双眼现在紧闭着,不会再让她心神不宁。又粗又黑的眼睫毛让她都嫉妒。要是能有这么一副睫毛,女人做什么都愿意。

她的视线向下移动到衬衫的衣领上,那儿露出了些微黑色的胸毛,也许他毛发旺盛得像头熊,那类人从背后看简直像是一条毛毯。

她看着他的眼睛，确保他仍然在熟睡。他刚才睡着了，但现在脸上却挂着笑，笑容不大，却心满意足。

她皱起眉头。他梦到了什么？上一次去夏威夷的旅行？上一段和空乘的艳情？这个男人是个花花公子，她很清楚这一点。他并不会带来好运，她也要尽可能保持距离。

她将他的汗衫凑近鼻子，闻到一股杰克肌肉味道下萦绕的啤酒香。他似乎从来不喷古龙水。这很好。她喜欢他身上总是散发出干净、健康的男性气息。她闭上眼，更深地吸了一口气，任凭这阵芬芳在她的腹部下方引起一阵惊惶。这样的触感令她脸上洋溢起笑容，她不情愿地睁开眼，想再次确认这位睡美人是否还睡着。

他正直勾勾地盯着她看，她的双手僵住了。他是否看见她正在嗅着他的衬衫？他的嘴角一边上扬，眼皮松弛的眼底闪耀着胜利的光芒。

"我知道你喜欢我。"这句话很轻，但不是从一个醉酒的人口中说出来的。"到我这儿来。"

在她还没来得及摇头之前，一双强壮的大手就钳住了她的手腕，将她拽倒在床上。他想把她再拉近些，而她用一边膝盖顶住了床。

"躺下来。"他命令道，努力睁开双眼。

"不。我不会……"

"我不会扑到你身上，我只是希望你躺下，我需要确保你安全。我做不到放你一个人在隔壁房间，自己却在这个房间呼呼大睡。"

她抽回了手腕，摇着头。和他同床共眠？没门。她体内的荷尔蒙已经全线戒备。

"老天啊。我会穿着衣服睡觉的，你也是。我需要睡眠。让我抱着你，知道你没事，我也能睡上一会儿。"

这听上去很合逻辑，在某种程度上。她僵硬地躺倒在他身边的床罩上。他立即将她推到另一面，让她背对着他，自己蜷起身，抵住她的臀部和大腿。一只沉重的胳膊从她的胸部垂下来，在她耳边，他的呼吸是那么温暖。

"这样好多了。"

他很快便进入了梦乡，她感受到他的肌肉松弛下来。好吧，对他来说倒是很好。

而她则完全清醒。

莱西眨了眨惺忪的眼睛，惶恐地打量了一圈卧室。她身旁温暖的身躯让她宽慰，但四周的环境却有些不对劲。

亚历克斯的房子。没错。她放松地靠回枕头中。是杰克的那个朋友，严肃而又沉默寡言，有一双阴郁的双眼。而那个醉醺醺的杰克劝诱她躺在他身边。她伸了个懒腰，两条腿蹭在一起。

光腿？

她一下子坐了起来，猛地将被子拽到胸前。至少她的衬衣还在。紧接着映入她眼帘的是睡在她身边的杰克光滑的背部。她的呼吸停止了，虽然脑中还暗自记下他的背部并不像一头熊那样毛茸茸的。但当他们睡着时，他明明是穿着衣服的。况且，他们俩明明都躺在被子上面，而不是盖着被子。

她试探地伸出一跟脚趾，想看看她的腿是不是也和他的背部一样裸露在外。她的脚一下子抽了回来。确实如此。哦，完蛋了。她已经口干舌燥。

她赶紧把两条光腿伸到床下，从一堆揉皱的衣服上抓起自己的牛仔裤，注意到他的衣服也在其中。哦，该死。她赶紧穿上裤子，靠在床沿，手指按在眼睛上。

"你要去哪儿？"他的声音很低沉，带有刚起床时的沙哑，他的这些话激起了她背部轻微的颤抖。

她犹豫不决地面朝向他，看见他仰面躺着，两个枕头抵在背后，一只手正挠着脖子后部。他的眼神敏锐，但睡意犹存的眼皮仍存心垂下。那该死的床罩滑了下去，露出强健的胸脯和腹肌，她曾在衬衫下看到过它们的线条，但它们比她想象中更加健硕。她努力不让口水流下来，把视线移到他的眼睛上，而不是盯着那块胸肌。

"我……我在起床。"

懒洋洋的笑容划过他脸庞，她收紧了腹部，以免自己又回到被窝中去。这个男人是一种罪恶的诱惑。

"也许你习惯了在陌生人的床上醒过来，但我不是。"她朝他喊着，将轻蔑作为最后一道防线。

他眯起眼睛，银色的闪光击中了她。

"我从不和不认识的女人上床。"

"请让我把这句话更正为'你认识四小时以上的女人'。"

他下巴上的肌肉绷紧了，她听见他磨牙的声音。那声音听起来像在嚼石子。

"别这么做！"

他睁大了眼睛。"做什么？"

"磨牙，这对你的牙不好。"

他疑惑地看了她一眼，爆发出一阵大笑，拉过她的枕头掩住脸来掩藏这阵笑声。

她恼火地看着自己的枕头发颤，转过头朝浴室走去。

"等等，等一下。"他从笑声中挤出一句话。

她停下脚步转向他，手叉腰，挤出女人最生气的眼神。她再也按捺不住心中的好奇。"你怎么会把我的裤子脱掉的？你的衣服又是什么时候脱的？我们睡着的时候都穿着衣服，而且躺在床罩上面。"她皱起眉头，惊讶于自己连珠炮般的语速。

"你不记得了吗？"他的笑声每隔几秒都会化作无声的胸腔震动。

"不。我只记得某个醉醺醺的男人带着一身难闻的酒气差点没脱下靴子。"事实上，他身上的气味混杂着小麦清香和温暖气息，如同一杯微酿。

他任由嘴角笑意扩散，上下打量着她，仿佛已经熟知她身体的各个部位。"什么事都没有发生，我什么都没做。"

失望涌上心头。"但是……"

他耸耸肩，扫视着小巧的房间。"我半夜醒了一次，觉得牛仔裤很不舒服，就把它们和衬衣一起脱掉了。"他的笑容愈发明显。"你看上去也很热，所以我觉得也该让你舒服一下。"他冲她眨着无辜的眼睛。

"你不该这么做。你知道我早上会被吓坏的。"

那双深灰色的眼睛与她四目相对。"也许我希望你一早醒来时能有其他感受，而不是受惊。"他炽热的目光表达了言外之意。"我没有碰你。"

"但是你看到了！"

"那时候很黑。"

她知道他在说谎，一个大谎，像她做过的那样，他也已经大饱眼福。他坐起来扯开被子，把腿晃到床边。她尖叫一声，移开视线，冲向浴室。

锁上浴室门，她看着镜中自己蓬乱的头发，希望心跳能慢下来。至少今天她的眼睛下方没有往常的黑眼圈。那种胸肌，那双眼睛，老天啊。她揉搓着太阳穴，想把那些性感的画面从脑海中驱赶出去，他起床时坚定的表情挑起了她背上的警戒神经。她知道他没穿裤子，但不确定是否还有些别的什么他没穿上。

而他看上去像是那种急于求成的人。

第二十八章

他们不让他进到院子里来。

迈克尔在俄勒冈州东南部一个乡村杂货小铺外焦虑地踱步。他本认为接近戴夫·德科斯塔母亲的最好方式是直接上门，用他可信的笑容勾住她的魂魄。万万没想到，开门的竟是个男人。

迈克尔已经放弃了对弗兰克·史蒂文森父母地产的调查。他更相信雷的观点。更何况，艾米曾经的男友马特·彼得蒂也没有帮上太大的忙。他不愿意在妻子面前谈论艾米，但仍小声回答了迈克尔的一些问题，这些回答让他一无所获。当雷给他打电话时，迈克尔已经开始怀疑他特意跑来俄勒冈州东南部一趟是否是徒然浪费时间。

雷请求他查出那个杀人混蛋的母亲所在的地址，雷和梅森还想知道她的另一个儿子鲍比在哪儿。他们在调查波特兰地区三起杀人案和莱西跟踪案上越来越依赖于他的帮助。

雷已经意识到了一些端倪，迈克尔凭直觉能感受得到。

站在宗教社区门前的男人用蹩脚的英文和几个"法语"单词告诉迈克尔记者在键盘上能敲出什么样的文章来。现在想来，迈克尔承认出示自己的名片或许并非明智之举。美国人总是对了解多配偶者和宗教结社抱有极大热情，记者想必也常来骚扰这些怪胎，想从他们嘴里套出点话在公众间煽风点火。

戒备森严的社区警备让他想起韦科市。高墙、栅栏、大门。就他已有的调查经验来看，围墙内有一个人是这儿的国王，他拥有绝对权威，负责监督自己的妻子和孩子，还有一些男人也住在这儿，他们的妻子由主要领袖分配。这是一个快乐和睦的大家庭。迈克尔突然想到了穿红色宽大睡衣的罗杰尼希 ① 教徒，如今距离那个宗教结社占领俄勒冈中部的大泥河农场、成立罗杰尼希教派已有三十年之久，但随后他们却突然从内部瓦解了。

这个社群没有建在常用公路上，而是坐落在边远的深山老林里，从交汇山开车至此花了他一小时的时间。雷想为他找一些当地警力协力相助，然而至今无望。迈克尔有一种感觉，仿佛自己在孤军奋战。

他很想进到这座堡垒当中。

当他在杂货店前踱步，哈出一团团雾气时，无数可能性从他脑海中接连闪过。下一步该做什么？守株待兔等待有人从社区中出来再进行跟踪是徒劳无功的。他知道他们不愿与他交谈。

如果假装成一个必须进去的人呢？寒风中，他搓着双手。社群里一定有某种服务是必不可少的，水管工、快递员或诸如此类的角色。他抬头看见杂货店蒙了灰的招牌。他们是自己做些采购还是订购食品呢？他摇了摇头。也许他们自己采购，在院子里种菜自给自足。他也

---

① 罗杰尼希社区（Rajneeshpuram），位于美国俄勒冈州沃斯科县的一个意识社区，由宗教领袖巴关·希瑞·罗杰尼希（Bhagwan Shree Rajneesh）在 1980 年代建立，并以他的名字命名。在 1984 年罗杰尼希教生物恐怖攻击发生后，这个社区的罗杰尼希教派信徒逐渐散去，慢慢恢复为一般的社区，这个社区的名称也因此消失。

没有从社群地址上追查到任何经济收入，也许节约是宗教信条之一。

那么，还有什么是他们需要从外部世界得到的？

他看到一辆锈迹斑斑的牲畜运输车从镇上驶过，笑容缓缓在他脸上浮现。他站在院落外面，嗅着牲口的味道，那里面大概养了鸡、奶牛和狗。他们应该偶尔需要一次兽医服务。他朝杂货店外一台老式的付费电话走去，摇摇欲坠的电话簿看上去似乎是在跳迪斯科的时代印刷出来的。他向上翻阅着薄薄的电话簿，在 V^① 字开头的一页搜寻起来。

他必须得从某个地方开始。

"某个地方"指引他找到一个距离村落三十分钟路程的铁蹄匠住家。在迈克尔介绍案情时，兽医吉姆·蒂普顿在电话另一头支支吾吾，迈克尔稍微夸大了一些自己和州警局之间的联系，当他知道这位兽医记得德科斯塔犯下的杀人案时，心中稍微踏实了些。他知道兽医有意愿出一己之力，但却对迈克尔想偷偷溜进领地一事心存芥蒂。蒂普顿很熟悉那个村落，他一点都不喜欢那个教会头子，他说那个男人没有给动物们应有的预防保健护理，只有在它们受伤或重病时才会打电话寻求他的帮助。

蒂普顿对于那种生活方式的评价也不高。

他向迈克尔介绍了铁蹄匠山姆·肖特，蒂普顿声称这位铁蹄匠对集体村落的评价更坏，提供这方面帮助会让他激动不已。激动不已？蒂普顿的用词一直盘旋在迈克尔脑中，他把租来的车停好，朝铁蹄匠的雅舍望去。这栋房子附带一个巨大的马棚，后方还有一座圆形马

---

① 兽医 (Vet) 的英文首字母为 V。

场。他为什么会激动不已？

迈克尔从卡车里走出来，朝大牲口棚走去，默默记下目之所及的陈设中每一个微小的细节。多么精细齐全的配置。这些土地、房屋、马匹和托运马的装备大概花了几百万美金。他绕进一个用栅栏围起的放牧场，靠在一根栏杆上，笑盈盈地看着六匹马在新鲜松软的雪地上欢快地扑腾。一匹两蹄雪白的黑马看见了迈克尔，小跑过来想一探究竟，这只马的鼻孔冲迈克尔伸给它的一只手喷出热气。它先是温柔地咬着迈克尔的夹克袖口，随后又友好地将脸朝迈克尔的手肘上蹭，整个头部上下起伏。迈克尔陶醉地任他磨蹭，用另一只手拍了拍巨大的马头。

"要是你肯，它能蹭上一天。"

这个声音吓得迈克尔跳了起来，他突然的动作让马儿受了惊，跑回了自己的朋友身边。

"看来也不会。"

迈克尔又花了几秒钟把说话的人打量了一番。黑色长卷发松松垮垮扎成两个马尾。她的牛仔裤脏兮兮的，脚上穿着红色的雪地靴，但宝蓝色的羊毛外套却是崭新的。她的双眼和外套十分相称，他估计她的年龄大概在三十左右。她的胳膊在胸前交叉，用怀疑的眼神看着他。

"我是迈克尔·布罗迪。吉姆·蒂普顿让我来这儿和山姆·肖特谈一谈。你知道哪儿能找到他吗？"他对她露出自己最富魅力的笑容，欣赏着白茫茫的背景色下由她构成的彩色图画。一个可爱的女人。

"山姆·肖特？"那双发光的眼睛却没有放松警惕。"你已经找到他了。"

迈克尔的视线落在她夹克衫的刺绣上。**萨曼莎**①·**肖特。肖特
马厩。**

他伤感地看了看自己那双沾满泥浆和雪的靴子。"一般来说，要
是我把脚放进了嘴里②，我希望我的鞋子至少能干净一点。"

莱西喝了一口特浓拿铁，看着亚历克斯厨房一角坐着的两个男
人。杰克没有提到在卧室发生的那件事，她还庆幸他来吃早饭时把牛
仔裤穿上了。她鼓起很大勇气才敢看他的眼睛，反倒和亚历克斯交谈
要轻松得多。她小心翼翼地向他问起他的房子和院子，得到的无外乎
一两个字的回答。上帝保佑，正是像亚历克斯这样谨言慎行的人才把
星巴克开遍美国。她开始喜欢上这个沉默寡言的男人了，他靠在厨房
水槽旁，吹凉手中的咖啡。

杰克刚和卡拉汉探长打完一通电话，他安静地坐下盯着杯子看，
没有任何宿醉的印记。事实上，完全看不出他喝过酒。早上，他们之
间的紧张态势持续升级。他希望她和他一起躺在床上，而她也很想这
么做。她觉得腹部下方更加焦灼，舔了舔嘴唇。他们两人不可避免地
最终会冲撞在一起。而她为什么要抵挡这一切呢？

她仿佛能看见与卡拉汉交谈时杰克脑海中持续转动的齿轮。

"他们在追踪一条线索。"

"我希望他们不只有一条线索。"

他无视了她的讽刺。"他们在俄勒冈东南部找到了德科斯塔的母
亲，现在打算向她询问另一个儿子的下落。"

---

① 萨曼莎（Samantha）的前三个字母与山姆（Sam）同形，此处迈克尔误把
Sam 当成了铁蹄匠的全名，因此以为要找的是一位男性。
② 把脚放进嘴里（Stick my foot in my mouth），俚语，意指说错话。

莱西试图回想起庭审时戴夫·德科斯塔弟弟的长相，但没有成功。她唯一记得的是一个黑发的小男孩儿一直低着头，紧挨着妈妈坐着。"那时候他还只是个孩子，他好像有一些问题，我记不清具体发生了什么事，但警察当时基本上排除了他作为共犯的嫌疑。好像他患有精神紊乱还是其他什么毛病。他是个独行侠，没有家人或朋友。"她的语调没有用词那么肯定，她还在思考其他可能性。德科斯塔的弟弟那时候比她还年轻，也许只有十四五岁。

"梅森觉得他们俩可能在施行报复性杀人。"

"他们俩？妈妈和儿子？"她眨眨眼。当时，琳达·德科斯塔看上去手无缚鸡之力。那个女人难道有可能成为凶手？

杰克点点头，没有再提供更多信息。

莱西注视着杰克的下巴，他的下巴周围呈现出花岗岩一般的纹理。

他没有威胁过她，至少在他全身都穿着衣服时没有，她更正了一下说法。杰克有些时候看起来挺吓人，但他绝不会做出任何伤害她的事，她又喝了一口咖啡，意识到这一点。当她激怒他的时候，他明明可以责骂她，但他没有，从未伤害过她。在她上一段婚姻走到尽头时，她从未在前夫身上感受到过这种确定的信赖。

"他有没有提到凯莉？她的事有什么头绪了吗？"莱西手指交叉默默祈祷。

杰克摇了摇头。"没有什么新消息，希望找到德科斯塔的家人也能帮助找到凯莉。"

莱西看到亚历克斯看了看表。杰克起身把椅子推了进去，他也看到亚历克斯在看时间。

"我们要去哪儿？"莱西把杯盖盖在咖啡上。

"胡德里弗南部。"

"胡德里弗南部？那是在山上？我们要爬到雪山上去？"她差点把纸杯摔落在地。胡德里弗市和胡德山离得很近。

杰克抬起一边的眉毛。"现在到处都是雪。"

"是啊，但是……"她没有继续说下去，因为知道当杰克决意已定时，再说什么都是白费唇舌。如果他想要在这种鬼天气里开一个半小时的车上到胡德山顶，面临更为恶劣的气候条件，这反而让他斗志昂扬。

"你要去那个小木屋吗？"亚历克斯拿起一袋梅西百货买的衣服：那是他们唯一的行李。

"小木屋？"这个地方听上去根本不会有电力或自来水，肯定不是她喜欢的那种地方。"为什么要住在小木屋里？那儿难道就没有宾馆或别的地方能让我们……"她说到一半便停住了，因为看见杰克眼中坚定的神色。

"在山顶有一间归我公司所有的小木屋，我们就是要去那儿。"

"为什么？"她找回了底气和他对视。请千万别说那儿用的还是堆肥式厕所。

"难道你还有更好的去处吗？我们都知道绝对不能入住宾馆。我不想让任何你我的朋友陷入危险的境地。"他苦笑地看向亚历克斯。"我已经让够多人受过苦了。"

亚历克斯耸了耸肩。

"所以我们要单独去那儿？"她的声音有些沙哑。在那个被隔离开的狭小空间里，只有她和杰克二人……

亚历克斯故意咳嗽了一下，她朝他瞪去。

杰克靠近了她，莱西闻到一股干净的男性气息，她感到有些头晕。他朝她使了个眼色。"别担心,我不会做你不想让我对你做的事。"

滚烫的咖啡从她手中滴落下来,她朝后仰,想躲开杰克,屏住了呼吸。莱西盖紧盖子,他的目光比咖啡更强烈地灼烧着她。

她到底想让他对她做什么?

躲在萨曼莎卡车顶部的有色玻璃后面,迈克尔掩住嘴以防自己发出较大的声响。萨曼莎朝着农场工人煽动着性感的长睫毛,于是村落的大门便为她敞开了。迈克尔听不清她说了什么,但农场工人看起来仿佛坠入了爱河。迈克尔也同样如此。

萨曼莎·肖特给他留下了极其深刻的印象。当她听完他解释清楚自己在追捕杀手中的作用,以及为何想进入村落之后,便坚定地站在了迈克尔一边。她问了一些尖锐的问题,还直接与雷通了电话,把他晾在一边。她答应把迈克尔带进村落,然后就快步带他穿过牲口棚来到卡车跟前,解释说她经常来拜访这个村落,因为里面养了一大群马。也许宗教领袖并不想让兽医为动物们提供预防性的医疗服务,但显然想要给所有马钉上马掌。

他们走路时,她一刻不停地对多配偶制和那些邪教组织发表着感想。

"都是些可恶的白痴。他们给女人洗脑,告诉她们多配偶制可以减轻丈夫通奸所需要承受的压力。"萨曼莎嗤之以鼻。"随着年龄的增长,她也不会失去自己的丈夫或是安全感,因为他还会再娶一个比她更年轻、更漂亮的女人为妻,得找这样一个人来料理家事。"

"嗯。一夫多妻。每天晚上都可以选择不同的对象,这简直是每个男人的梦想。"迈克尔狡黠地说。他加快了步子,这个女人走路的步速像是要在竞走比赛里夺冠。

"哈！那些男人希望你觉得这件事很困难。那些男人摇着头，抱怨说维系这样一个庞大的家庭非常困难，很难让每个人心满意足。在他能娶下一个妻子之前，必须得证明他可以给予所有孩子同等的物质支持。哼哼哼。"

"看起来你很懂行。"

萨曼莎穿越牲口棚的步伐停了下来，面朝杰克，手插着腰。"的确。我爸爸就有很多任妻子。"她抬起头望着他的眼睛，想看看他会作何回应。他的蓝眼睛目光闪烁，她抿紧了双唇。

"呃……"她的父亲？又说错话了。迈克尔打量了一圈那些极尽奢华的马厩。"怎么会……"

她读懂了他的心思。"马厩和整个马场都是我丈夫经营的，而现在它们归到了我名下。"

"他是不是有……你是不是……？"

她发出尖锐的大笑声，转身继续大步朝前走去。"我是他唯一一任妻子。他不吃那一套，我也是。他三年前去世了，从一匹马上跌落下来，扭断了脖子。"她并没有表现得十分伤心。

迈克尔不能更吃惊了，不管是她的这堆私事还是她若无其事地将它们分享给一个陌生人。"我很遗憾。"

"谢谢你，但我不遗憾。也许比起用婚外情毁了我们的婚姻，他更应该尝试一下一夫多妻。"她的声音中有一丝被压抑住的怒火。

迈克尔牢牢闭上了嘴。他还会再说错什么吗？

而现在，躲在卡车后部，他思考着要如何和多位母亲一起生活。虽然每个家庭都会配备保姆，但需要照顾的孩子更多，虽然在厨房里多了人手，但有更多张嘴等待开饭，更多人忙活家务，但同时，善后工作也更多，要清扫的房子也更大。

萨曼莎是在那样的家庭中长大的?

卡车来了个急刹车,迈克尔的头撞在了冰冷的金属上。他偷偷朝窗外窥视,看见破落的牲口棚和栅栏似乎连羊都拦不住,更别提那些马了。在见识过萨曼莎优美的牧场后,他所看到的一切都像是第一只小猪①所建。

她打开顶盖上的门,观察四周后,做了个手势让他出来。"这儿现在没有人,我想要先让你藏到大门后面去,以免之前见过你的家伙把顶盖打开。我会告诉其他人你是今天来帮我忙的。"

"如果你不喜欢那些人,你为什么还要替他们干活?"

她抬起一根眉毛。"因为能挣上一大笔钱。更何况,这儿除我以外的另一个铁蹄匠手艺实在太糟糕了,看在马的份上,我也得保证给它们钉马掌的方式是对的。"

一个货真价实的女商人。

迈克尔朝房子走去。是一大片房子,他更正道。在一个安放着游乐设施、覆盖着积雪的院落周围,几座单栋和两家连栋的房子歪歪扭扭地围成一个半圆。"你知道哪儿有可能遇到我在找的女人吗?"

萨曼莎皱起了鼻子。"你说她大概六十岁左右?她的名字叫什么来着?"

"琳达。"

"琳达,琳达。"她喃喃道,双眉扭在一块儿。"有可能是那个灰头发梳着辫子的人,她在这儿年龄最大,话也很少。我猜她来这儿大约有五年左右了,大部分时间她基本都待在厨房或是在照顾小孩。"

"你曾经去过那栋……那片房子?"

---

① 来源于三只小猪的故事:第一只小猪用稻草建了房子,第二只用木头盖了房子,第三只用砖砌了房子,只有第三只小猪的房子抵挡住了狼的侵扰。

她点点头。"走之前，我都亲自去里面拿钱。事实上，我没有接受这份工作之前就习惯收现金了。如果只寄账单，我担心杰德不是那么可靠。"她如同孩子般朝迈克尔露出笑容，这让他感到一阵舒心。"他不喜欢看到我作为一个寡妇还能事业有成，我在这儿还被人求过婚。"

"所以我该怎么找到琳达？"

"跟我来。"她快步走向最大的那栋房子。他从来没有遇到过一个女人随时随地都能走得那么快，她身上似乎充满了多余的能量，如此自信、敏锐、聪慧，而且举止优雅。

他跟在她身后一路小跑，像是一匹马在追它的胡萝卜。

他们已经两个小时没有收到布罗迪的信息了。

"我以为你让他每小时都要向我们汇报。"梅森看着他的搭档在电脑上打字。他无法把精力集中在工作上，在办公室里踱来踱去，咖啡喝了一杯又一杯。他必须知道那位母亲说了什么，她的回答很有可能为他们调查的下一步指明方向。

"我确实是这么和他说的。上一通电话里，他说他已经知道要如何接近那位母亲，但也提到说那儿的信号状况很差，他说我们可能有一段时间接受不到他的消息。"

"该死。我就知道我们不该让他负责这件事，万一他出了什么事……"梅森不敢再继续想下去。实在糟透了。他拉开抽屉，摇晃着一瓶空了的抗胃酸钙片。该死。

"会发生什么？"雷充血的眼睛从屏幕惺忪地看向梅森。"看在上帝的份上，那只是俄勒冈州的东南角而已，你难不成还怕他被蛇咬吗？"

梅森不再作答。他看了看自己那张画满十字的表格。

"哇。"

莱西从杰克卡车的挡风玻璃里朝外看去，在她的一生中从未见过这么壮观的景色。当杰克提到小木屋时，她脑海中浮现出一个 A 字型结构的原木小屋，配有一个屋外厕所。而这个房子看上去像一个富豪在阿斯本的度假别墅，两个人住空间绰绰有余。这个两层的"小木屋"三面环绕着高耸的冷杉，二楼有四面三角墙和一条环绕房子的走廊，金松绿的屋顶和黑色的木头使屋子看上去尽可能自然地融入背景中，屋顶上和地上刚落的白雪还未有人碰过。这简直是一副《日落》杂志的封面图。

"太美了。"莱西有些惊愕。他们离各个地方都有几英里远，雪花轻轻落下，天色渐渐阴沉，新的风暴即将袭来，她竟能住在这样的地方。这里的美景暂时让她忘却了对凯莉的担心，她做了个深呼吸想要释放压力，只需要让那些警察忠于职守找到凯莉就好。她再担心，也帮不上他们的忙。

"马上会变得更冷。"他回答说。"已经一个月没有人来过这儿了，温控器的温度设得还很低，让屋子暖和起来需要一段时间。"

"这儿有壁炉吗？我们是不是可以生个火？"她脑海中浮现出一幅画面：她和杰克依偎在温暖的火炉旁喝着热巧克力，身上裹着彭德顿纯羊毛毯。

哇哦。她一个人裹在毯子里也挺好的。她看了看杰克，他正皱着眉望着逐渐变暗的天空。莱西知道如果他们真的紧靠在同一条毯子里，他一定不会老老实实地仅仅是依偎着她。

那她呢？她的胃兴奋地翻腾了一阵，莱西叹了口气。

"是啊，里面有一个很大的壁炉，我会去生火的。出什么事了？"

她猛地直起身子，睁开眼睛。"只是有点儿累了。"

"昨天晚上没睡好吗？"

她难以置信地审视着他那张无辜的脸庞。

"有一个喝醉了酒又打着呼噜的熊睡在身边，你觉得我能睡好吗？"

"我不打呼噜。"

"你敢打赌吗？"

"是的。"他露出了邪魅的一笑，她不禁笑了出来，这个邪魅的笑容太不适合他了。她的紧张情绪烟消云散。莱西笑着打开了卡车的门。"我和你比赛看谁先上楼。"然后她立即跳下车跑了起来，听见他骂了句脏话，踢开了车门。

她抢在他前面跑上了楼梯，一步两级台阶朝上跑去。她一头冲向巨大的双扇前门，把手拍在木制门板上。

"我赢了！"

杰克在她身后慢了半秒跑上来，紧紧地将她困在自己坚硬的胸膛和牢固的门之间，双手越过她按在木门上。他低下头，玩笑似的啃咬着她的耳朵，她猛吸一口气。这场景和昨晚很像，但今天他却神志清醒。

"这是给你的奖励。"他的双唇滑向她的脖颈，留下了温柔一吻，又向下一路咬到她的锁骨上。他一只手撩起她的头发，嘴唇慢慢移动到她的脖子后方。

她在融化。在零下二十度的天气里，她却在融化。

"上帝啊，莱西。"他的声音低沉而不安。"我一直都想这么做了。"

她闭上眼，深呼吸，背朝着他靠过去，一阵燥热顺着她的背脊滑向她的臀间，完全突破了她的防线。她也想要他。这是她赢得的奖赏，她也需要休息，需要从现实世界中短暂逃离。莱西想把一切都关在外面，只留下她身后这个男人。她将头转向他，他抓住这个机会亲吻了她的嘴唇，把她的身体转过来面对他。

他托起她的脸颊，温柔地用舌头划过她的唇线。她张开嘴，发出渴望的呻吟声，两只手绕过他的脖颈，指甲在他的头皮上拖动。热，太热了。

当她的指甲碰到他时，她感到他的身体绷紧了，动作不再轻柔，亲吻也越发激烈。他一面吻着，一面将一只手臂环住她的背部，另一只勾住她的大腿，把她抬到和自己相同高度的位置，把她死死钉在门上。当他把她举到满意的位置时，便用腰角抵住她的大腿根部，他勃发的性欲已经非常明显。

这个男人有着熟稔的接吻技巧。他知道如何诱惑对方，如何激发性欲。她的双腿紧紧环绕着他的臀部，压在她身上，两腿间那个诱人位置上血液不断狂飙。她已经逐渐适应了过去几天以来一直想尝试的接吻。他们的吻越发强烈而深沉，他们舌头相互缠绵的触感让她飘飘欲仙，仿佛她从未有过这样的吻。

她确实没有过，没有经历过这样的吻。

他像一个饥渴的男人般热烈地亲吻。他想要她。

这也是她所热望的，比她以往想要的一切都更加渴盼。她身体的每一个部位都同时尖叫着"太棒了！"。

她感觉到他掀起她的汗衫下摆，他的手滑到衣服下方，然后……

"哎呀！"她猛地一惊，杰克抽回了手。

这个男人的舌尖火热，双手却冰冰凉。

"我是不是弄痛你了？怎么了？"

当她跳起来时，他差点把她摔在了地上，震惊中，他的性欲一下子消散殆尽。

"你的手太冷了！"

他茫然地看着她。"就因为这个？是这件事让你受惊了？"他本以为是他的钥匙刺痛了她，又或许是撞到了她身体某个柔软的部位。她的腿仍环在他的腰上。他把手伸出来放在她的汗衫上。"这样好些了吗？"

她点点头，但眼里谨慎的神色却还在提醒他她有些小题大做。

"别再想了。"他再一次把她按在门上。

她嘴唇微张。"那需要你帮我转移注意力。"

她完全不必再提一次。谢天谢地，她已经准备好转移注意力了。莱西经历了太多事情，他只希望让她在哪怕短短一段时间忘记凯莉和杀手也好。他轻轻吻上她的嘴唇，想要给她不易察觉的一吻。她积极地回应着他，这让他掌握了绝对优势。当她在他怀中颤抖时，汗衫下的乳头坚挺了起来。他想脱去这件外套，但不是在门口，他在口袋里摸索着木屋的钥匙。

"该死。我一定是把它忘在卡车里了。"

他放开了她的双腿，把莱西放到地面上，她重重地靠在门上。"如果你告诉我你把房子的钥匙忘在了家，我一定会掐死你的。"

他转过身去，仍然看着她的眼睛。"你别动。"他冲向卡车。

他让梅西百货的袋子和两袋食物在一只手臂上保持平衡，另一只手把木屋钥匙插进锁中。他的手在颤抖。上帝啊。他不知道自己是否有足够的耐心生火，把取暖器开开来，再把食物放在一边。她可能会改变主意。

杰克推开门，将她也推了进去。她走了两步便停下来观察着室内。他不得不往旁边闪开，避免把她撞倒。

"我觉得房子的外观已经够好了，但内部简直令人震惊。"她的视线沿着木质桁架一路朝挑高的屋顶望去，欣赏着巨型鹅卵石壁炉触到房间的最高点。壁炉将这个房间与厨房隔开，当她弯着腰朝壁炉另一侧看过去时，他知道她一定能看见那间宽敞的厨房。温暖明媚色调的大房间里堆满了椅子和沙发。每张椅子上都铺上了带印度花纹的羊毛毯。他看见她将一根手指划过橙黄色的羊毛毯上，嘴里嘟囔着什么。

"你说什么？"他开口问道。

"彭德顿。这是条彭德顿的毛毯。"

他朝毯子看了看。"是啊。"他顿了一下。"有什么问题吗？"她脸上浮现出难以捉摸的笑容。

"简直太完美了。"这一次，她的笑容温暖，当她朝他看时，眼底闪着亮光。她拿起那些食品袋。"如果你先去生火，我就先把这些东西放好。"她在里面翻找了一阵，问道："你是否把热巧克力带过来了？"

她想要喝东西吗？现在？"厨房里有一些。"

"那也很棒。"

他看着她捧着食物朝厨房走去时，为她的笑容而兴奋不已。看来她终于可以小憩一阵了。他摇摇头，把几根长火柴从壁炉架上取走，点燃了一根，让它接近一堆助燃物和木材。这间木屋中有必要设一个最重要的规矩：离开之前，先清理壁炉，为下一次拜访准备好齐全的生火工具。

　　他又检查了一次恒温器，启动之后将温度调高了。他不希望在褪去她的衣服后她会觉得太冷。听到她正在厨房里东翻西找，他不禁嗤嗤笑起来。很快，她的衣服一定会被脱下来的。

第二十九章

　　萨曼莎敲响了两家连栋的别墅的大门，然后向迈克尔投来一个令人宽慰的微笑。他的心揪紧了。出于记者的本性，不论谁来开门，他都感到亢奋。但同时，他也为身边站着的女人感到兴奋。她是个志在必得的人，他欣赏这一点。萨曼莎又敲了一次门，这一次她皱起了眉头。

　　"里面应该有人在家的，这儿一直都有人在家。"

　　他注意到她正在用余光打量着他。

　　没有人开门，她的靴头飞快地叩着地面。迈克尔听到屋里一声巨响，门打开了。

　　"嗨，萨姆。"来开门的是一个瘦高个的年轻人，他正值身高远超过体重的最痛苦的年纪。

　　"嗨，布鲁斯。你妈妈在吗？"

　　小男孩打开了门。他们走进狭窄的玄关时，他用毫不怀疑的目光打量着迈克尔。"不在，她去镇上了。"

　　"今天谁照顾那些小孩？"

　　"里拉，她在那儿。"他的手指向公共用地另一边的移动房屋。

萨曼莎转过身，把迈克尔背朝外推出了房间。他往后踉跄了半步，差点失去平衡。她的眼神越过他，他眨眨眼，突然看见……她眼中一闪而过的恐惧？不可能，她不会露出那种神情。她疾步走下台阶，把他丢在身后。

布鲁斯在她逃走时冲她喊道："嘿，萨姆，爸爸说希望下次你来时我们能共进晚餐。"

"今天不行。"她回过头冲他回话，几乎要开始小跑起来。

迈克尔在她身边停下来，抓住她的胳膊让她停下脚步，把脸挨近她的脸。"嘿，那是怎么一回事？"

"你是什么意思？"

他观察着她，视线在她脸上来回移动。她面无表情地看了回去，但瞳孔却微微放大，甩开了他的手。

"我是说，为什么你要撞开我从那栋房子里逃出来？为什么那孩子邀请你共进晚餐时，你开始跑了起来？"

"我没有跑。"她移开了视线。

他朝她咧嘴笑起来。"也许对你而言那算不上跑，但是对于所有正常步速走路的人来说，那就是在跑。"

萨曼莎和他视线相交，她微微抬起下巴，仿佛一个挺身对抗霸凌者的孩子。"我不喜欢这儿，我不喜欢待在他们的家里。"

他的态度缓和了一些，思考着她说的话。他也不喜欢那个地方令人窒息的局促感，但他知道驱使她飞快逃离的一定另有原因，但她却不打算把这个原因告诉他。他改变了话题："里拉是谁？"

她稍微放松了些，把落进眼睛的刘海拨弄出来。"我觉得那是你要找的人，那个老妇人。"

"琳达，里拉。她很可能是改过名字，如果我的儿子们是个连环杀手，我应该也会改名换姓。"

"儿子们？"黑色的眉毛簇在一起。

该死。他告诉过她自己在找那位母亲和她的另一个儿子，但是没有告诉他警方怀疑小儿子也可能是杀手。他的呼吸在大雪里化作水汽。他该怎么和她解释呢？

"警方认为她的另一个儿子可能正在波特兰大开杀戒，接连杀死了当年把他哥哥投进监狱的人。复仇杀人，这才是我想和这位母亲谈话的真正原因。"她是否会改变主意，不打算帮他了？

那双眼睛颇有帝王风范地审视着他。"听上去这件事和你也有关系。"

他挺直了身子。他的语气里难道透露出自己也被卷进了这桩事里？他微微点了点头。"可能吧。"

"好，那咱们走着瞧。"她大步跨上摇摇欲坠的楼梯，走到更窄小的移动屋门前，对门一阵猛击。在公共用地的这一头，穿堂风飕飕地吹过院落。她把下巴和鼻子缩进了大衣领，迈克尔后退了两步，将雪从靴子上抖落下来，暗自发笑。很显然，他为自己这趟任务找了个绝好的搭档。

一个身着褪色印花家居服的老妇人把门打开了几英寸，眯起疲惫的双眼凝视着萨曼莎。她没有打招呼，只是点点头默默站着，等候萨曼莎说明来意。迈克尔端详着这个女人，萨曼莎回头看他。她的一根眉毛突然扬起，无声地询问他这是否就是他要找的人。

他点了点头。

"里拉，这位是迈克尔，他今天来帮我一起干活。我们可以进去坐一会儿吗？"

一双眼睛毫无兴致地朝迈克尔瞥了一眼，无视了他。"家里没有人。"

"我想你可能能给我们一些帮助，只要一分钟。"萨曼莎劝诱道。

那个女人停下来思考了一会儿，把门开得更大了些。

她看起来仿佛是被生活逼得在似火的骄阳下跑了一天的马拉松；她的嘴唇咀嚼似的形状说明她的牙全掉光了，这是一个卡拉汉探长反复提及的特征。她是不是改过名字呢？

他跟着萨曼莎走进了屋，脏尿布的刺鼻气味钻进他的鼻腔。这间屋子太闷热了，这个局促空间中的臭味和高温让迈克尔直犯恶心。他努力克制住胃酸从喉咙里翻涌上来的感觉，看见萨曼莎也在做相同的努力。

这件事最好尽快解决。

里拉带他们来到了厨房，但这里根本无处歇脚。桌旁的每一把椅子上都安上了婴儿加高座椅，餐桌上堆满了脏兮兮的麦片碗；三个老旧的高脚椅摆在桌子一侧。老妇人斜靠在灶台旁，期待地望着萨曼莎，完全无视了迈克尔。

肥皂剧的音乐从另一个房间的电视机里传来。如果房子里住了孩子，那他们都很安静，也许现在是午睡时间。

萨曼莎的蓝色眼睛正盯着他看，等他开口。

他决定开门见山，便把名片递给了那个女人。他看见她阅读名片时睁大了眼睛，他打赌她那本就如囚犯般毫无血色的脸庞变得更加苍白。

"如你所见，我是从波特兰来的，在《俄勒冈人报》当记者。"他顿了顿。"你知道我来这儿的原因吗？"

她摆着头，把名片推回给他。他没有接回来。

"你是琳达·德科斯塔对吧？"

她耸耸肩。

"我想问些关于你儿子的问题。"

"戴夫已经死了。"由于掉光了牙,她的口音有些难于理解。

"你的另一个儿子。"

她把嘴唇抿成一条线,这让她的脸看上去又短了一英寸。"他怎么了?"

"他在哪儿?"

她再一次低头看了看名片。她至今还没有直视过他的眼睛。

"你最后一次听到关于他的消息是在什么时候?"

这一次,他连耸肩的回应都没得到,怒火在他的体内沸腾,他努力控制住脾气。

"看。无辜的人在接连死去,你的儿子有嫌疑,但警察找不到他问话。他现在用什么名字?"他的声音震天响。

"我不知道你在说什么。"

除了粗俗卑鄙,迈克尔想不到其他任何词来形容她现在的样子。**该天杀的!**他深吸一口气,肩膀和胸腔向外扩开,思考着合适的话来回敬她。

里拉立即怂了,她颤颤巍巍地躲开两步,伸起一只手护住面部。

迈克尔大吃一惊,怒火顿时消散了。"老天啊,我没有想要碰你!"这个女人的一生里都经历了什么呀!

萨曼莎碰了碰他的手。"让我来和她谈谈。"她冷静的眼里充满自信。"你能不能在外面等我一下?"

迈克尔端详着她镇定的脸庞,她确信自己有办法让那位女士开口。他看了一眼里拉,发现她正战栗地望着他们两人,她的手抖个不停。他一言不发地朝门走去。

在门外，他在清新的空气中大口呼吸，但却无法将那股臭味从鼻子中驱散。

男人盯着面前的电脑屏幕，握紧了拳头。该死！她跑到哪儿去了？

也许他可以推理出莱西·坎贝尔会去的地方。他用掌根按住紧闭的双眼。别分心。上一次见她时，她和哈珀在一起。那个傻邻居说哈珀在她家过夜。她是否可能仍和他在一起？他们之间一定发生了些事情。他咬紧了牙。这种事不该发生，但在当下已经无足轻重了。他必须重回正轨，把她找到。

那个混蛋会带她去哪儿呢？

他咒骂着自己没有远见，只在莱西的车上装了导航，却忘了在哈珀的车上也装一个。他们可能在本州的随便哪间宾馆里，甚至有可能坐上了飞机。

一切都与他计划的不一样。

他身旁充盈着酸楚的气息，精心编排的计划正在一点点崩塌，越来越多事情脱离了他的控制，比如最近一篇报道里写到关于那个失踪女人的事。他在脸颊内侧的肉上咬了一口，品尝着金属一般的血腥味。他从没有打过凯莉·凯兹的主意，做这件事的另有其人。但是是谁呢？

也许是警察编造了整桩事件来迷惑他的视线。他从桌旁推离开来，把椅子转向空无一物的墙壁。也许警察让凯兹参与进来，他们一起布下一个引他上钩的天罗地网。心急如焚的丈夫和泪眼朦胧的女儿是同样陷入这个迷魂阵的住民，他们的痛苦不像装出来的。为什么警察要利用一个那么无辜的小女孩儿给他挖陷阱呢？

一阵短暂而强烈的愤怒流遍全身。

他冷静下来，让呼吸深沉和稳定下来。他现在不该担心凯兹和她女儿的安危。是时候继续追踪莱西·坎贝尔医生了。他又重新坐到电脑前，按响一个指关节，搜索着杰克·哈珀和哈珀开发公司所有的地产信息。

这张房地产清单出奇地长，他在屏幕上粗略地浏览着。他到底想要找什么呢？难道他还指望着跳出几个提示红旗？她在这儿！她住在这儿！他恶心地嘟哝了一声，阅读的速度慢了下来。

杰克·哈珀在俄勒冈州三个不同的郡拥有三处私人住宅，甚至有一栋还在交汇山。男人抬起眉毛。这可真巧。

他没有时间挨个拜访，反正莱西躲在其中一间的可能性也很小。他在做最后的挣扎，烦躁的情绪在他体内沸腾起来。他从椅子上跳下去走进厨房，从冰箱里拿出一瓶健怡可乐，摔上了门。他到底该去哪儿找哈珀？

也许哈珀会来找他。

塑料瓶在距离他的嘴只有一英寸的时候停住了，他的脑海中突然灵光一闪，他紧紧抓牢了这个主意。

让哈珀主动来找他。

他一动不动，生怕自己动弹一下就会让点子溜走。什么事会让哈珀主动追踪他呢？他的大脑飞速运转着，一下子想到了几种可行的办法。

就是它了！他喝了一大口可乐，享受着碳酸流过喉咙的触感。他用餐巾纸抹净了嘴。

控制权又一次回到了他的手里。

第三十章

　　杰克一只肩膀倚在壁炉旁，脸上挂着微笑。他看着莱西在自己的厨房里把热水倒进装着巧克力粉的杯子里。他以前也曾这样站着，那是几天前的一个夜晚，在她的厨房里。那时候她被吓呆了，还紧张兮兮的。而如今，她搅拌着巧克力，抬起头来看他，脸上挂着温暖的笑容。他走到她身后，手臂环住她的腹部，把她朝后拉到自己怀中。

　　他们走进木屋时，她整个人都放松了。驾车长途跋涉的紧张感都在他亲吻她后烟消云散。他不再感觉到几天来笼罩在她周围的猜忌。对于他，她已经下定了某种决心。

　　他希望她的决定与他自己几天前做的是同一个。

　　"闻起来真香啊。"他指的并非巧克力。

　　莱西拿起杯子闻了闻。"我知道。大雪天，我待在这样的木屋里可不能少了巧克力，它让我觉得一切都正合适。"

　　"很好。"他用鼻子蹭着她的头发，感觉到她放松地靠近他。太阳已经落山了，他看见大片的雪花被吹在厨房的窗上。火的味道在大房间里弥漫开来。他关上厨房里的灯，火焰迷人的暖光笼罩了整个房间。她颤抖了一下。

"你冷吗？"他包裹住她身体的更多部位。

"不，只是……有些不安。"她转过头来看他，他看见她因为紧张而皱起了额头。他吻去了那些额上的细纹，徘徊在她丝滑的肌肤上。

"你在这儿很安全，他绝对不会找到你。要是有人想到咱们这条路上来，光有一辆四轮车和一副夜视镜是做不到的。"通向木屋的道路是一条蜿蜒曲折的公路，没有路标，尘土飞扬，就连他自己都不愿在天黑以后开上这条路。

她松了口气，点点头。"我只是担心……"

他打断了她。"今天晚上不许胡思乱想。"没等到她回答，他就吻上了她的双唇，把她转向自己面前。"今夜只有你我二人，我现在就想和你做爱，除此以外别无他念。"他说话时，整颗心揪紧了，这是句实话。他感觉到她在他怀中瘫软下来，发出一声低吟。

他把热巧克力从她手中拿去，把她抱到流理台上，站到她的两腿之间，让她的大腿夹住自己的腰，没有停下亲吻。她的手举到他的脖颈间，轻轻敲打他耳后的敏感点，他的背脊一阵酥麻。

他从她嘴上抽开，温柔地用双手捧起她的下巴，大拇指划过她潮湿的双唇。她用牙齿咬上他的拇指，舌尖挑逗着它，他的喘息拖长了。她的双瞳睁大，壁炉的火光从她的眼里反射回他脸上。上帝啊，她太可爱了。她激起了他体内的某种野性，这让他渴望把她转过来，剥下她的牛仔裤，在厨房地板上干了她。他的心跳加速，抬起一只手触摸她耳畔柔软的发丝。他放缓了抚摩的动作，想陶醉在每一个漫长的瞬间，将这些触感深深印在脑中。

他再次亲吻了她，任凭双手滑过她的头发。光滑的触感刺激着手指上每一寸敏感的肌肤。与之相配的滑润的舌挑逗着他的嘴，他进入得更深了。他一只手伸进她的外衣下，滑向她的后腰，移到低腰牛仔裤的腰线下方。他的手指穿过一条弹力蕾丝饰边，触到了她光滑的臀部。一条丁字裤。他的大腿根部肿胀起来。他把一只手尽可能深地伸进她的牛仔裤，另一只手托住她紧致的下巴，把她拉得更近了。她在他唇上屏住呼吸，发出一阵低声呻吟，他差点要射出来。

上帝啊。只和这个女人待了两分钟，他就像一个青少年一样快要把持不住了。

他打断了亲吻，把前额靠在她额上；她的双眼紧闭，他放慢了呼吸。他的身体尖叫着让他快点，但理智却命令他等等。什么时候开始他在纵欲途中竟会听从大脑的召唤？

只有和她在一起的时候。

"杰克？"她有些犹豫，发出询问。声音低沉。

他仍闭着眼，但点了点头。前额依然紧贴着她的前额。

"给我点时间。"

她的双手向上掀起了他的衬衫。"我想看看你。"衬衫被拉得更高了。"我想抚摸你。"她低沉的声音带着几分迫切。"今天早上我只来得及看了一眼，但现在我想要抚摸。"她靠过来，用舌头舔着他的耳垂，指甲滑向他的乳头，冰凉炽热的触感直奔胃部。

显然，她没有理解"给我点时间"对于一个男人而言意味着什么。他咬紧牙，把衬衫从头上扯掉。"你碰我的话，我不会有任何怨言。"他把衬衫扔在地上，给了她一个短暂的深吻，随后褪去了她的汗衫。"没有人会阻止你。"他低语。她的胸罩简单柔软，她的乳房尺寸正好。不大。但是非常诱人。她稍微低下了下巴，闭上眼，弓起背，回应着他的抚摸。

她是他的，她允许他做任何他想做的，大胆地回应着他简单的触摸。她已经把主动权完全放在了他手上。

他解开了胸罩搭扣，把肩带从她的手臂上滑下来，微微后退，想在闪烁的灯光下看清她。精雕细琢的美人儿。他俯下身，把一边乳房抬到嘴边，品尝着她有如绸缎般丝滑的肌肤。

他的脑中天旋地转，已经等不及进入这个女人。

牛仔裤滑落在地时，莱西倒吸了一口气。这一切发生得太快了。上一秒钟他的手还移动得那么缓慢，让她感觉到有史以来最愉悦的触感，下一秒钟，他已经像纳斯卡赛车司机一样一路狂飙。她已经无法控制呼吸，他不停卸掉她的层层防备。他靠过来亲吻她，脸上挂着男性特有的渴望占有的神色，这在她的两腿之间激起了火辣辣的激情。

她想要这个男人。这与他们两人的过去无关。她一开始就想拥有这个男人，但从未梦想过最终竟有机会和他在一座冰雪覆盖的小屋里，在火光边与他做爱。

"求求你，杰克。你必须……求你了。"

"求我什么？"

"什么？"她的大脑已经缺氧。

"再吻我一次。"他火热湿润的嘴扫向另一边胸部，轻轻咬了下去。

杰克小心翼翼地将她软绵绵的身体放回到流理台上，褪去了她的内裤，头仍埋在双峰之间。他能听见她心脏的跳动，以及肺部短促喘息，想要呼吸空气。

"莱西。"他想让她睁开眼睛。他想让她看着他。

她慢慢抬起眼皮。火光中，她的眼睛是深色的，色彩浑浊，但他能够读到她的欲望。和他的欲望相当。他仿佛感到命定的时刻到来，她喘息着睁大眼睛。

她什么也看不到，什么也听不到。她的感官全部集中在身体的一个部位。杰克终于纵情释放，和她激烈地做爱，仿佛等了一个世纪之久。

莱西半个身子躺在他身上，心满意足、精疲力竭地躺在被垫和睡袋上。她一根手指划过他的腹部，探索着他的身体，在触摸时望着每一寸肌肉。他的身体美极了。每一处肌肉都那么结实。他们一言不发地歇息，仅有火焰间或的噼啪声打破这种安宁。她的手移向他的大腿，在他肌肤上一处坚硬的结痂上游移。她好奇地坐起身来想看个究竟。那是一道令人恼怒的圆形伤疤。

"是一颗子弹。"他将一只手放到脑袋后面，靠着从沙发上拿来的枕头抬起身来，看着她探索自己的身体。他的音调平缓，她转过来端详他的脸。

"发生什么了？"她看着他阴沉下来的脸，屏住了呼吸，这张脸令她想起亚历克斯。那双眼睛里无尽的空虚。杰克现在不想谈论这件事。她移动着他的身体，直到能够吻走他脸上令她战栗的空虚。他银色的眼睛在火光的照射下闪着光，她感觉自己手掌下，他的心跳正在加速。她无声地等待着。

他给她讲了那个故事，这个故事让她自己也心率飙升。

"你差点就被杀了。"她震惊地盯着他。

"有很多人差点因此牺牲。我们两个都没有检查过他们是否佩戴武器。愚蠢的错误。"他的眼底闪烁着愤怒。

她慢慢开口："这是你离开警察局的原因吗？"

杰克点头。"我再也干不下去了。每次我和人接触时都想掏出武器。我已经精神崩溃了。我需要一份能掌控周边环境的工作。警察这份职业实在有太多不确定因素了。"他顿了顿，"我必须离开。我已经到了摸枪就会生理不适的地步。自那以后，我一把枪也没碰过。"他盯着火焰。"我干不了这份工作。我觉得我会伤害其他人。"

她坐起来。"可是你没有伤害那个女人！是她丈夫干的。"

"我知道。"她从他的表情看出，他在说谎。

她抚摸着他的脸庞，迷恋着他面颊上砂纸般的触感。她弯下身，嘴唇刮过胡茬，这阵瘙痒又激起了新的兴奋感。"这不是你的错。你从没伤害过任何人。我和你在一起的时候……觉得很安全。你会保护我不受任何事物的侵犯。"她把嘴贴上他的双唇，他的双手在她的后背上上下摩擦，深吻着她。"我信任你，杰克。"当她说出这番话时，自己都惊讶了，"我很少会信任他人，但你已经成为了他们之中的一员。"

他的一个动作攫住了她的呼吸，他把她翻了个身让她仰面躺着，用舌头和粗糙的双手令她神魂颠倒。他强势的进攻让她血管中的温度飙升。她伸出手抚摸他的脸。在他悲伤的双眸中，她看见他迫切地想要相信她，他在她的两腿间移动，再一次渴求着她。

杰克伸展开双腿，将脚从最下层的被子下方伸出来朝向火苗。烈焰已经熄灭了，火红的炽热炭堆烤暖了他的脚趾。他需要再往火堆里多扔一些木头。莱西蜷曲着身体靠着他入睡。他转过脸，将鼻子埋进她柔软的卷发里，深深吸了口气。他能闻到她身上香草的芬芳以及一些其他气味。她的头发闻起来像刚和男人滚过床单。但这男人不是别人，正是他自己。

他心满意足地沉浸在疲惫身躯中涌动的渴望占有的浪潮之中。她曾说过她信任他，相信他能够保证她的安全。该死的，他一定不会辜负她的信任，哪怕把她在小屋里锁上一个月。当这个想法浮现在脑中时，他的身体僵硬起来，色情的画面在脑海中飞旋。他在暗淡的灯光中端详着她的轮廓，想叫醒她，但同时又想继续看着她睡着的样子。这已经不仅止于鱼水之欢过后的光辉。

她已深入他的灵魂，在他的心灵上留下烙印。

他被迷住了。

第三十一章

"我们得到了一个地址。"

雷啪的一声关掉了手机，草草在笔记本上做下记录。"布罗迪来电话了。他找到了琳达·德科斯塔，她把地址给了他。这个地方在莫拉拉，在这儿以南二十英里左右。地产调查中显示房子的主人是罗伯特·科斯塔尔，那就是我们要找的人。这位母亲说她和儿子定期保持联系，但声称他没有在干坏事。"

"是啊，没错。"梅森已经在往身上套着大衣。"给县警打电话，让他们赶紧开车过去监视那个地方，派出特警小队。我绝不想有任何失误。"仿佛肾上腺素两倍激增似的，他浑身充满了能量，终于有了重大突破，而且这一次看上去希望很大。关于凯莉·凯兹的调查仍没有任何进展，她的健身房里没有留下任何视频影像，没有找到弃置的车辆，没有目击者，她真真切切地"消失"了。他等待这样的线索已经很久了。梅森办公桌上的电话响了，他不耐烦地抓起听筒，把它夹在耳朵和肩膀之间，忙着处理一根扭成一团的袖管。"卡拉汉。"

他突然停下了动作，外套才穿到一半。"你在逗我吗？你确定？是他打来的电话？为什么？"他一把抓住快滑下去的听筒。

听筒里的人还在滔滔不绝，梅森和雷四目相对。随后他挂断了电话，盯着它看去。他闭上眼，感觉到自己的肾上腺素仿佛从跳水台上一跃而下，腹部着水。他负责的这个案子正在走向失败。

"不可能会发生这种事，同时发生太多事了。"他低声呢喃。

"什么？发生了什么？"雷的声音听起来像要掐死他。

"梅洛迪·哈珀也失踪了，昨天晚上被抓走了。"一只疲惫的手擦过面庞。

"哈珀的姐姐？另一个女人也被抓了？他们肯定？而且他们觉得是我们要找的人干的？"

"他们非常确定，因为绑匪自己打电话到警察局来了，他告诉911接线员我们要找的杀害警察和律师的杀人凶手就是他。"

"我们在找的人？为什么？"雷感到难以置信。

"我真是被难倒了。梅洛迪的女仆证实了主人昨晚确实没有回家，而她的车还停在停车场里。"梅森清楚，那个杀手已经被激怒了。坎贝尔医生已经逃出了他的视线，而现在他靠再抓一个女人作为反击，先是凯莉·凯兹，再是梅洛迪·哈珀。他一定知道那个瘦小的医生正和杰克·哈珀在一起，所以他想用他的姐姐和他讨价还价。梅森必须给哈珀打个电话，这个男人一定会怒火冲天的。

梅森慢慢穿完外套，把牛仔帽安置在头顶。帽子里仿佛衬了铅般沉甸甸的。"请提醒特警部队，在莫拉拉的房子里可能有人质需要解救。他可能把凯莉或梅洛迪关在了那儿。"

莱西感觉到杰克在她身下动了动。她从他的呼吸中知道他已经醒了。她仍闭着眼，沉浸在这一刻里。几个小时里，他将她和现实隔离开来，让她彻底放松下来，暂时忘却了外部世界里那些恐怖的噩梦。

几个小时的交欢对他们而言犹如天堂，熊熊的火焰、窗外的雪，还有绝赞的男人。

完美得那么不真实。

但这一切却是真实的。他就在这儿，有血有肉，她把头趴在他温暖的胸脯上，还能听见他的心跳声。她还在回味这个激情的夜晚，也不介意她是否仅仅是他丰功伟绩上多添的那一笔，一切都很值得。

她的部分女性直觉告诉她，这个夜晚对他来说同样特别。当他亲吻她、进入她时，他的眼神已经将这一点传递给她。强烈的渴求和欲望。虽然性欲也在他的眼底闪烁，但那并不是全部，他眼神中包含的内容远比此更深刻，她不相信他会伤她的心。

但她却控制不住自己的⋯⋯乐观情绪？

别再细想了，享受当下就好。她的唇弯成一道微笑，感觉到他的胸口也发出默然的笑声。

她睁开眼，有意让笑容多停几秒来证实外在的身体愉悦。灰色的眼睛冲她闪烁，眼底辉耀出身心的松弛，喜悦的火花无声地在她头脑中绽开。

他实在是个好男人，浑身充溢着阳刚之气。而此时此刻，他属于她。她的指甲顺着他的发线划过他的胸脯，他的乳头坚挺起来，令她得意于女人的力量——用最简单的动作挑逗起男人的力量。这种力量令人深深沉醉。

他把她翻身到正面，给了她一个激情的深吻，手指穿过她的头发滑向她的乳房，感受着她胸部的重量。这时，电话响了。

"该死。"

"我不想接电话。"他想用手指把她的注意力转移开来。

"你必须去接，这通电话可能很重要。"她犹豫不决地坐起身，把那位爱抚者向后推去，裸露的双峰暴露在冰凉的空气中。他的眼神黯淡下去，一缕调皮的笑容缓缓在嘴角漾开。她合上眼睑，几乎要向他让步，但电话再一次响起，她推开他的手，从他身上爬向沙发去拿他的夹克衫。

卡拉汉警探。

她倒吸一口冷气，笑容消失了。

她面无表情、一言不发地将电话递给杰克。看到她盯着来电显示时的表情，他皱着眉头坐起了身。

杰克接起电话，莱西观察着他的表情变化。他战栗着，健康的血色从他脸上淡去。随即愤怒取代了战惊，他的下巴紧绷，嘴边扭曲形成道道皱纹。看着他脸上的紧张神色，莱西的心跳得越来越快，几乎喘不过气来，她屏住了呼吸。

他挂断电话，眼睛盯着火焰，内心里是五味杂陈的矛盾情绪。"他把梅洛迪抓走了。"

莱西跌坐在地板上。"什么？你的姐姐？"

他又抓走了一个人。上帝啊。他对凯莉做了什么？他已经开始对下一个女人下手了吗？

一股强大的力量推着杰克站起来，大步迈向厨房，回来时手上拿着自己的衣服。他用颤抖的双手穿上衣服，嘴里喋喋不休。"这个混蛋给警察局打了电话，让他们知道我姐姐在他手上。梅森觉得他们可能知道她在哪里，你的朋友布罗迪从琳达·德科斯塔那儿要来了一个地址，那是她儿子鲍比在莫拉拉的家庭住址，几小时之内警察就会带着特警部队赶到那儿去。"他捡起袜子，"那家伙没提到凯莉。"

莱西的光腿紧紧贴住胸部，她把头深深埋进了膝盖中。

是我。他本来应该抓走的人是我。不是杰克的姐姐。

木屋里烘得暖洋洋的空气仿佛一下子降到了零下，她的牙齿不住打战。这是她的错。凶手正在给她传递讯息：他之所以要伤害凯莉和梅洛迪，是因为他得不到她。他气坏了，所以才寻求报复。

她连累杰克跌进了她混乱的生活里，甚至威胁到了他的家庭。为什么她会任由杰克一直待在自己身边？如果她把他赶走，他也不会落到现在这步境地，他的姐姐不会落入一个杀手手中。

但他们却在这儿鬼混，这就是报应。

她好不容易才得到的快乐从烟囱里向上飘去，随着烟雾一同消散了。

她哆嗦着啃咬着膝盖，在上面留下小小的红点。

他跪在她面前，衬衫的扣子还没扣上。"莱西，把衣服穿上。我希望他们进入房子时我能在场。"他困惑地看着她膝盖上的红点。"你在干什么？"他的眼睛与她对视，一下子便明白了缘由。"哦，天啊，这不是你的错。"

她无以作答，只感到泪水从她的眼底向外涌出。

"这不是你的错，我已经太多次因为在错误的时间出现在错误的地方而让事情乱成一锅粥。这一切不是你造成的。"他继续在她面前跪着，搓着她的手。

她仍然说不上话来，只是一个劲地摇头。

"别这样，除了犯下这一切罪过的怪胎之外，谁都没有错。而且警察现在正要阻止他，我必须得赶到那儿去。"他抬起她的下巴想让她看着他，他的神情极为严肃。

"从我知道一个神经病要把你抓走之后，我就自愿选择和你在一起，留在你身边。我一分一秒都没后悔过！我想……"他的手指紧贴住她的脸，思考着合适的词藻。"听我说，**这不是你的错！**你这样起不到任何作用。咱们准备出发,好吗?"

她的心揪紧了,她知道他说的每一句话都发自真心。

她点了点头。他是对的,坐在这儿一味自责根本帮不上任何忙。

尤其是对梅洛迪和凯莉来说。

梅洛迪的牙上下打着架。

囚禁着她的浴室如冰箱一般寒冷,她在这个窄小无窗的房间里转圈走着,手摩擦着袖口,想通过这种方式让自己暖和些。灰蓝色的墙壁摸起来像冰块一般,她的丝绸衬衫和昂贵的短裙根本无助于御寒。

她低下头,看见袜裤上破了两处该死的洞。她的手指在右边的小腿肚上摸索一阵,找到了另一个破洞。她掀起裙子,褪去了闷得她难受的尼龙布。

"见鬼去吧!把我放出去,你这个该死的混蛋!"

一片沉默。

也许他已经走了。

双手的刺痛感还未消散,她用脚跟踹门,以防伤到脚趾。他把浴室门从外面反锁,还上了门闩。

她的监牢里什么都没剩下,他拿走了毛巾架和浴帘绳,还从带镜子的药妆箱和洗手台下的柜子里清空了所有洗漱用品。梅洛迪为寻找武器或工具翻遍了整间浴室,她想把固定抽屉金属把手的扣件拧下来,却弄断了指甲。随后她试图拔下淋浴头,但只在装淋浴头的那堵墙上掏出了好大一个洞,天花板上的电风扇也一样。她的努力没有带来任何实际的收获,但已经让她心里好受了一些。

自她从浴室地板上清醒过来,就一直绞尽脑汁想搞清楚到底发生了什么。她记得自己站在停车场,正在提包中寻找车钥匙,思考着自己是否有可能把它们落在了厨房的流理台上。身后一声轻微的响声引起了她的注意，但她没有在意，继续寻找钥匙。然后他就出现在她身后，给了她快速而猛力的一击。

这一切都像是一部 B 级恐怖片，而她饰演傻白甜的女主角。她的嘴和鼻子里被塞进了布料，而她知道吸气非常危险，只好屏住呼吸。但他掐住她，逼得她痛苦地喘气，她吸入烂布头刺鼻的气味。她对抗着袭上眼帘的黑雾，努力保持清醒，转过头，她瞥见一头黑色短发。

在此之后的事情她就记不得了。

他把她的手表和鞋子一道取走了，她不知道现在几点，也不知道距离自己被锁在监狱里到底过了多少时间。

她踢着门，只怨自己又弱又蠢，她应该更注意一些的。她知道那些对女人提出的警告：事先准备好钥匙，检查你的四周。而她完全信任了光照条件良好的停车场，因而放松了警惕。

下不为例。

淋浴头周围的一圈空洞引起了她的注意，她有了一个主意，转过身去查看马桶。她把沉重的马桶后盖拆下来，用它击打装了镜子的药妆箱。镜子被砸了个粉碎，玻璃碎片四处飞散。她捡起两块最大的，这就是她的武器。她试着用一片玻璃敲打柜子，造成了一些冲击，但只是在柜子表面留下更深的凿痕，还在她的手掌上划破了一个小口子。

伤口让她倒吸一口气。玻璃片分量不大，但很锋利，用它能制造一些流血伤害。她脸上浮现出阴冷的微笑，再一次看向马桶盖，作为武器而言它太重了。她抓起笨重的盖子，把它往门上砸去，发出的巨响令人满意，但并没有对门造成什么破坏。她重复着这个动作，一次又一次。

当她的双臂没了力气，她故意把盖子扔进水槽里，把陶瓷盆砸得粉碎。如果她没法从这儿出去，她一定要把这儿搞个天翻地覆，让人收拾和维修时必须承担一笔高昂的代价。门上的冲击在浴室门把手周围留下了一条短短的裂纹，她得意地用手指沿着它向下滑动。虽然创造的代价是酸痛的肌肉，但至少她开了个头。

她用手从水龙头中接了点水来喝。至少她还有水，哪怕单单是靠水，她也能存活很长一段时间。她小心地绕过地板上的玻璃碎片，坐在马桶盖上稳住呼吸。她把头埋进双手，拭去眼泪，努力让自己不去思考那些新闻报道，那些关于连环杀手的报道，她在上面读到过杀手是如何折磨和谋杀那些男人的。**连环杀人案不会和她的绑架有关。那个人只杀和德科斯塔案有关的男人。他的目标不是女人。但却有一个女人失踪了。这个新闻她是从车上听到的。她会成为故事的下一章吗？**

不。一定是有人想得到赎金。杰克会满足他们的需要，而她会被放走。她从卷筒上扯下一些卫生纸来擦鼻子。看到卫生纸只剩下小小一卷，她的眼里又涌出泪来，也许她不该把它浪费在自己的鼻子上。她精疲力竭地伸直了背，做了个深呼吸。她努力对抗着袭来的睡意，小心翼翼地跨过玻璃碎片走进浴缸，那是唯一不会被碎玻璃划伤的地方。她侧身躺下，肌肤触到冰冷的硬塑料壳，瑟瑟发抖。她把膝盖收到胸部，手臂绕膝闭上了眼睛，任灯开着。她的身体不时因为寒冷而痉挛，但最终陷入了浅眠。

一通打给梅森的紧急来电让杰克加入了通向莫拉拉街区封锁路段的警察行列。他推开阻拦他的警察，快跑着穿过地上的新落下的雪。谢天谢地，莱西答应等在他的卡车里。在整整两小时的车程中，梅洛迪被抓走的新闻让她回不过神来，杰克也魂不守舍，他两次都险些在高速公路上追尾。

"他们找到他了。"卡车里，她一次又一次地反复嘟囔着。"一切都本该结束了。"她的头靠在头垫上前后摇晃着。"我不敢相信。我不敢相信。"然后紧紧闭上眼。

"你觉得他知道在苏珊娜身上发生的事吗？"她再次轻轻问道。

杰克点了点头。"我觉得他对于发生的事情知道得一清二楚。"

"那他是否知道……"莱西把头朝向车窗，但杰克看见了她的眼泪，明白她想问什么。

"我们会找到婴儿在哪儿的。"

不是个婴儿，已经是个孩子了。

拜托了，上帝啊，保佑梅洛迪平安无事。

杰克停下卡车，跳出车门。他小跑到她这一侧打开了车门，但莱西仍坐着不动。她的双手在大腿之间拧成了结，她不想直视他的眼睛。

"我不想看……我不想看见……他囚禁她的地方。"杰克没有再问更多，他完全理解。在过去两个小时中，他一想到警察有可能找到的东西就感到胃里一阵恶心，钓鱼钩和碎骨头在他开下山时就一直萦绕在他脑中。但他们现在找到的是这个变态混蛋的家。他想要把莱西拉下温暖的卡车，但当他伸出手时，她却摇了摇头。他停下来环顾封堵街道排列整齐的十几辆警车，答应了放手。

"把车门锁上。"他语气坚决。

当他沿街跑远时，怒气涌上心头，他加快了步伐。那个混蛋把他的姐姐抓走了，如果他胆敢伤害她一根汗毛……就别怪杰克不能对自己的行为负责了。

梅洛迪必须活着。

他在一群警察中看到了梅森和雷,便朝他们的方向走去。"发生了什么?"他们的视线都投向街道另一端农场式样的大房子。车道上停着一辆比较新的丰田凯美瑞,车子后方雪地上的胎痕是不久前留下的。

雷看到了他,但梅森回了话。"特警部队已经准备好在正门潜伏,他们已经让狙击手就位了。B计划是从后门进入穿到前门。如果他在家,那么房子里很可能劫持了人质,所以你离这儿远点。"他拽了拽帽檐,锐利的眼神仿佛又把命令重复了一遍。

杰克点点头,移动到二十英尺开外能看到房子的地方。梅森突然转向他。"坎贝尔医生呢?"

杰克指了指他们来时的方向。"在封锁路段前面,她留在我的卡车里了。"

警探脸上露出了如释重负的神色,他转身回到一群警察当中。

杰克观察着这一切,很难克制住原地不动,他想走进房子里把那个男人揍个稀巴烂。他闭上眼,集中精力想着梅洛迪的事。她一定在这儿,如果他伤害了她,那他必死无疑。

一辆军用特警大车呼啸而过,在房子跟前来了个急刹车,这让杰克更加紧张。十二个全副武装的男人跳下车来分成两队,一队走向前门,另一队消失在后门。

一阵吓人的击打声把梅洛迪惊醒了,她两只手支撑着在浴缸里挺起身子,随后又缩了回去。吼叫和威吓声从门缝里传来,一个男人高声尖叫,沉重的脚步声在房子里来来回回地响着。

她从浴缸里一跃而出,握紧拳头猛击着门,全然不顾插进她脚底的碎玻璃。响亮的靴子声离她越来越近。

"放我出去!"如果这双靴子离她而去,任她腐烂在这个该死的监牢里该怎么办?"他把我锁在这儿了!快放我出去!"她发疯般地捶打着坚硬的房门。

"谁在里面?"含混有力的声音穿过门缝,她将脸颊和胸膛贴近木门。

"我是梅洛迪·哈珀,他绑架了我,把我锁在……"更响的喊叫声打断了她的话。门外的男人正在冲屋子里的其他人喊叫,但她听不清他在喊些什么,他的声音越来越轻。

她捶着门尖叫道:"别走!"

"退后,离门远一点。"

她踉跄地朝后退去,想要挤进马桶和墙壁之间。他要开枪吗?

有什么东西从外面击打着门,门开始摇晃起来,发出声响,她看见自己砸出的裂缝越来越长。门再次晃动了一下,在门把手周围裂开。下一次敲击使门大开,一个戴头盔的男人突然从角落里跳出来,拿枪指着她。她的腿一下子失去了力气,如释重负地瘫倒在马桶上。她不需要看清他的脸,他身上的武装已经足够让她欣慰。

"该死。"特警小队的车阻拦了他的视线。杰克朝另一个方向移动,从那儿他能清晰地看到前门洞开,一大群人吵嚷着下了车。他咬紧了牙关,脑子里不断有声音怂恿他亲自进入房子,找到姐姐。

随着一阵轰隆隆的骚动,一队特警回到了屋外。在那群人的最前面站着一个男人,他的手被扳到背后,摇摇晃晃地穿过雪白的院子。特警在大雪里对着他的腹部就是一击,两个重装警官跨在他身上,用枪指着他的脑袋。

太棒了！抓到他了！

杰克斜视着躺在地上的人影，那个男人害怕地颤抖着，笨拙地转过头去，想看看背后发生了什么。

杰克眨了眨眼。他认出这个男人，这张脸很眼熟。他又靠近了些，看见两名警探脸上的惊讶神色如出一辙。他们也认出了雪地里的这个男人。

弗兰克·史蒂文森，莱西的前夫。

杰克倒吸一口气，不再感觉到寒冷。**有什么地方不对劲**。他的胃部绞痛着。那个懦弱的鼠辈不可能是杀手，这一切不可能是史蒂文森做的……杰克的心冰冷冰冷。

这是个圈套，梅洛迪不在房子里，这是为了让他现身而设下的骗局……

莱西。

他在大雪中转过身，飞速地跑回自己的卡车，跳动的心让脑中的血液飞速流转，他甚至没听见梅森在背后的叫喊。

梅森骂了句脏话，他以为梦魇就要结束了，但他犯了个大错。

"混账！是史蒂文森，竟然真的是他。"雷怔住了。

"不是他。"

"是的，那是坎贝尔的前夫。"雷把脖子往前伸，想再看得清楚些，但梅森抓住了他的胳膊，感觉到血压正在急剧飙升。

"不，那不是我们要抓的人。"梅森声音嘶哑地叫道。

雷停了下来，张大嘴巴，但被一个在街上飞跑的男人转移了视线。"他这是要去哪儿？"梅森转过身，杰克正在飞一般地跑远。

"哈珀，快去看看你的卡车！"史蒂文森只是个幌子，哈珀已经注意到了。

"发生了什么？"雷疑惑的目光投向雪地上的男人，然后又回到正往反方向跑去的杰克身上。梅森还没来得及说话，就看见雷也恍然大悟，他也骂出了句脏话。

"我们被人算计了。"雷本想跑回他们的车里，但却停下了步子，回看了一眼弗兰克·史蒂文森，不知该先去哪儿。

梅森抓住他的胳膊，把他拖向了史蒂文森。"我们找的地方对了，但却抓错了人，他应该更清楚对的人在哪儿。"

史蒂文森冲着站在他周围的一圈警察大喊大叫。"我什么也没做。门没有锁。"他又朝着走到他跟前的这对警探大喊，"我只是来看看！"

"你到底在这栋房子里干什么？"他怒气冲冲地问道，恨不得踩在史蒂文森的头上，用牛仔靴给他两脚，然后再在他发黄的肚子上打上一拳。

"他告诉我她在这儿。"史蒂文森气急败坏。

"谁？谁告诉你的？"

"我不知道。"他带哭腔地拉长了语调。"有人打电话给我，说西莱斯特在这儿和其他男人鬼混，他说我应该去抓个现行。"

"你的老婆在搞婚外情？"

"我不知道！"醋意让他的脸涨得通红，和白色的雪形成了鲜明对比。"我什么也没察觉，直到接到了这通电话。我必须得看个明白！"梅森无言地站着，掂量着这个男人的话。真该死，他相信他说的是真的，这个男人根本没有足够的智商来当个杀手。

有人策划了整个圈套。

知道警察要来，他先把史蒂文森引诱到自己家里。他知道史蒂文森一定会过来寻找自己的老婆，他知道警察也会来这儿搜查人质。

鲍比·德科斯塔，又名罗伯特·科斯塔尔，她耍得梅森看起来像个白痴，一个白白调遣出一整个重装部队的白痴。

但是为什么他要这么做？

房子里的一阵骚动引起了他的注意。

"警官，我们找到她了！"

梅洛迪·哈珀从房子中出现了，她重重地靠在身边的警官身上。衣服皱巴巴的，头发耷拉着，还赤裸着双脚。她踏上雪地，丝毫没有注意到寒冷，在雪上留下一串血脚印。看到一大队武装警力，她的脸上写满震惊。梅森闭上了眼。

感谢上帝。他还没有彻底搞砸。

至少在这方面，梅森的直觉没错。

他大步走向那名女士，脱掉自己厚重的大衣，把它裹在她肩上，搓着她的上臂想让她暖和起来。她的泪眼感激地望着他，随后把目光移动到肚子贴地躺在雪里的男人身上。

"他的头发不是黑色的。"她的声音里满是困惑，"那不是他，他不是那个把我从停车场抓走的男人。"

梅森点点头。"我们知道。"

"那为什么他戴着手铐？"一双探询的眼睛看着他，那双眼睛的颜色和她弟弟的一模一样。梅森盯着她的脸，从她的脸型上看出了与杰克·哈珀的相似之处，但脸部线条在她这儿却更显出女性的柔媚。

"因为他是个白痴。"

"哦。"她平静地接受了这个回答，突然间开始剧烈地颤抖起来。

"快把她带上车，让她暖和暖和。"他朝穿制服的做了个手势，让他把她带走，这时他的手机响了。

"卡拉汉。"

"她不见了，他把她带走了。"哈珀上气不接下气，但梅森仍听出了他声音中的恼怒。"他把莱西抓走了。"

"别碰任何东西。"他差点挂上电话，但突然想起杰克在梅洛迪出现前就跑开了。"哈珀，等等！你的姐姐刚才被关在房子里，她现在安全了。"

电话那头是两秒的沉默。"她刚才在房子里？她安然无恙吗？我看见史蒂文森时还以为一切都只是个骗局。他伤害她了吗？"

"她没事。"梅森重复了一遍。"她没有受伤，我们会照顾好她。"

杰克在电话里大声松了口气。"谢谢你。"

"待在那儿别动，我们马上赶到。"

梅森啪的一声合上手机，对雷做了个手势。

"我们又有新情况了。"

梅森觉得自己老了十岁，这个案子里他经历的感情波澜简直能把他杀死。他做了个深呼吸，拉下帽子，开始沿着冰冷的街道快步走回路障入口。一句话在他脑中反复回响。

一切都没有结束。

第三十二章

这简直易如反掌。

当警察把视线焦点都集中在他的房子上时，他轻松地躲进了街道尽头的一栋房子。房东希望他能在他们度假时帮他们喂狗。他喜欢狗，何况这个房子为他做了很好的掩护，让他避开警察的包围进行观察，他甚至把车停进了这家人邻居的车库。

谢天谢地，他的妈妈足够谨慎，提前和他通了电话提醒了他。

她在电话中踟蹰半晌，不知道该不该那么做。他一如既往地用甜言蜜语哄骗着她，对自己的所作所为说了谎，声称由于他是戴夫的弟弟，警方想要把责任推卸在他身上。他使她相信他会和警察好好谈谈，把一切都说清楚。

太好骗了，女人都是这样。

就连不可接近的坎贝尔医生也一样。

当他冲到卡车跟前，告诉她卡拉汉探长想让她从这条可能发生危险的街上离开躲进安全房的时候，她连眼睛都没眨一下。路障旁的警察都被街道另一头的事件吸引了，完全没有注意身后发生的事情，也没有看见莱西从卡车中下来穿过马路走向了另一栋房子。他看见她眼中闪过疑惑的火花。她曾经在哪儿见过他，但却无法清楚地想起来。他带了一顶深蓝色棒球帽，套着防风大衣，看上去就是一个普通的警察，她也许以为自己曾经见过他和警探们待在一起。她想要想起在哪儿见过他，这阵短暂的疑惑让她默默跟着他走向房子。

当他们俩走进那扇门，他把手搭在她背上时，她终于想了起来。

当她终于回过神来，他觉察到她的身子试图闪开。但一切都太晚了，她已经走进了狼穴。他处理她的方式和对付那个姓哈珀的女人的手腕一样，衣服罩在脸上，让她们大口吸气，然后再装上车。

这个女人像一只愤怒的小猫一般反抗了一阵，墙上的两幅画被她敲了下来，还打碎了某个中国塑像。她用牙、指甲和脚和他对抗，他轻轻碰了碰自己的脸，脸颊上的抓伤和手臂上的牙痕一周都不会消退。婊子。

当他把车倒出车库开走时，警察看也没朝他看一眼。房子前的雪地已经被警察的车子和靴子踏平、弄乱，他的车印完全无法辨认。

他放下咖啡，扫视着小屋的主卧。他需要做一番准备，因为警察已经追踪到他的一个住处，离他们追查到这儿也不会太久了，而这正合他意。在这里，在森林的正中，他离群索居。他总是像孩子一般热爱这栋摇摇欲坠的小破木屋。在狩猎季节，他和戴夫连续几个月都住在这儿，他们狩猎动物，也狩猎人。在这里，他的哥哥第一次带领他进入那私密而扭曲的世界，他感到受宠若惊。他们俩一同挖出了一个监狱，把它用水泥围起，还建了一扇沉重的门，用来关押他们抓来的女人。

但他很快便意识到，哥哥对待女人时草率而粗心，毫无美感。戴夫从来不关注技巧，他只是完成任务罢了。

而他意识到谋杀的乐趣远不止于此，应当从中享受追逐的乐趣和权力的滋味。还应当创造一套自己的签名。断裂的股骨就是他的签名。打断戴夫抓来的女孩儿的大腿骨是他的主意，这个符号也沿用到了他自己的谋杀中。不仅因为折断大腿骨能让人丧失移动能力，还因为这根骨头是人身上最长、最坚硬的骨头之一。于他而言，这是将权力施加于被害人身上的象征。在最近几起杀人行动中，他又在签名中添上一笔，选取和受害者联系密切的物件来将自己独一无二的作案手法和那些二流杀手的手法划清界限。这些物件表明他仔细调查过受害者，整场谋杀都经过审慎三思。最近三个受害者简直就是三尊艺术品。

他有些后悔在交汇山把那个女孩儿连车带人推入了河里。那是他第一次离开戴夫的参与单独作案，他很害怕留下证据，所以把女孩儿抛尸河中，掩藏证据。在俄勒冈南部他没有找到更好的地方能把尸体一连藏上几天，所以不得不立即摆脱她，但至少在她的大腿骨上留下了签名。没有人认出这份签名，直到最近。《俄勒冈人报》的那位记者把各种线索拼凑在一块儿，这对他来说在某种程度上算是一种宽慰。他希望自己的作品有人欣赏，却不知该如何在不暴露自己的情况下将它公之于众。**谢谢你，布洛迪先生。**

他打开厨房柜，从顶端的架子上拉出一个相簿，轻轻地翻阅起来。那些照片已经开始褪色，他最喜欢的照片由于多次抚摸，边角已微微上翘。这本相册的每一页上都粘有固定照片的黏胶，它们很早以前就不再有黏性，他不得不用胶水和胶带让照片仍固定在相册上。

他抿紧了嘴唇，仔细端详着一张艾米·史密斯在平衡木上的照片，他至今还不太确定当初为何要把它偷出来。他闯进了那个体操运动员的家，本希望能在家碰到她，但她并不在家。他被激怒了，他在灵魂深处渴求着她。自从在交汇山高速公路的一块广告板上看到她后，他就被那挑逗般的姿势深深吸引了。他开始跟踪那些运动员，想把她的脸和名字对上号，设法弄清她的住址。但当他最终进入她的家门，她却不在家。因此他偷偷把她的东西翻了个底朝天，被大学女学生生活中的细枝末节深深吸引。摇滚乐队的海报，集市上淘来的毛绒动物玩具，衣服，衣服，全是衣服。这个相册就放在她的床上，才刚做到一半。翻阅过那些照片后，他便知道有必要把它带走。

他把艾米、苏珊娜和莱西的照片深深印在了脑海中，差点以为那些照片都是他自己拍的。他总觉得她们都是他的朋友，笑着想找出他的相机。袒露身体的紧身衣，惊人的平衡感与灵活性，从那一刻起，他就被那些体操运动员深深吸引了。几年后，他去俄勒冈州拜访戴夫，时间正值俄勒冈东南大学在科瓦利斯体操邀请赛上表演。他给哥哥看了那些照片，暗示他下一个受害者可以是一名体操运动员，他的哥哥同意了。苏珊娜就是他们的成果。

差一点就能把莱西也抓到手。

他的视线随手指扫过他藏匿巢穴粗糙的墙壁。这里没有自来水，只有一个能生火做饭的简易灶台，一片寂静。在这里，他感到自己与自然紧密联结，仿佛过着两百年前拓荒者的生活。狩猎，设陷阱。他有意忽略了从电力公司、百货公司买来的木柴、丙烷灯和开罐器。

警察从来没有把这个地方和自己的哥哥联系在一起。它最初是母亲一位熟人名下的房产，他允许他们在任何需要的时候使用这间屋子。几年前，他说服老人把它卖掉；毕竟，他自己从没用过这间房子。两兄弟是二十年来唯一踏足于此的人。

而现在，这间房子归他所有。他的母亲带着他在西部各个州间迁移，想要寻找一份工作或是一个愿意养活他们的男人。他渴望能有一个地方让他落脚扎根。而小木屋就是这个地方。这里就是他扎根的地方。

有时候他感到孤独。他想念哥哥，想念他们之间关于性虐待、性奴和武器的对谈。当他发现自己的哥哥将在监狱中死去时，他便将愤怒化作力量，集中精力对把哥哥送进监狱的人实施复仇。在这个木屋里，他制订了一份滴水不漏的计划。

戴夫没有吐露任何有关弟弟参与谋杀大学女生的信息。对于苏珊娜的遭遇他只字未提，因为她是他的特殊项目，而不是戴夫的。在他十五岁那年，收养一个性奴的主意就一直盘旋在他脑海里。这个性奴可以随时解决他的需求，而当他满足后又必须消失。他曾是个屡屡受挫的年轻人。女孩儿不想和他发生关系，这令他怀疑自己是否永远都不会享受到性爱的乐趣。戴夫说养一个性奴也无济于事，但他仍想尝试一下。他们通过网络电子期刊发现一群从事性奴交易的人，研究他们的习性和注意事项。他想要永远把苏珊娜留在自己身边，她有那么漂亮的头发和无比性感的身材。

他握紧了拳头，下身勃起了。

但他的哥哥是对的，养性奴无济于事，苏珊娜弄得他神经紧张，她每一步都要反抗他。当他意识到苏珊娜怀孕时，他为自己对一个真正家庭的渴望震惊了。妈妈、爸爸，和一个小婴儿。但苏珊娜却不易驯服，她不是他想要的女人类型。当婴儿出生后，他就了结了苏珊娜的生命，把她埋在森林深处。戴夫向来都会把受害者尸体扔在容易被人找到的地方，而他则认为既然无法拥有活着的苏珊娜，至少得把死去的她留在自己身旁。

他的思绪飘到莱西身上，她现在被藏进小屋的地下室里，默不作声。如果当初哥哥抓来的是莱西而不是苏珊娜，情况是否会有所不同？她也会逼得他像杀死苏珊娜一样杀了她吗？又或许他们会组建成一个家庭?

问题，全是问题。他很明白不应该做任何假设。

在驶离莫拉拉的路上，他给莱西注射了药水，因为知道最初的吸入剂药效并不长。至少莱西比姓哈珀的女人更容易搬动，莱西的体重最多不会超过一百磅。

他沉重地躺在撕破了的安乐椅上，低低垂下头，脑海中浮现出梅洛迪·哈珀的画面。把她留在莫拉拉多么浪费，但她已经发挥了诱饵的作用。哈珀和莱西从躲藏的地方轻而易举地走了出来，仿佛他只是给他们打了个电话。他知道他们会出来的，一切都在完美的计划之中。

他本还给梅洛迪设计了一些有趣的场景，要是能够实现应该也颇为有趣。他喜欢她的名字，梅洛迪——旋律。这让他想到了一些与音乐有关的事物。钢琴和吉他琴弦，小提琴弓和鼓棒。他喜欢贯彻一个主题，这能让他的灵感飞扬。

他听到一阵嗡嗡声。

他突然恼怒地起身，把两块切割完美的木头扔进火堆。他单膝跪下片刻，看着红黄色的火焰吞噬着新的燃料。缘起缘灭。

他几乎就快完成了，他仿佛很早以前就开始推进这项计划。他小心地将苏珊娜的尸骨从埋葬她的地方回收回来，把它们连同警徽一起藏在了公寓楼下的小洞中。虽然不是所有事都按部就班，但他基本遵循了计划，他现在所在的地方就是他曾经预想过他最终会在的地方。

他马上就要接近名单上的第五个目标。名单上的三个人死了，一个被关在地窖，还有一个下落不明。他得弄清楚第五个人是谁。这个人害戴夫染上了艾滋病。他可能会把这个基佬从名单上撤掉，只要他愿意相信这个基佬同样会慢慢因病而死。也许他已经死了。

他闭上了眼。今天是戴夫判刑的十周年纪念日。法官敲响小锤，判处哥哥死刑给他带来的痛苦如今又在他全身流动。

一个警察，两名律师，还有一名目击者。只可惜法官已经死了，死于肺气肿。这是一种可怕的疾病，由于肺部机能衰竭，病人根本喘不过气来，身体渴望着氧气。很好。

他思考着要不要把杰克·哈珀和迈克尔·布罗迪也加入到名单上来。他们在他这条不归路上总是在对他进行干涉，在各种地方实施破坏。但这还不够成为把他们杀死的原因。布罗迪有效地满足了他的需求，他特别喜欢阅读那些描绘他的丰功伟绩和警察如何焦头烂额的文章。哈珀让他去冒更大的风险，令整件事更具挑战性，他也很喜欢这种竞争。他知道那栋公寓楼归哈珀所有，他相中那栋楼就是为了在调查中施一些障眼法，因为公寓的所有者曾是德科斯塔案中的嫌疑人之一。他阴沉着脸，一只手撑在壁炉架上。他没想过自己的行为竟然会让哈珀和莱西·坎贝尔上床。

凯莉·凯兹是计划中唯一一个意料之外的状况。他抿起嘴唇。也许她被报纸上的杀人报道吓坏了，自己藏了起来。毕竟，她也或多或少和原先的德科斯塔案有关。

她确实有理由紧张一下。

第三十三章

她没事。他的姐姐没事。

杰克重重地在马路边坐下，双手抱头想要驱散头晕的感觉。对莱西失踪的震惊和梅洛迪从凶手魔掌中逃脱的释然混杂在一块儿，令他崩溃。当他看见弗兰克·史蒂文森从房子中走出的那一刻，就明白莱西的危机迫在眉睫。

他留下了她一个人。

罪恶感几乎让他崩溃。他为什么没有坚持让她跟来？为什么他没有抓一个警察坐到车里看着莱西？事后想来，他能做的事太多了。可是和上次一样，他再次让一个女人失望了。要是他能……卡尔能……可惜没如果。

他告诉莱西会保证她的安全。

但他没有，反而搞砸了一切，这一切也许会导致她被杀。怒火让他的喉咙发酸，视线空洞。*数到十。*

昨晚她令他六神无主，丧失了思考能力。这个火辣的女人钻进他心底驻扎了下来。当他们做爱时，她的双眼无声地做出了承诺，而他发现自己也用同样的方式回应了她。

他脑海中有关未来的画面都有莱西在身边。

他绝不能失去她，他才刚得到她啊。

早饭在胃中翻搅着，几乎快要吐出来。

现在是零下二十五度，而他仿佛跑完一整场马拉松似的瘫坐在一堆正在融化的积雪上。

他必须采取行动。

警察花了那么久才找到这个住处，找到另一个住处大概又要一周，而莱西等不了那么久，她也许连一天都等不了。

耳边响起了两个声音，他疲惫地回过头去看着两名警探朝他走来。梅森看上去像要喷火，而雷看上去想狠揍某种坚硬的东西。他们都是好人，关心这桩案子，为了寻找老奸巨猾的凶手尽了最大努力。当他们走来时，杰克想要站起来，但感觉到寒意渗进他潮湿的牛仔裤里，他露出了痛苦的表情。

如果他要找到莱西，必须与他们同心协力。

"现在怎么样？"杰克问道。两名男人在他的车旁绕着圈，仔细对它进行查勘。难道他们指望在大雪天找到一根箭头指向她消失的方向吗？他已经搜寻过了，但脚印都已经分辨不清，一切痕迹都模糊起来。

雷拿出手机，准备好铅笔。梅森在杰克身旁站定，帽檐下看着他的那双眼睛神情严肃。*也许他在检验我是不是神志正常。*

"别担心，这次我不会崩溃的。"他挤出一个虚弱的笑容。

梅森又细看了他一眼，点了点头，但他看起来并不信服。

"我在让雷搜查和这栋房子属于同一房东名下的其他房产，我们要找的人现在把名字从德科斯塔改成了罗伯特·科斯塔尔。雷也在和你的朋友布罗迪保持联系，他又派他去找那位老妇人问话了，看看她对儿子可能去哪儿有没有头绪。"

梅森做了个深呼吸。"她一定向他走漏了风声。"他愤怒地紧绷着嘴，帽子压得很低。"你的姐姐一切都好，只是全身发冷，被吓得够呛。他们要带她去医院做个检查，但她说他没有碰过她。"

杰克颤抖的手拂过头发。"现在怎么办？"

"我们等着。"

"我他妈的可等不了。"杰克嘟囔着。

"我已经吩咐本地警察局在这个区域周围设立路障，检查每一辆出城的车辆，但我觉得一切为时已晚，我怀疑他已经在相当短的时间内已经把她转移了。"梅森冷峻地说。两个男人看着雷在笔记本上飞一般地记录着，他的手机夹在耳下。杰克祈祷这个男人能想出个主意来。

仿佛听到了杰克的心声，雷抬起眼来。他点了点头，眼神发亮。

"我又找到罗伯特·科斯塔尔名下的另一处房产地址，那是莱克菲尔德城外一个与世隔绝的小屋，那儿是咱们这位小男孩儿的主场。"

"莱克菲尔德。"梅森重复了一遍。

苏珊娜就曾被囚禁在那。现在一切都绕回了原点。

"给莱克菲尔德警局打电话。让他们跟进，找出所有关于那栋小屋位置的信息，但我希望州特警部队能出动包围这间屋子，而不仅仅是当地警察。"

杰克转过身朝自己的卡车走去，脑中规划出前往莱克菲尔德的最短路线，他大概要花上几个小时才能开到那儿，但他——梅森在他碰到门把手前打掉了他的手。*他想要干什么？*

警探看上去很生气，虽然而有难色，但仍火冒三丈。"你不能把卡车开走。"

"什么？"每一根神经都作出对抗的态势。

"这是一个犯罪现场，你的卡车不能开到任何地方。"

杰克的心跳停滞了。犯罪现场？他看了看警探，又看了看雷。雷点点头。

"那我乘你的车去。"

两个男人都摇了摇头。"你不能和我们一起。"梅森把脸凑到杰克跟前。"你不要再参与进来了，你的任务到此为止。在这儿等着，我们一旦有情况就会给你电话。"他和这个年轻些的小伙子四目相对，不想让他有胆量反对。杰克张开嘴又旋即闭上，感到愤怒在每一根血管里喷涌，双手恨不得立马把车开走。他再一次从一数到十。

他点了点头。

他会另寻出路。

梅森给两个附近的警员下了命令，向后指着杰克的卡车。雷沉默地望着杰克，仿佛他随时要跳上卡车溜走一样。

一个聪明人。

杰克扑通一声坐回路边，再一次喘不过气来。他被禁足了。他看着一群警察在街边乱转，试图从中寻找一张友好的面孔，抓住任何一线能把他带到莱克菲尔德去的希望。他的思绪快速在各种选项中跳跃，但立即又否定了它们。

他要怎么做才能找到莱西？

莱西在阴冷的黑暗中醒了过来，她的头由于疼痛而痉挛。"该死。"

她不记得头部被击打过，但她的头撞到过坚硬的地板，这让她头痛欲裂，右边太阳穴火辣辣地疼。她安静地躺着，飞快地眨着眼睛，想要控制住呼吸。她怎么会……德科斯塔。扭打。蒙在她鼻子上的布。她的身体痉挛地颤抖起来，想在泥地上取暖，这阵寒意渗入她的衣服，让她的心冰凉。

她的眼睛慢慢适应了昏暗的灯光，她咽了咽口水，研究起周围的环境。低矮的天花板和逼仄的墙壁。能闻到潮湿的泥土味和冷空气中的霉味。几缕闪烁的微光从木制天花板的裂缝里照射进来。那是一个壁炉。他把她扔在了一栋楼的楼底，也可能是一间房子。她恳求地望着那些裂缝，希望温暖也能一同降临，同时侧耳寻找着脚步声。但没有任何声音。她的呼吸在昏暗的灯光下结成雾气。她真的快冻死了。

这样的温度很快就会置人于死地。

她必须得动起来。

她坐起身来，手指在黑暗中摸到了脚踝上的绳子。她的脚被绑了起来，他把她的手绑在身前。她麻木的手掌已经失去了知觉，运动手指时感到撕心裂肺的痛，当她的手指复苏过来，泪水从她脸上滑落。

她太蠢了。

德科斯塔。那是德科斯塔的弟弟鲍比。

当她意识到卡拉汉警探不可能派什么人来把她送到安全地带的时候，一切都已经太晚了。她只是很疑惑为什么这个人看起来那么眼熟，她想他可能是一名曾经见过的便衣警察。卡拉汉关于这名杀手的直觉没有错，那个孩子长大了。如果当时不是因为她已经精疲力竭，对梅洛迪·哈珀的忧虑和愧疚消耗着她的精神，她会更快认出他来的。她一边挣扎着活动着麻木的手指，一边眨眼赶走泪水。

就算反抗也无济于事。鲍比·德科斯塔拥有与身材不符的力量。她的辣椒水放在包里，可是当他抓住她的两臂时，她根本够不到它。她抓破了他的脸，他流了血，他怒吼着扇了她一巴掌。疼痛让他的眼睛扭曲得不像人类。他几乎变成了另一种生物，一种暴怒创造出的生物。

莱西逼自己不停扭动手指，火辣辣的疼痛让她咬紧了嘴唇。漫长的一分钟后，她的指尖开始能感觉到绕在她脚踝上绳子的材质。绳结系得很紧，打结的地方肿了起来，因为她的腿搁在融化了的雪水洼里。她试图拽开潮湿的绳结，一块指甲裂开了，她痛得喘着气，眼里满是泪水。

她的太阳穴突突直跳，像是年轻人家里立体音响里的贝斯声。这是脑震荡吗？她到处都疼，浑身上下全是伤。她根本不可能把注意力集中在一处疼痛上，因为其他部位的疼痛一样强烈。

他什么时候会回来？她更快地活动着手指。他还没有杀死她，真该死，她绝不会让他得逞的。

杰克回来看到空无一人的卡车会不会崩溃呢？先是梅洛迪失踪了，然后又轮到她。

对不起，杰克。你不该遭这样的罪。

一个绳结微微松动了些，她猛力拉扯着绳子，强忍着疼痛做出挣扎。她一定能把这些该死的绳子解开，然后找到逃出去的方法。她眯起眼望向门，门锁有些模糊不清。她眨眨眼，好像看见两个锁。她又紧紧闭上眼，重新睁开时，只看到一个锁安在老旧的门上。见鬼。她的脑袋真的被撞伤了。

她深吸一口气，把注意力集中在手指上。她必须逃出去。

在昏暗的灯光里，杰克和亚历克斯坐在亚历克斯老式的野马车上沿着公路一路飞奔。以这种速度行驶的话，他们到达莱克菲尔德不会超过一个小时。杰克重新检查仪表盘上的导航系统。他偷看了一眼雷的笔记本，记下了地址。他们的目的地远在一处穷乡僻壤之地，在海岸山脉以北一些。那儿全是森林，完全与世隔绝。等他们到那儿时，天色大概已经伸手不见五指。

亚历克斯的卡车虽然老旧，但每一个技术设备都完好无损。当杰克打电话向他寻求帮助时，这位朋友连眼睛都没眨一下就同意了，亚历克斯仅仅询问了时间地点就立即出发了。

车速表上的读数飙到了时速 95 英里，杰克把门把手抓得更紧了。跑这一趟也许只是徒劳，凶手可能已经出发前往墨西哥或加拿大了。他们把所有赌注都押上了。

就是今天，戴夫·德科斯塔判刑十周年，不知道在这一天会出现怎样的梦魇，鲍比·德科斯塔已经在给莱西的卡片上说明了一切。他没有写下自己会采取的明确行动，但目标很清楚。

杰克以为鲍比抓走梅洛迪来做莱西的替罪羊，但现在他明白梅洛迪只是引出莱西的诱饵罢了。

而杰克把猎物装在大银盘里端到了他面前。

他要赶过去把她夺回来。他曾经发誓会保证她的安全，而他一定会信守诺言。如果他食言，那么他根本无法一个人继续活下去。他将浑身是血的怀孕女人的画面从脑海中挥去。

亚历克斯全神贯注地盯着光滑的路面，不发一言。杰克沉浸在自己的思绪里，甚至没发现手机响了。他无视了它，手机安静下来，但很快又响起来。

他打开了车内喇叭扩音器。"什么事？"

"他和我们联系了。"梅森的声音短促而紧张。

"什么？怎么联系的？"

"他知道我们在赶去的路上，他发现城市特警部队包围了他的住处，于是打电话给了警察局总机。他们把他的电话接了进来，他想做个交易。"

"交易？他要多少钱？我能搞到钱，他开什么价？"一种乐观情绪突然涌上他心头。杰克能解决钱的问题，这方面他最在行。

梅森顿了顿。"他不想要钱，哈珀。"

"那他想要什么？"乐观情绪烟消云散。

亚历克斯急转弯躲开一个冻住的水洼，他正要开出匝道进入莱克菲尔德。杰克在椅子上猛晃了一下，抓住了手机。

"你在哪儿？"卡拉汉换了个话题。

"在你身后大概十五分钟车程。"

"该死。我告诉你应该待命。离这个该死的现场远点，不然我会打断你的腿。我不希望你妨碍我们办事，如果有必要我会给你戴手铐的。"

"如果他不想要钱，他想要什么？"杰克无视梅森的威胁。

"他想和我们做个交换，他想用坎贝尔医生换你。"

"好的。"他毫不犹豫地回答。

梅森停了一下。"这简直就是胡闹，他明显是在玩弄我们。我不知道他为什么会提出这么愚蠢的建议，他知道我们不会和他在这个条件上做任何妥协。"

"那你们就别妥协，但我会。"杰克挂断了电话。

幽暗的灯光下，亚历克斯看着他的眼睛。

"你把它带来了吗？"杰克问道。

"在装手套的盒子里。"

杰克把膝盖上的盒子打开了。他把手伸进去，有些犹豫，手指悬停了一阵。他闭紧双唇，抓起了那两把手枪。他把贵重的科赫手枪递给亚历克斯，而把格洛克留给了自己。他重新熟悉着手枪的重量和触感，无视腹部底端令人不适的咚咚声。他还是警官时用的就是这把枪，几年前，他将它给了亚历克斯。

他把弹匣装进去，把子弹上了膛。

梅森看着手机上显示出的他和杰克极为短暂的通话时间。这个男人被坎贝尔医生的魅力蒙蔽了双眼，鲍比·德科斯塔要的不是杰克·哈珀，他只是想把他们都耍得团团转。

"他说什么？"雷一只手打方向盘，视线从路面移到梅森身上，仿佛这只是一次周日放松的自驾行。雷这个危险的习惯曾让梅森紧张过一阵子，但现在他已经完全接受了，雷在开车时有比常人敏锐得多的外围视觉。

"你觉得呢？"

"他想要投降，白旗已经举起来了。"

梅森哼了一声。雷这大块头身体里却藏着一颗多愁善感、浪漫多情的心。"特种部队不会让他靠近现场的。他们已经派谈判专家站成一列，狙击手马上赶到。"

"哈珀知道吗？"

梅森顿了顿。"你不会觉得他真要那么做吧？"

"你难道没有看到过他看着那个女人时的样子？这个男人已经深陷其中，他已经不能理智地思考了，他会不假思索地替她挡下子弹的。"

"他不会做傻事的。"梅森低声说。他会吗？

雷沉默了半响。"你从来没爱上过别人吧？"

梅森翻了个白眼。"去你的，这可不是什么好莱坞大片。"

他笨拙地把玩着手机，假装没有看见雷向他投来的认真神色。雷眼底的怜悯让他胸口直疼。

莱西凶狠地撕扯着脚踝上的绳子，一个绳结已经彻底松了，这给她继续解开其他绳结很大信心。她停下来休息一阵，手指上的疼痛反反复复。她太冷了。刺骨的寒冷让她的肌肉间歇性地抽搐，她的牙齿上下打战，手臂抖动着。

她突然被一阵晕眩击中，失去了平衡，她试图把绑起来的手腕往一边推去来稳住自己，但却头着地摔在了地板上。头上的疼痛又加剧了，她的手肘传来一声尖锐的碎裂声。她一动不动地躺着，稳住呼吸，不知身上是否有某处骨头折断了。她深深吸气，慢慢直起身来，疼痛袭上她的手臂。

门外的沙沙声让她又一次躺倒在地，头再次撞在地上时她咬紧了牙。如果他再查看她的情况，她就装死。锁和把手当啷响了一声，粗糙的门慢慢打开，扫开了冻住的雪。在北极般的寂静中，这阵噪音显得尤为可笑。她努力使呼吸保持平稳，尽量放松眼皮。

看上去自然一些。

让自己看上去像一具冰冷的弃尸一般。

"莱西？"

听到那熟悉的女声，她飞快睁开了眼。"凯莉？"她冻僵了的声带发出了惊讶的尖叫声。

手电筒发出闪烁的光芒，快要没电了。

凯莉把手指掩在灯泡上，把最微弱的橘色闪光投到莱西脸上。凯莉飞奔过布满灰尘的地板，猛力拉扯着莱西脚上系紧的绳结。

莱西盯着她，纹丝不动。

凯莉裹着一件带风帽的修身夹克。她穿着靴子，为了更方便解开莱西脚上的结，她用牙齿扯下了手套。

"凯莉！你在这儿做什么？你怎么找到我的？你也逃出来了吗？"从她冰冷的舌尖结结巴巴地跳出这些话来。

"不。"凯莉抬起头看着天花板。"声音放轻一些。"她小声说。

"什么不？"莱西轻轻问道。

"他没有抓住我。"

她的脑袋是不是傻了？"他没抓住你？那你为什么会在这儿？"凯莉失踪时心痛的回音此刻又在她体内撕扯。"你去哪儿了？克里斯和杰西卡担心得快疯了。"

凯莉解绳结的进展很快，她无视莱西的问题。"嘘，我们得抓紧，我马上就好。"

"凯莉。"莱西摇晃着绑住的双腿，想让凯莉停下手上的活。"到底发生了什么？"凯莉把松开的绳子从她的脚踝上拉走。莱西的背上感到一阵刺痛。有些情况没有考虑进来，她模模糊糊地想起更年轻些的凯莉在审判室门外和一个安静驼背的小男孩儿说话。她眨眨眼。"你认识他吗？在哪儿认识的？"

"让我看看你的手。"凯莉没有看她的眼睛。

莱西想要逃出监狱的愿望和想要得到回答的愿望一样强烈，她给凯莉看了自己被绑住的双手，凯莉继续她的工作。

"该死，它们又湿又胀，我根本握不紧。"凯莉放弃挣扎，呼吸急促。"你能走路吗？我们要赶在他回来之前逃出去。"她站起来，粗鲁地把莱西从地上拉起来。

"哎哟，等一下。"莱西扭动双腿跺着脚，想让血液循环起来。她的脚沉重得像两块水泥砖块。在黑暗中，她轻轻踮起脚尖，试着移动双脚保持平衡。

但是她失败了。

凯莉抓紧了她的手臂让她不至于摔倒。疼痛顺着莱西的手臂一路通到手腕，泪从眼里流出。

"我的脚上没有知觉。"

"等我们走起来就会好些，我们必须赶紧出去。"凯莉祈求着她，引导她走向门口。"快来，亲爱的。"

莱西小心翼翼地拖着脚，她摔倒的话一定会折断手腕。"我在努力。"鱼钩的画面从她眼前闪过，让她移动得更快了些。

"很好，这样好多了。"凯莉的声音听上去在鼓励她，但仍继续发疯般地把她拖向门口。

莱西继续拖着步子，想通过鞋子去感受不平整的地板。凯莉关掉了奄奄一息的手电。"得省点电，我知道我们要去哪儿。"

"要去哪儿呢，凯莉？"这是一个男人的声音，十分愤怒。

两个女人停住了脚步。莱西能感受到凯莉的双手在颤抖，她能看见昏暗的走廊里一个男人的剪影，雪地里的微弱反光照亮了他黑色的头发。

第三十四章

"你向他通风报信了！"迈克尔大吼道。

面对他的吼叫，女人退缩了，不敢看迈克尔因为生气而涨红的脸庞。他想要晃动她直到她的大脑受损。

迈克尔和萨姆回到了村落，再次把琳达逼到角落。鲁斯科探长告诉他杀手从琳达给他们的住址处消失了，莱西也从同一个现场失踪了。

那该死的哈珀去哪儿了？

迈克尔曾经放心让这个男人陪伴在她身边，如果他知道哈珀照顾不好她，他绝不会离开城里。

迈克尔不知道他究竟在生谁的气，是眼前这个颤抖的女人还是那个脸蛋漂亮的前任警察，是那些笨手笨脚的州警察还是把自己置于险境的莱西。他本应把她送到泰国、挪威，或随便什么地方。

萨曼莎拽了拽他的胳膊，想让他在两位杀手的母亲面前不那么紧张。他看了一眼萨曼莎的脸，她皱着眉，一双蓝色的眼睛盯着琳达。萨曼莎冷静而泰然。他本打算甩开她的胳膊，但平静的力量却顺着她的手流进他的胸膛，他做了个深呼吸。

　　萨曼莎不知道他在忍受多大的折磨，他没有和她解释过自己和莱西的关系，也不知如何描述这段关系。她同时是他的前女友和最好的朋友。

　　"你给他打过电话了。"萨曼莎说道。

　　女人点点头，继续躲避着迈克尔愤怒的绿色眼睛。

　　"为什么？"

　　她耸耸肩，心怀期许地看着萨曼莎，迈克尔想起当他们第一次来这儿的时候，萨曼莎对她说的话作用更大。

　　"他是我的儿子。"她的声音几乎轻得听不见，但语气却很坚决。

　　"他现在在哪儿？"萨曼莎问。

　　然而没有得到回应。

　　迈克尔爆发了。"你难道不知道他正在杀人？我从没见过那么残忍的杀人手法！而现在他抓走了一个我爱的人！"他向前威逼了两步，瞬间失去了冷静，声音越来越高。"如果她出了什么事，那都是因为你……"

　　"迈克尔！"萨曼莎把他拉了回来，挡在他面前，背对着他的胸膛。"里拉，你的儿子还有可能藏在别的什么地方吗？哪儿能让他关押人质又不让邻居发现？"声音里虽然透着愤怒，但萨曼莎仍然控制住了情绪。

　　琳达故意无视着迈克尔，看向萨曼莎。萨曼莎问起关于邻居的事时，琳达那死气沉沉、空洞无物的眼睛里突然闪过一丝微光。

　　迈克尔明白她想起了什么。"在哪儿，琳达？"他低吼着。

　　她舔了舔绷紧的双唇。"你们可以去他名下一栋老的狩猎小屋试试。我从没去过那儿，但我大概知道它在哪儿。"

　　她又在耍什么鬼花招？"那是你能想到的唯一一个地方吗？"

她低下头。"只有那个地方没有外界干扰，你知道他喜欢……"

"他喜欢干嘛？"迈克尔厉声质问道，掏出了手机。

"他喜欢在那儿操练收藏的武器。"

迈克尔准备拨号的手指悬在半空。"怎样的武器？"

女人盯着地板，迈克尔不得不凑近她才能听见她的说话声。"任何军用设备或者不寻常的武器，老式手榴弹、手枪、刀具，他还会自制炸药。"

"像管状土制炸药那样？自己做的那种？"萨曼莎猛地倒吸一口气。

女人抬起头，眼中闪过一丝怪异的神色，仿佛想起了某些不好的回忆。"有时候是，他喜欢做陷阱，做些装置把它们引爆。"

"老天爷啊。"萨曼莎紧闭上眼，一只手搭在迈克尔的手臂上。

"该死。"迈克尔按下了快速通话。

昏暗的灯光下，莱西盯着一个熟悉的轮廓。她以前见过他，那就是莫拉拉区那位热心的邻居，那个杀手，鲍比·德科斯塔。

"凯莉，很高兴再次见到你，我们好久没见了。"他的声音冷漠而不失礼貌，仿佛偶遇了一位无聊的熟人。

莱西转过身去看着她的朋友，她的两个猜想都得到了证实，鲍比和凯莉认识对方。凯莉是自己离开克里斯和女儿的。而不是遭到了绑架。

感觉到莱西的视线，凯莉用唇语说：相信我。

莱西张口，还没来得及发问，疑惑就化作了震惊。凯莉往前一推，莱西猛地跌向泥地，狠狠撞到了鲍比的双腿。她的脑子里迸发出强光，膝盖和手腕撑在地板上，她无法呼吸。

"哦哦，该死的婊子！"男人大喊道。

凯莉把特大号的手电筒丢向鲍比，活像在扔一个羽毛球拍，在他被莱西绊倒时击中了他的太阳穴。鲍比倒下了，凯莉消失在门后。

鲍比踩着莱西的头发和肩膀慌忙地爬起来，他恼火地追着凯莉跑了三步突然停住，转身看见莱西在地板上扭着身子想要喘口气。"哦，不，你别想。"他走到她面前，沉重的靴子踢向她的锁骨，把她翻到一侧，再一次朝她布满淤青的头部重重踢了一脚。她只觉得胆汁冲上喉咙，在地板上呕吐起来。

"上帝啊！"他本想走上前去再踢一脚，但看见呕吐物溅在靴子上，便止住了脚步。他恶心地踢了一脚她的脑袋。她看见靴子朝她砸过来便转过头去，靴子落在在她的颅骨后方。伴随阵阵恶心而来的是刀割般的剧痛，他又骂了她一句，便夺门而出。莱西听见迅疾的脚步声消失在门外。

她在黑暗中失去了知觉。

警察不会让杰克接近现场，杰克很清楚这一点。他当机立断，告诉亚历克斯向右急转弯，在轮胎在光滑路面上打滑时稳住了平衡。杰克曾在这个城市及城郊地区巡逻过，他突然模糊地想起了一条偏僻的小路，得找到一条避开警察通往小屋的路。他的手机响了。

"什么？"他又一次打开了扩音器，声音里带着怒火。

"哈珀。"信号很不好。

"你他妈的是谁？"听声音不像是梅森或雷。

"我是布罗迪。那儿到底发生了什么？莱西呢？"

"我不知道。"杰克吼了回去，"他把她关起来了，我们正在去找她的路上。"

对面沉默了一阵。"你也去？你和警察在一起？"

"不是。"

"听着，"迈克尔说，"我要把刚才告诉梅森的事告诉你。那个疯子的妈妈说他喜欢那些'玩具'。各种各样的刀和枪，或者任何能点火的东西。他喜欢布置陷阱，会发生致命爆炸的那种。接近他的房子就像走进战区，你可得小心。他妈妈说他在那里待过很久，一次会待几个月，谁都不知道他在那里搞出了什么事。"

亚历克斯突然来了个急刹车，在废弃的泥土路上停了下来。两个朋友相视思考着迈克尔的话，他们没办法在不经过全面思考的情况下闯入未知的环境，尽管杰克几乎完全失去了冷静思考的能力。他感到莱西正在离他远去，把她营救回来的希望越来越渺茫。

这个地方也许早被设了埋伏？

她的腿很痛，双脚在地面上猛烈的颠簸让莱西的意识恢复过来。有人正把她的手夹在腋窝下拖着她走。

"凯莉？"

回答她试探性问话的是一阵大笑。"你的朋友走了，有些所谓好朋友，拍拍屁股就走人，根本不管你死活。"

她仍然在鲍比手里，意识到这一点，她仿佛被人掐住了喉咙，几乎要哭出来。凯莉走了。她会及时赶到警察局吗？没有其他人知道鲍比把莱西带到了什么地方，她是孤零零的一个人和他在一起。他会对她做些什么？

苏珊娜头骨上两个空洞的眼睛在她脑海中萦绕，那些悲哀的弃骨。有一天，是否有人也会被她的尸体绊倒，把她放到一张蓝油布上把它们复原？会不会由于残缺部分太多而一筹莫展？

至少苏珊娜被爱着她的人识别出了身份。眼泪顺着莱西的脸庞滑下，她想起了苏珊娜的视频和她的婴儿。

"婴儿在哪儿？"她的声音颤抖着。

"什么婴儿？"鲍比把她拖进小屋的主卧，背朝后拖向壁炉。

"那个婴儿，苏珊娜的婴儿。"他把她的头转向壁炉，她看着噼啪作响、烧得顶旺的火光。温暖神圣的火光照着她的脸，她几乎要哭出声来。

"哦，那个婴儿。她早就不是个婴儿了。"他嘟哝着，把她的身子一侧转向壁炉，背靠着墙。莱西第一次仔细观察了她的绑架者。他身材精瘦，手臂却很粗壮，她总觉得他的夹克衫下肌肉很结实。他的眼睛是很浅的淡蓝色，和他黑色的头发对比鲜明。那双眼睛在路障边上时显得那么热心和善良，但现在却充满了愤怒、憎恶与不满。在他脸上能看出戴夫·德科斯塔的影子，但在不知情的情况下，莱西绝不会认为他们是两兄弟。这个男人完全不是她记忆中那个在审判过程中从未抬起过头的头发蓬乱、身材瘦削的小男孩儿。

她？那是个女婴？莱西眼前浮现出一个身穿镶褶边小裙蹒跚学步的小女孩儿。她是否也一头金发，有和母亲一样美丽的容颜？

"她去了一个好人家。"鲍比冷笑了一声。

"在哪儿？她在哪儿？谁领养了她？"

"至少我当时觉得那是个好人家，现在就不好说了。那位母亲好像出了点问题。"他又在她脚踝上系了根绳子，打上复杂的结，拴在地上的铁圈上。莱西盯着圆环，那看上去像是一百年前用来拴马的东西。她的视线朝左边移去，三英尺远的地方还有一个圆环，然后又是一个，然后……

它们是专门装来绑缚人的。

哦，上帝啊。这里到底发生过什么？

她闭上眼，努力想抹去脑海中浮现出的恐怖画面。*他刚才说什么？那位母亲？*

鲍比皱着眉，走开几步拨弄着火堆，把另一片刚切下来的木片扔进了火里。"好吧，首先，她刚朝我的脑袋扔了一个手电筒。"

是凯莉？凯莉抱走了小女孩儿？莱西倒吸了口气。

杰西卡。

杰西卡原来是苏珊娜的女儿。

现在她想起来了，那个漂亮女孩儿的眼睛和苏珊娜一模一样。莱西那么喜欢她是不是一种本能？第一次见她时，她就格外宠爱杰西卡。

凯莉知道这个小女孩儿是谁吗？

她当然知道。

莱西靠在小屋的粗糙墙壁上垂下了身子，释然和绝望同时吞没了她。小女孩儿在这么久的时间里一直平安无事。

为什么凯莉会同意做这件事？她的丈夫克里斯又怎么会支持她的决定？

克里斯必须得知道杰西卡的身世。莱西闭紧眼睛，努力回想苏珊娜消失后那混乱的一年。让一切按正常方式运转很难，莱西始终受抑郁的折磨，经常服药过量。为了避免与朋友们见面，她休学了一学期。凯莉和克里斯也曾闹过分手。

但几个月后他们又复合了。

这对完美夫妻一起熬过了这段艰难的时光。凯莉前往西海岸，为两人的关系留了一些空间。而她回来时，带着一个婴儿。杰西卡。

克里斯一定以为杰西卡是他和凯莉的孩子。

但未解开的疑团依然太多了。

她睁开眼，看见他正微笑着仔细端详着她，很享受她的困惑，观察着她面部表情的变化，他浅色的眼睛仿佛看透了她撕裂的心。

"凯莉知道吗？她知道关于苏珊娜的事吗？她知道你对苏珊娜做了什么吗？"

他脸上的表情一下子消失了。他站起来，朝她被绑起来的脚踝踢了一脚，大步走出主卧，在身后摔上了门。

盯着火焰，莱西泪如雨下，刺骨的阵痛一次次从脚踝涌上腿部。她的手腕仍旧用原先那些粗壮的绳结绑着，搁在膝上抽搐。火堆是房间里唯一的光源，摇晃着金桔色的微光。她发着抖吸了口气，想要集中精力。

现在怎么办？

现在怎么办？梅森在思考。

一百码开外的地方，越过黑夜、密林和比车子都大的巨石，一个杀手正关押着坎贝尔医生。

他们必须在鲍比杀死她之前把她从那儿救出来——如果他现在还没有下手的话。

梅森把大衣拉紧了些，挡掉冰凉的小雪球，把注意力集中在他身边人的谈话上。在发电机供电的探照灯光下，他盯着一张铺开在卡车车罩上的粗略的地图。州特警小队帕蒂森指挥官边说话边用一根手指划过地图，帕蒂森从前当过海军，总是有充分准备应对警方给他的部队下达的各种任务。卫星图像拍摄出的陡峭山地的地形图已经在一小群全副武装的士兵中间传阅，他们在听帕蒂森讲话。在雪夜中，四周的一切看上去都完全变了样。梅森看着地图，摇了摇头，传给了下一个人。帕蒂森详实的手绘地图还更精确一些，它显示出小屋的位置和周围的地形，三个圈起的 X 标识出戴夜视仪的狙击手在矮楼上用来福枪瞄准的位置。

"谈判专家会先行动，看看我们能不能在不进屋的情况下解决这件事。"帕蒂森摇了摇头，"但愿我能知道那地方都有什么，你刚才说他对武器着了魔？"

梅森沉默地点头。无法控制局面的感觉在他胸口愈演愈烈，他总觉得有些事情会出错，会酿成大祸。

"他还喜欢炸药。"雷补充说。

"该死！"帕蒂森看着他的部队，"詹森还没到？其他人是不是都没有遇到过炸弹？"一群人发出了否定的喃喃声。

"你看见哈珀了吗？"梅森低声问雷，扫视四周，强光照得他眯起眼睛，他想在黑暗中看得更清楚些。

"谁？"帕蒂森停止训话，皱起眉头。

坏了。梅森闭上了嘴。"一个普通平民，坎贝尔医生是他的女友。"

"他知道这个地方？你告诉他了？"帕蒂森直起身咆哮道，自己也环视起来。

"不是你想的那样。"梅森嘟哝着，"他以前是个警察。追捕对象从他的鼻子底下把坎贝尔医生抓走了，我知道他肯定会在这儿的什么地方出现，前不久在电话里杀手想用人质和他做个交换。"

"什么？你现在才告诉我这个？"帕蒂森简直要把武器对准梅森，"谈判专家知道这点吗？"

梅森的怒火直往上冒。"我在这儿才几分钟，我们过来以后你就

一直在那儿关于地图、狙击手、人质三类问题大谈特谈，你什么时候
给我时间说话了？"他把身子倾向比他矮的男人，想利用身高优势震
慑住他，但帕蒂森毫无惧色，他把鼻子靠得离梅森更近了。

"一旦我踏进这片区域，这里的一切都应该服从我的指挥。让你
这顶廉价的牛仔帽和激素过剩的搭档从我面前滚开，我们会在需要你
们知道的时候通知你们。"

梅森眼里通红，手紧紧握成了拳头。他感觉到雷抓住了他的胳
膊，用蛮力把他举了起来，放到了三英尺开外的地方。

"梅森。"雷的警告让他一下子摆脱了暴怒。

梅森冷静下来，朝拿着地图的倔脾气男人投去一个冷冰冰的
"一切没完"的眼神。帕蒂森冷淡地扫了梅森一眼，便转过身去无视
了他。

"天杀的锅盖头，我会汇报给……"

"闭嘴。"雷大喊。

梅森恼火地闭上了嘴，他想把雷痛打一顿，但还是平复了情绪专
心寻找哈珀。如果他胆敢在这儿露脸，他一定要给这个多管闲事的混
蛋戴上手铐，把他扔进警车后座。哈珀会毁了这一切。

"他在哪儿？"梅森再一次仔细察看了周边区域，指望在某棵树
后面发现哈珀，"赶紧给哈珀打个电话，免得他先被狙击手击中了。"

也许这个主意也不是太坏？

"再把他的样貌和穿着通知给狙击手。"

雷无声地把梅森看紧，仿佛他随时会冲上前去对着帕蒂森挥上一
拳。梅森回看向他。雷满意地把担忧的目光从梅森身上移开，掏出手
机拨号。

杰克感觉到手机的震动，无视了它。他蹲坐在雪中，一丛茂密的野生杜鹃花替他挡住了森林中凛冽的寒风。他看不见亚历克斯，但知道他就在他身后二十码以内的地方帮他盯梢。他的小手电快没电了，橘色的微光勉强能照亮脚下。他又冷又累，昨晚他几乎整夜没睡，今天又经历了人生中最糟糕的一天。而且这一切都还没结束。他的压力快飙上天去，脑海中始终思考着杀手提出拿他和莱西做交易的条件。那一定是些胡说八道，因为这个混蛋只想把他们要得团团转。但如果他提出能让他和莱西做交换，那他会毫不犹豫地往火坑里跳。

落雪发生了变化，雪花不再是轻盈的绒毛状，而变成黑暗中掉下的扎人的小雪球，如针扎般落在他的两颊。

莱西现在冷吗？

也许电话是她打来的呢……他看了一眼手机，满心希望能看见最后一个来电显示是她的号码。然而，在他眼中闪烁的却是雷的号码，他的心沉了下去。真是个愚蠢的念头，警察几天前的那晚已经拿走了她的手机。他不想再被雷教训一通，便把手机插回了口袋。

这件事绝不容许出半点岔子。不然，布罗迪会把他勒死，杰克自己也会这么做。

他把小雪球从眼里掸去，试图估算现在的位置与亚历克斯卡车之间的距离。如果他前进的方向无误，那么再走两百码应该就是小屋。他会撞到警察布下的警戒线吗？

也许应该接一下雷的电话。

他回拨过去，看着信号忽强忽弱。

"哈珀。"雷的声音很轻，"你在哪儿？"

杰克把将熄的手电指向杜鹃花丛。"在一大片灌木丛旁边。"

"该死，快离开那片区域，三个狙击手已经瞄准了小屋，他们很可能先斩后奏。"

"告诉他们我穿棕色皮外套和牛仔裤，亚历克斯穿黑夹克，头戴黑色烟囱帽。"

"你们两个都来了？"

"不然你觉得我是怎么过来的？"

雷没有理会这个问句。"你带武器了吗？"

沉默持续了好长一阵。"没有。"他摸了摸身上的肩枪套，那是他从亚历克斯的卡车上下来时绑在身上的，他还把一把刀插在了靴子里。这是他离开莱克菲尔德警局后第一次佩戴武器，他从没想过会有这么一天——手里拿着一把枪，脑中思考着如何杀死一个人。

而他却还能保持冷静。

"胡扯，想都别想靠近这个地方，梅森会把你揍翻的。"

"在我开始移动前，我给你三十秒钟把我的特征通知给特警部队。"他合上手机，怀疑自己离小屋只有五分钟不到的距离，而且还是在前方地势和他刚才经过的一样崎岖不平的情况下。

"坚持住，莱西。"他小声说。

咒骂着自己忘了戴手套，他搓着双手，冻僵的手指在握枪的时候会有些麻烦。他有强烈的预感，觉得更敏捷的手指一定会派上用场。他仔细检查了自己的精神状态，都还正常。事实上，枪的重量并没有令他反胃，反而让他感觉更好，给了他一丝希望。

他从掩护的灌木中小心翼翼地走出来，看了一眼脚下的橘光，希望自己能有一副夜视眼镜。**那个男人喜欢布置机关。**他必须每走一步都格外小心，否则很可能身首异处。确实如此。

他没有走远，莱西能听到鲍比在隔壁房间踱步。她不安地眨眨眼，眼前的景象模糊起来，出现重影。她慢慢吸气，胸口的刺痛令她颤抖，大概是在地下室他踢她时断了几根肋骨。

她小心翼翼地把手伸向火焰，尽量不伤及肋骨。她能够到一块燃烧的木片吗？实在太远了。她四处张望，想找到任何能够点火的东西，在他接近她时能够作为武器，哪怕是能割断绳子的锐利物品，或是一把被他遗忘的手枪都好。

很不走运。

她虚弱地揪着脚踝上的绳结，她的双手已经派不上用场，唯一能做的只有无力地摩擦着绳子。以这种速度，她想磨断它们大概需要……哦，可能要一千年。她把脸埋进了膝盖，根本无能为力。

凯莉走了。

迈克尔在俄勒冈州东南部。

警察还在莫拉拉一座空房子前闲逛。

杰克不知道她去哪儿了。

除了凯莉，没有人知道她在哪里。**拜托了，让凯莉带着警察回来吧。**

凯莉求援大概需要多少时间？她是否带着手机？她的车停在附近吗？

莱西看不到其他任何希望。

火的温度驱散了让她牙齿打战的寒冷，她暂时忘记了隔壁房间的凶手，瞌睡起来。虽然裤子仍是又冷又湿，但火光从寒冷的空气中透过来，她的肌肉放松下来。神圣的温暖。

对不起，杰克，我不是有意让梅洛迪受伤的。

她不该睡着的，脑部受撞击后入眠不是个好的选择。这种感觉却是如此舒服，她只想让自己放松一小会儿，谁知道她还有多少时间能感受到温暖的火光呢？在无能为力的环境里，一切担心都是多余的，她应当节约些精力和能量，她之后也许会用到它们。

她只睡几分钟。

他们不停给他打电话。

罗伯特接起第一通电话，和谈判专家聊了几分钟，要求提供四个大汉堡和一品特"胖丈夫"牌冰淇淋。他告诉他们这儿没有任何食物，如果他们能让他的肚子不再咕咕直叫，他就有可能听他们的话。他挂断电话，咧嘴笑起来。

又争取到了一些时间，离这儿最近的麦当劳也要一小时才能到。

第四次通话以后，他关上了不停震动的手机。如果每五分钟就要打断他一次，他根本做不了计划。他只会冷淡地答上一两句，询问自己的食物到哪儿了，为的只是让他们相信他愿意谈判。如果他们认为能说服他走出屋子，就暂时不会开火。他会一直陪他们周旋，直到他准备好为止。

他悄悄打开通向主卧的房门，查看人质的情况。莱西睡着了，背靠着墙，头挨在膝盖上。她现在看起来没有那么性感了。他皱起眉，她浑身是泥，脏兮兮的。她对他的吸引力陡然下降。

在那次募资晚宴上，她身穿一袭黑裙，那么美艳动人，不可接近，而他是那么想触碰她。他回忆起她裸露的光滑背部，血管中情欲暗涌。她需要洗个澡，然后又会妖媚如初。

凯莉跑到哪儿去了？他检查了主卧，满怀期待地希望看见凯莉又想解救自己的朋友。关于凯莉，只有一点可以确定，她永远忠于自己所爱的人，比如她的女儿。

他的笑中带着挖苦，突然明白了什么。

这就是凯莉一路追踪他的原因,她害怕他暴露自己的女儿。

她的假女儿。他只消说上几句,就能毁灭他们的婚姻。单单是告诉她丈夫杰西卡不是他的孩子就能把他逼疯。要是他这么做了,她会杀了他吗?怎么个杀法呢?毫无意识地用手电筒把他打死吗?他摇了摇头。凯莉行事不是毫无计划,她必须深思熟虑,而不是感情用事。

她对杰西卡爱到了会为她杀人的程度吗?

他的眉毛皱了起来,他从没从这个角度出发思考过这件事。为什么他起初听说凯莉失踪时没有想过这一点呢?她知道他一定不会摧残她的身体,毕竟他欠了她那么大的人情。但她一定觉得如果警察在追查前几桩谋杀案时把他捉拿归案,他会透露出杰西卡的消息。凯莉必须保证他不会说出去。

他哼了一声。小凯莉觉得自己可以拿下一个职业杀手。他不再去想凯莉,重新把注意力集中在莱西身上。

莱西的头发在火光中发着光,尽管她的头发全乱了,他仍想把手指伸过她的头发,感受它们的触感。当他把她丢进牢房时曾匆忙地感受过一次,但那还不够。他那时太匆忙了,况且天色又黑。现在他有大把时间,可以好好摸索。

他最爱事物的质感,各种质感。

她柔软的头发垂在他赤裸的大腿上是什么感觉?

他悄悄走进房间,全然忘记了对付警察和特警小队的计划,眼里只有在火光边倒下的女人。

她的呼吸声舒缓而平稳,除了火焰间或的噼啪声,那便是整间房间唯一的声音。外界没有噪音闯入他的王国,周围逼近的警察消失了,在此处只有他和她。

他穿过房间时,想象着她的头抬起来睡眼惺忪地朝他笑着,刚睡醒的眼睛温润如水，对他毫无惧色。他心里翻腾起激动的火花。他会把她稍稍松绑，她会感激他，对他感恩戴德。她会明白如果自己表现得好，他是不会伤害她的。

他站在莱西面前等待着，享受着这寂静的时刻，此处的一切都宛如天国。他蹲下来伸出手悬停在她的金发上，品味着抚摸到她之前充满爱意的这一刻。他随即爱抚了她的头发，手指滑进去感受着柔软愉悦的触感，发丝挑逗着他手指上敏感的部位。

她轻轻叹了口气，慵懒地转过头来，让他能够触摸到她耳后的部分。血管中飙升的兴奋让他头脑发热，他知道一切都会美妙绝伦。

"莱西。"他低语道，靠得更近了。

她的手从膝上微微抬起，慢慢睁开眼睛。

"杰克？"

她看见了他的眼睛，尖叫起来。她跌坐在地上，手脚并用地想要逃走，她的尖叫没有停下来，张大了眼睛看着他，眼里流露出憎恨和恐惧，她靠着墙瘫软下来。

这和设想中的不一样！

愤怒涌上他的神经，愤怒的血丝布满双眼。他从地上站起来，大步走过去抓住她的头发，把她的头朝后拽，在她脸上扇了一巴掌。然后又是一巴掌。

"闭嘴！闭上你的臭嘴！"

她猛地闭上了嘴，但眼睛仍睁得很大，眼底的恐惧不断蔓延。他幸灾乐祸、心满意足地看着她。既然她不愿回应他的温柔，那么，就让她回应他的痛苦吧。

第三十五章

梅森看见帕蒂森一只手压在头戴耳机上，察觉到他的身子明显挺直了。男人的脸上面无表情，嘴唇启合，回应着对讲机中的声音。

有什么事发生了。

帕蒂森朝梅森的方向投来迅速的一瞥，手仍掩在耳朵上。

"发生了什么？"梅森咕哝着走向帕蒂森。他的情绪糟透了。

"我来弄清楚。"雷越过梅森，用魁梧的身材挡在他和帕蒂森的视线之间，逼得梅森只得停下，不然就会被他的脚跟绊倒。

梅森在搭档背后大为恼火。他的手指突然渴望拿起一根香烟，这令他大为震惊，他戒烟已经有二十年了。

压力简直快要了他的命。

帕蒂森和雷各让了一步，帕蒂森看向梅森，让他也加入进来。指挥官看起来随时打算赤手空拳把一棵冷杉连根拔起。

"科尔多瓦，我的一名狙击手，几秒钟前听见小屋里传来女性的叫喊声，但很快就停止了。"

梅森的额上开始冒汗，胃里仿佛插了火把。鲍比把她杀了。一切都太迟了，他们花了太大功夫在不必要的谈判上。他想吐，一只手拍在肚子上。

"她没事。"雷很冷静。两个男人都愣愣地看着他。

"鲍比想在这儿干一件光荣的大事。"雷解释道,眼神恳切,"他已经把这一点说得很明白,想想他留的便条,还有至今为止所有精心的安排,这件事不可能以他在小屋里私自杀死一个人收场。这会是个巨制大片,而他会是主角。"

梅森看着他的搭档。*雷是对的,真该死。他是对的。*

但事实还没有得到确认。

杰克蹲在雪地里,小屋只有几英尺远了。

恐怖的尖叫声让他热血沸腾,但尖叫马上就停了下来,他的血液仿佛一下子凝住了。他不能相信还会发生比让莱西尖叫更坏的事,但随之而来的沉默却让他感到十二万分的惊骇。

他祈祷着,希望自己没有来晚。

莱西彻底醒了,面对着眼前的男人,每一根神经都因为恐惧而绷紧。鲍比怒火中烧,他吐沫横飞地冲她叫喊,把她的头往后拉扯、猛拽,直到她感觉到头发从头皮上掉落,然后他扇了她。

他的巴掌让她的头脑发晕。她看着他的牙齿,它们在他幸灾乐祸的笑容中裸露出来。上颌骨的侧边门牙是几颗小牙,和其他的牙齿相比显得又尖又窄,它们近看起来很像短獠牙。她无法移开视线。

突然打碎的一面玻璃让她从喉咙深处发出一声尖叫,鲍比放开了她的头发,她伏倒在地板上,用双手护住头。莱西朝一边倒去,想要放低身子,受伤的手肘遭受的冲击让她喊出声来,她的肋骨一阵刺痛。

她瑟瑟发抖，等待着下一阵枪响。

绑匪咒骂着，她睁开了眼。一块巨石穿过屋顶降到了屋子里，四周有碎玻璃洒落。

不是一阵枪响，而是一块石头。

她一言不发，视线紧紧盯着这块灰色的大石头，谁会想到鲍比会被一块石头吓得魂飞魄散呢？

一定是凯莉。泪水模糊了视线，这个傻姑娘还没走，还没去求救。

"愚蠢的婊子。"鲍比低声咒骂着。鲍比匍匐着快速移动去了另一间房间，片刻之后拿着一根长绳回来了。

还需要绳子？他想把她拴在哪儿呢？她哪儿都不打算去。她精疲力竭地把脸朝向地板，她连坐起来的力气都没有了。坦白说，她也并不在乎。鲍比把她拉起来，让她坐直，她反抗着不想直起身，像喝醉了似的左右躲避着。他把绳子从地上的圆环里穿过、拉紧，检查好绳结，然后心满意足地点了点头。

他捡起一块木柴放在她背后，他坐在上面，轻轻把她朝后揽到自己的小腿上，这让她吃了一惊。她的皮肤靠在他身上，任他触摸。某样冰冷、细长的物体缠绕在她的脖子上，她猛地张开了眼。又是一根绳子！他想把她绞死。

她屏住了呼吸。

但他没有勒紧绳子，而仅仅把它拉在那儿，视线集中在门上。

现在她明白了，鲍比在等待一名观众。

然后他就会把她勒死。

凯莉，我给你准备了份大礼。这是你朝我太阳穴上扔手电筒的回礼。一丝微笑从鲍比脸上闪过，他耐心地坐了下来。莱西挡住了他身体的大半部分，人从门口很难看到他。他埋下了头，这样就没有人能够避开莱西射伤他。

凯莉可以目击到朋友慢慢被勒死的全过程，她会跑来帮她，这时他就可以把她放倒。然后他利用凯莉引诱警察进入房间，迎来大结局。警察还在森林某处待命，愚蠢地遵循着刻板流程，他们从来没有自己的独立思考。

"进来吧，凯莉。"鲍比提高了音量，让外面的人也能听到，"我有样好东西要给你看。"他已经按捺不住话语中的笑意。

他的俘虏在绳子后发出格格的喊声。

"是不是绳子太紧了？这很容易调整，把绳子拧向一边就会让它松弛一些。"他陈述着，莱西深吸一口气，"往另一边拧，它就会拉紧。"她的身体痛苦地颤抖着，他稍稍松了松绳子。

他拍了拍她的头发，仿佛她是一只低鸣的小猫。她试图把头从他的抚摸中抽走，他的手冲到她的喉咙上，她发出了一声沙哑的叫声。

"哦，听起来很痛。"他说，"也许你该放松点，顺着我的意思做。"他的手移到了她的肩上，然后慢慢滑到她的胸部。

她的头发疯狂般地抖动起来。

他生气地把绳子紧了紧。"我想你和我之间没有商量的余地。"他的手一下子降了下来，那股温柔劲儿了然无踪，他掐住她的乳房转动着，直到听到她的呻吟声。

他又微微松了松绳子。要是能和她玩上几个礼拜，那真是再好不过了。

"你这个恶心的混蛋。"

听到一个男人的声音，鲍比的身子抽动了一下。喜悦的颤抖遍布全身，他看到一个高个子站在门廊里，手拿一把手枪指着他。

这样的情形真是太甜蜜了。不是凯莉看着她死，而是莱西的男朋友。

完美。

莱西睁大了眼睛。

杰克来找她了，他找到了这栋房子，也找到了她，还逼着自己拿起枪保护她。她的双眼炙热地燃烧着。他看起来那么英俊、高挑、帅气，他完全被激怒了，紧咬着牙。她眨了眨眼，爱情的热浪穿过她的身体。"哦，上帝啊。"她的双唇安静地一开一合，她从前还不知道，她还不知道自己已经如此强烈地爱上了这个高大强壮的男人。她没想过她会再次流泪，但两行泪却划过她的脸颊。

他愿意为了她去死。

但现在不行，因为现在她刚刚发现他对于她而言多么重要。她冲他摇着头，刺痛的喉咙在绳子上摩擦。他的风险太大了。杰克没有理会她的暗示，只把注意力集中在背后的人渣身上。

"我觉得，我会朝你的脑袋开一枪，然后结束这一切，鲍比。"

绳子勒紧了，莱西眼冒金星。

"别这么叫我。我现在是罗伯特了。"他像个被宠坏的孩子一般抱怨着。朦胧之间，莱西感觉到这种不成熟的反应，鲍比对于自己童年时的名字非常痛恨。

"你开枪，会先打到她。"

莱西感觉到鲍比在她的身后垂下了头，继续说道："你不开枪，她就会在你的注视下死去，你根本不可能把她活着带出这个地方。"

鲍比指着小屋的墙壁。莱西倒吸一口气，瞥见了光滑墙面上十字形的小铁丝。

他会让整个屋子燃烧起来。

杰克张大了眼看着她身后的某样东西，她轻轻转过头，眼角的余光努力延伸着外围视线。鲍比手里正拿着一个小型远程遥控器。

"该死！这个无耻的狗娘养的白痴！"

帕蒂森的脸阴沉下来，涨得通红，梅森思考着他的舒张血压现在到底有多高。

"她的男友刚刚从前门走进了屋子，大摇大摆，他会害死自己的。"

梅森心里默默为哈珀欢呼，好一个自大的混蛋，随即又咒骂起他的愚蠢。是他一直要插手警察的事务，让情况更糟，他在用下体而不是脑子思考。

"然后发生了什么？"雷的声音听起来有些哽咽，他很可能和梅森抱有同样的想法：哪怕为了这种愚蠢的冲动，这个男人也是值得尊敬的。

"什么事也没发生，那里没有传出任何声音，你的那位平民也佩戴了武器。"帕蒂森责备地看着这一对警探，"你们没有告诉他携带武器。"

"我们不知道。"梅森耸耸肩，"他曾经是个警察。"

梅森冲雷扬起一根眉毛，搭档垂下了眼睛。雷知道这件事，但他谁也没告诉。梅森闭上了双唇。他不想当着帕蒂森指挥官的面朝搭档发火，想等待会儿私下里再教训他。

帕蒂森踹了一脚特警卡车的轮胎。"现在房子里有两个该死的需要营救的人质了。太糟了！"

鲍比对于自己的随机应变和准备充足感到骄傲。刚才他的处境急转直下，但他会解决这一切的。他曾经想象过一模一样的场景：自己挟持着人质，有人拿枪指着他的头顶。但他总觉得拿枪的应当是一个警察，而不是人质的男朋友。

好吧，这个男人以前也当过警察。又是男友，又是警察，太有意思了。

哈珀皱起了眉，意识到自己的行为是多么愚蠢。他注意到了缠着线圈的墙壁和远程引爆器。哈珀现在再也不觉得自己有多聪明了。一个人应当在采取每一步行动前先调查环境，三思而后行。

仓皇逃窜是最糟的情况，就比如现在。

一股强大的力量在鲍比胸口膨胀，他比所有人都聪明。

他感觉到莱西扭着头，于是又稍稍拉紧了绳子，她的动作僵住了。整个形势都掌握在他手中。他的大拇指把玩着引爆器上的按钮。想到他将会不可避免地失去自己的家，一丝悲伤掠过心头。在这儿曾发生了那么多事，在这儿他学到了那么多。

他压制住这种情绪，对着杰克露出了微笑。"面对现实吧，哈珀，你们不可能同时活着从这儿出去。你现在转身离开，你们两人之间还有一个能活命。"

"你也会死。"

他是不是把他当成傻子？"别扯淡了，死亡根本吓不倒我。凡是有必要的事，我都会去做。反正我无论如何都会被人铭记的。"

杰克抬起了眉毛。很好，他自己也糊涂了。

鲍比感觉到莱西的后背松弛下来，轻轻摇晃着朝一侧倒了下去。

他勒得她因为缺氧而昏迷了过去。不！她必须在他干这件事时保持清醒。他把绳子放松了几级，想用膝盖把她的身子扶正。

她突然向左边扑去，把绳子从他松开的拳头里抽了出去。

他甚至都没听到枪声。

莱西觉得杰克已经收到了她的暗示。她看着他的眼睛，朝她左侧的地板使了五次眼色。他轻垂下下巴，表示点头。

她做了个深呼吸，假装大脑缺氧，倒向一边。她感觉到鲍比松开了致命的绳子，她一下子跳到了另一侧。

杰克的枪响了两次，屋里的四面墙壁闪着火光，炸药在一瞬间引爆了，天花板着了火，发出震耳欲聋的嘶声。

"走，杰克！出去！"他根本来不及把她救出去，她仍旧被许多绳结绑在圆环上。她呜咽着在坚硬的地板上缩成一个球，脸深埋在两臂之间，祈祷着疼痛不要太强烈。

"上帝啊！"

杰夫·科尔多瓦把视线从狙击来复枪的瞄准镜上抽开。棚屋里的每一扇窗户同时燃起火焰，若没有夜视仪的安全保护，这阵火光可能会让他双目失明。

在此之前，他一直百无聊赖地听着耳机里指挥官抱怨着那个该死的平民，突然间，两声枪响划过了静谧的森林。在杰夫还没来得及转达这个消息时，屋子就爆炸起火了。

"房子着火了！他把房子给点着了！"

耳机里，他也能听见其他狙击手的喊叫，声音盖过了帕蒂森的指令。

杰夫朝着火海走近两步便停住了。他还没做好充分的准备走进一栋着火的房子，他向周围的森林扫视了一圈，寻找着两支待命等候突击进入房子的部队。他扯掉了耳机，受了惊的叫喊声快把他的耳朵震聋，他根本无法思考。

"不！杰克，不！"

听见身后的叫喊，杰克转过身来，一个高大的男人正朝他冲来，目光紧盯着火焰。杰夫举起武器，与此同时注意到这个男人黑色的针织帽和夹克衫。他放下了来复枪。又一个平民。

这个人从他身边冲了过去，但杰夫朝他扑去，用球赛里犯规的截阻方式把他扑倒在雪地中。那个男人拼命反抗，朝杰夫的脸部踢去。"放我走！放我走！我必须把他们救出来！"

杰夫把自己身体的重量压在男人背上，把不安分的手臂拉到身后。

"快放我走！我必须得进去！"

杰夫猛拉一下他的手臂，把他的脸按进了雪里。"你不能进去！一切都太迟了！"

这个男人突然间停止了挣扎，胸腔起伏。他慢慢抬起头望着火光，喃喃着什么，话语中充满无奈。

杰夫看向大火，胃里翻江倒海。十五秒里，烈焰已经烧到了小屋的房顶。滚滚黑烟如云雾般上升，与飘落的雪花融在一起。

没有人能在这样的大火中存活下来。

这个特警部队的八年老兵从未觉得如此无力。

两声枪响响彻森林。野外指挥部里每一个脑袋都朝树林中看不见的木屋方向伸长脖子。

"是你的狙击手开的枪吗？"梅森朝帕蒂森喊道，后者摇了摇头。指挥官的脸上突然露出惧色，梅森惊讶于这种脆弱。

"着火了。"帕蒂森睁大了眼小声说，他震惊的眼神和梅森的眼神相撞。

"什么着火了？"雷喊。

"棚屋，就是那个该死的棚屋。第一小队，现在立马冲进去！"帕蒂森的脸上难掩愠色，他重新开始掌管局势。"科尔多瓦！布莱克！艾利森！你们看到什么了？"

梅森朝森林跑去，但雷抓住了他的手臂。梅森生气地甩开他的手，从这个年轻人的身边转过去，嘴上责骂着他，但雷眼里的怒色让他停了下来。

"你又能做什么呢？只能碍事而已！"

梅森答不上话来，心提到了嗓子眼。

雷是对的。

于是，他只是盯着森林中不断蔓延的金色火光，闭上了眼，默默祈祷。

莱西咳嗽着，喉咙仿佛被塞住。

浓烟滚滚，窒息的痛苦令她口干舌燥。只要再有一分钟。**再有一分钟，我就会在黑烟里失去意识，就感觉不到火了。**她把脸埋到地上瑟瑟发抖。整个房间迅速升温，橙黄色的火舌离她只剩一尺远。

她哀号着，想到自己马上就要引火焚身，就像那两个太平间里的女孩儿，如她在最恐怖的噩梦中所见的那样。

"找到你了。"莱西感觉到一双强壮的大手举起了她，有什么东西罩住了她的脸。**杰克！**

他挪不动她，她还被绑在环上。她能听见他咒骂着拉着绳子。她哭喊着全身瘫软下来。他不可能来得及把她松绑。"出去！放我下来，你快出去！"她尖叫。她感觉到他又开始拽绳子，便用被绑住的双手推开他，她的视线被他蒙在她脸上的夹克挡住了。"出去！"

他把她的双肩放到地上，疼痛向她的头部袭来。她感觉到他走开，松了口气。*他走了。他会安全离开的。*

莱西又感觉到绑在脚踝的绳子上传来一阵震动。是杰克拿着刀回来锯开了绳子。绳子的紧绷感消失了，她的腿抽搐着。刀被扔在地上，他把她从背后抱了起来。

*愚蠢的混蛋！没有时间把她也带走了！*她朝他的手臂又踢又打，仰起头想甩开脸上的夹克衫。

"莱西！待着别动，该死！"

她感觉到他被绊了一跤，他们一同倒下，他抓住了她，让她舒了一口气。她挣扎着想从他手臂中扭开。*他必须出去！*

"别逼我把你打晕！不要再反抗了！"

他又用双手将她举起，这一次他把她举在了肩上，如同装在背袋中的小孩。蒙着她脸的夹克衫敞开了，她大口吸着空气。

她的喉咙犹如火烧般疼痛，在她咳嗽抽噎时，吼头的组织像是被烤焦了。她的视线暗淡下去，努力想要呼吸，但已经没有氧气了，她在浓烟中失去了意识。

她在做什么？

杰克挣扎着制服住莱西，对于她竟然在反抗自己表示惊讶。

他看见自己的两次枪击在那个混蛋的前额上留下两个弹孔，随后墙体爆炸引起了一连串连锁反应，浓烟一瞬间笼罩了屋子，莱西从他的视野中消失了。鲍比一定在子弹打穿他的头颅前按下了按钮。他跪在地上，朝着莱西的方向爬去，试图用夹克衫掩住口鼻。他的双眼灼痛着，又在浓烟的刺激下涌出泪水。

然后，他找到了她。她蜷缩成球咳嗽着，甚至都没有试图逃出去。

她屈服了。

她反抗着他，踢他，摇晃着绑起的双手。她的眼睛紧闭着。

他做了个深呼吸，牢牢抓住她，把夹克盖在她的脸上，用手臂将她揽起，但她却还被绑在地上。他猛拉着绳子，惊恐流遍全身。他突然想起插在自己靴子里的那把亚历克斯的小刀，释然地发出一声呜咽。他用小刀割开了绳子，再一次举起她。一切都很顺利，直到她四处扭动，逼得他绊了一跤。

他决不会把这件事搞砸。

他深吸一口气扶住了她，然后把她抛到了肩膀上，弯下腰朝门走去。"什么……"一个矮桌撞在他的小腿上，险些再次把他撞倒。他心乱如麻。

该死！门旁不该有一个桌子。

他在浓烟和困惑中失去了方向。

莱西不再踢打，无力地在他背上瘫软下来。主啊，不行！

杰克盲目地转了九十度摸黑往前。他的大脑因缺氧而眩晕。他无法再继续维持呼吸了。他感觉到自己裸露的双臂和脸庞在高温中起了水泡，恐惧侵蚀着供氧不足的大脑。

该死的门到底在哪儿？

梅森和雷跟着帕蒂森跑过了森林。既然指挥官要去现场，那么梅森也一定要跟去。警察之中爆发了大规模的混乱，森林里充斥着喊叫声和质疑声。

他们全都涌进了一片空地，也踏入了地狱。

他们看不见棚屋，那里无异于地狱。浓黑呛人的烟雾中爆发出红橙色火焰，热气穿过冰冷的空气从梅森的面颊上呼啸而过，他后退几步。况且他还没靠得多近。

"我的老天啊。"雷轻叹道，他的视线凝固在大火上。

梅森除了瞪大眼睛，什么都做不了。

一圈警察和特警部队松散地在空地周围围成一个圈，他们都退到安全区里，避免被浓烟或火星烫伤。他们进行着搜查，希望能找到一丝生命的迹象。任何迹象。

梅森闭起眼，感觉到热浪掠过他的眼皮。哈珀和莱西到底在经受多么残酷的地狱般的折磨啊！

突然，他听到身边有一声呼喊，一个金发女人跟跟跄跄地走出森林，梅森的心脏漏跳了一拍。

她做到了。

他眨眨眼驱散浓烟。那并不是坎贝尔医生。他的心又落回谷底。**莱西还被困在大火里。**

女人从燃烧的棚屋里冲出来，三名警察抓住了她。她努力想挣脱他们的手，尖叫着，但梅森听不清她的话。

"该死。那是凯莉·凯兹！"雷的声音压过了喧哗声。

到底发生了什么？

更多叫喊声将他们的注意力从女人身上拉开。有什么东西在火焰中移动。那是人形。

梅森的嘴巴张得很大，他看见哈珀把莱西扛在肩上，一瘸一拐地走出火海。哈珀跪了下来向前倒去，把她扔在了地上，扯下她脸上起火的外套。他的头发被烟熏黑了，衬衫的一只袖子起了火。

每个人都向这对情侣冲去，有人用外套扑灭了杰克手臂上的火，梅森把自己的夹克衫罩到杰克头上，把即将燃起的火苗压灭。他在杰克向前倒下时抓住了他。男人的脸被烧黑了，手上起了水泡。他试图说话，却发不出声。

警官把两名火中逃生的人拖到了安全距离，梅森把哈珀灼烧的手掌按进雪中。哈珀充血的眼睛和梅森对视，他想要再次开口。

梅森摇了摇头。"别讲话了。"

烧伤的男人推开梅森，想扭过身去看莱西。她一动不动地仰躺在雪中，手臂在身体两侧伸展，两个男人正在对她进行心脏复苏。

一阵悲鸣从杰克烧伤的喉头发出，他笨拙地朝她的方向冲去，但梅森抓住了他。梅森的手臂环住哈珀的肩膀，把他牢牢按住。梅森从哈珀的背部感受到强烈的心跳声，他最终听清了哈珀混乱不清的话语。

"她死了吗？"

梅森回答不出，警察仍在进行心脏复苏。*别让她死*。哈珀的肩膀垂了下去，重重地靠在梅森身上。

蹲在莱西头部那边的警察做了个手势，示意另一名警察不要再加压。他弯曲的手指搭在她的下巴下方，感受她的脉搏。他把头凑近了些，留意着她胸脯的起伏。这一瞬间仿佛无限漫长。随后他咧嘴一笑，朝其他警察点头。"她恢复了呼吸，脉搏稳定。"

哈珀大大地松了一口气。"上帝啊，感谢你。"他的声音嘶哑。

梅森无言地赞同。

尾声

杰西卡"咚"的一声在雪人身上放上一个不对称的头。雪团晃了两下，小女孩儿又在它的脖子周围拍上几捧雪来加固它。莱西总觉得冬天似乎永远不会结束。自大火以来已经过去四周，而地上的积雪依然那么厚。

"谢谢你没有把她的事情告诉警察。"凯莉低声说，"我不知道如果克里斯发现杰西卡不是他的孩子会怎样，而且她也不是我的。"

两个女人肩并肩站着，莱西向外看着玩雪的小女孩。白色的背景中，戴着红色连指手套和帽子的杰西卡为景色平添一份喜悦。

"她是你们的，是你们两个人的。"莱西试图微笑，"要是苏珊娜知道她现在和你在一起，一定会很高兴，没有人能比你和克里斯更爱这个孩子了。"

凯莉的脸色阴沉下去。"这件事一直像乌云一样在我的脑海里盘旋不散，我试着不想起苏珊娜。几年来我差点让自己相信杰西卡是我亲生的。"

"你还有可能再生一个呢。"这是个问题。

"我生不出。"

凯莉这句简单答案中饱含强烈的痛苦，莱西把她从窗边拉走，让她坐在沙发上，把所有注意力都集中在她身上。现在是该听到答案的时候了。那晚从着火的房子中逃离出来，她还没有和凯莉说过话。当警察提起凯莉被诱拐的事件时，莱西守口如瓶，只告诉几位警探绑匪把她们分开关押，她当时也不知道凯莉在哪儿。她说，她甚至不相信凯莉还活着。

莱西的声带差不多恢复了，在很长一段时间里她的声音都很沙哑，说话时伴随着巨大的疼痛。她断了四根肋骨，一根桡骨，还患了严重的脑震荡。但在医院里住了一段时间后，她的身体逐渐痊愈。然而，心灵的治愈却花了更久。那些梦魇时常在她脑海中闪回。只不过这次，梦魇中出现的是浓烟、烈火和恶魔。在它们的包围中，她被困在棚屋里，无法从火海的热浪里逃出来，也无法挣脱鲍比·德科斯塔的魔掌。

由于本该接受审问的杀手已经死了，警探只能尽其所能把交汇山的几起旧案联系在一起。他们认为戴夫和鲍比在交汇山和科瓦利斯之间奔波，几年来都在实施谋杀，他们时而共同犯案，时而单枪匹马。他们的母亲称自己一无所知，她也称根本没听说过失踪婴儿的事。

莱西清了清嗓。"为什么你生不了孩子？"

"你还记得我在大学里流产过一次吗？"

莱西点头，但那段记忆已经非常模糊。

"那时候医生告诉我我有双角子宫，这通常不是什么大事，但我想我的情况比较严重，这也就是导致我流产的原因。他们怀疑我肚子中的胎儿不能活到妊娠期满，除非我动手术。但那时我没有医保，也不想在大学期间就怀孕，所以认为晚些再做手术也没问题。我曾告诉自己，当我到了组建家庭的年龄，总有一天要解决这个问题。"

"克里斯知道吗？"

凯莉摇头。"这件事在我们交往之前就发生了，而在收养杰西卡之后就更难以启齿。我该怎么说？我能说'是这样，我其实得动手术才能生孩子，杰西卡是个例外'？我只是让他相信受孕很难，我们一连努力了几个月，但我也只能对着这个巨大的难题摇头兴叹。最终，我开始对他说我只想要一个孩子。这样的生活该怎么维持下去？"

"不再流产？"

凯莉垂下眼。"我注射荷尔蒙，现在还在注射。"

她在惩罚自己，因为收养了苏珊娜的女儿惩罚自己。她不能再生孩子了。

"你是如何得到这个婴儿的？"莱西低声问道。

凯莉换了个姿势，目光一直停留在大腿间绞成一团的双手上。"他把孩子给了我，我没有主动要过来，我甚至不知道她是谁。"

"谁把她给的你？"

"鲍比·德科斯塔。"

"你真的认识他，在庭审前就认识了吗？"

凯莉摇摇头，恳求的眼睛抬起来望着莱西。"不，我和他是在庭审期间遇见的。他总是在法庭外面的走廊里坐着，从不看谁，也不和任何人交谈。我听说他患有某种精神障碍，所以才会和他说话。"

莱西理解地点点头，凯莉的弟弟帕德里克患有严重的精神障碍和生理残疾。

"他从不和我讲话，但一直在倾听我。我想对他好些，因为其他所有人都把他看得一钱不值。我听说他由于生理缺陷说不了话，但他看上去很聪明，我同情他。在我单方面的讲话中，我无意中提起自己生不了孩子，那时候只是试图和他建立起情感上的联系。他不能说话，我不能生育。我知道不孕不能与失声相提并论，但我只是想要告诉他没有人完美无缺。"

"几个月后他出现在我家门口，手里抱着一个漂亮的女婴。当时在一次大吵之后我和克里斯分手了。我们不再来往，我饱受抑郁和孤独的折磨。杰西卡带给我新生，她重新完整了我的生活，让我最终能够积极地面对未来。我搬到姑妈弗吉尼亚家里，把杰西卡当作亲骨肉交给了她。"

"你没有问孩子是从哪儿来的？"莱西一动不动地坐着，声音嘶哑。

"我问了，那也是我第一次听到他说话，他的声音没有任何问题。"凯莉的音调在一瞬间带着嘲笑，"他告诉我他的一个朋友无法养育她，而他希望我能得到这个孩子，因为我是唯一一个对他那么好的人。他认为这是对我的帮助。"

"但是需要办理的那些法律手续呢？出生证明？"

凯莉摇头，移开了目光。"这一切都由姑妈操办了，我不知道她是如何做到的，也不关心，我只想把这个孩子留下来。"

"然后你就和克里斯复合了。"

"他对于我有了一个宝宝感到无比震惊，但从看到杰西卡的第一眼起就爱上了她。"

"你不知道孩子是苏珊娜的？"

凯莉抬起头朝窗外看去，望着女儿正在用几块石头帮雪人摆出笑脸。"直到她五岁时我才意识到这一点，有一天我看到她歪着头皱起鼻子。"凯莉说到这儿，莱西吸了口气，"你知道吧？这让我震惊。我仿佛看见苏珊娜做着一模一样的动作。然后我意识到，她的眼睛很像苏珊娜，那时候我就猜到了。"

莱西无言。她曾多少次看见苏珊娜做这个动作？

"我随后意识到鲍比一定对苏珊娜做了什么，他的哥哥被捕入狱，所以他一定在苏珊娜的孕期把她关在哪里。一旦我意识到可能发生的事情，我一下子就觉得非常不舒服。"

"你应该去报警的！"

"他已经消失很久了，他和他的母亲，而且我也不确定他是否是参与苏珊娜绑架的那个人。"

"凯莉！可是是他把你发现是苏珊娜亲骨肉的孩子带到你面前的啊！警察需要这样的信息，这样他们就可以找到他，向他问出苏珊娜的下落！"

"但那时候已经过了五年多了！"凯莉抗辩道，"我不知道该怎么做！然后……就发现了苏珊娜的尸体，那些男人开始接二连三地死去，我才确信他就是幕后黑手。这很显然是复仇谋杀，在庭审期间，我看见他对自己的哥哥何等忠诚。如果有任何人在打击那些把戴夫·德科斯塔投进监狱的人，那无疑就是他的弟弟。"

"你为什么不去报警？也许他们就能阻止他！这一切都不必发生了！"

"我害怕这会暴露杰西卡的身世。"凯莉看着莱西的眼神一下子变得犀利暴躁。"我不会让他毁了我的家庭。"凯莉甜美的脸庞上迸发出炽烈的情绪。

但是你害得其他人死了。甚至我都差点丧命。莱西紧闭上眼。

"我知道你不会赞同我的做法。但你不会懂的。因为你没有孩子——所以你不会懂，为了保护杰西卡，让我杀了他都可以。"

门铃响了，打破了房间里的僵局。"我得走了。"凯莉抓起手提包向门口冲去，快速拉开了门。

"凯莉，遇见你真高兴。"莱西的父亲站在门口，手里拿着一个纸板盒，"我看见杰西卡在院子里。她长大了。"

"是啊，长大了。"凯莉的眼眶湿润了，回头看了看莱西。她从另一位坎贝尔医生身旁飞掠而过，从门廊里飞奔而去。

莱西静静地望着凯莉逃跑，完全被她的表白震惊了。凯莉本有能力制止这一切，但她什么都没做。莱西的心碎了，觉得自己会和凯莉绝交。坎贝尔医生敏锐的目光扫过女儿的脸庞。

"爸爸，你不必按门铃的。"莱西挤出一个笑容，紧紧盯着盒子。*他把它带来了。*

"我拿不过来了。"他把盒子递了出去，但她没有伸手去接。

"是那个东西吗？"

"我可费了不少功夫把它偷出来，明天就要把它送回去。"

莱西犹豫不决地接过了盒子，它长宽约十五英寸，轻得像没装东西。她努力压制住颤抖的双手，把它放在了沙发上。

父亲将双臂环绕住莱西，紧紧拥抱了她。"我不明白。"

"我知道。"她搓着他的背，将脸埋进他的大衣里。

整个房间都安静下来。

"你听到有关迈克尔的消息吗？"他后退一步，慢慢抽离双臂，想看着她的眼睛。

莱西笑了。"他一段时间内都不会回来了，他打算去红石山谷攀岩，再去科罗拉多河漂流。"

"有女人陪他吗？"父亲扬起了眉毛。

"我可不觉得他要一个人完成这两段冒险。"

他凝视着她，琢磨着她的表情。"他是个好男人。我一直以为你们两个……"

她摇摇头。"爸爸，我们不合适，迈克尔也知道，我也知道。"

他的父亲看上去不太相信，但他改变了话题。"你的另外那个年轻男伴呢？"

"我就在这儿呢。"杰克从厨房里走出来，银色的眼睛闪闪发亮，莱西知道他听到了最后那段对话。

坎贝尔医生冲着杰克绑绷带的右手点头示意。"恢复得如何？"

"很好，移植的皮肤生长得很顺利。"杰克的手揉着嗞啦作响的头发，"头发长得快比当兵的要长了。"

他的头发也烧焦了，于是他剃了头，总让莱西觉得自己在和范·迪赛尔 ① 约会。她想念他那头又黑又粗的头发。

莱西也剪了齐耳短发，大火里她的头发烧掉了几英寸，而美发师又帮她剪去了更多，想让发型显得活泼、精神一些，以此衬托莱西的脸型。她从未留过短发。

她很讨厌这个发型。

父亲咧嘴笑了，深情地拍着杰克，捏了捏他的肩膀，再一次拥抱了莱西，然后道别离开。

杰克把莱西揽入怀中紧紧抱住，她把头挨在他的心脏部位，聆听着令人舒心的跳动声。"我听见凯莉走了。"

莱西什么也没说。

"你关于杰西卡的猜想是对的吗？"

她靠着他的胸脯点了点头。

"盒子里是什么？为什么你爸爸明天还要还回去？"

她想要自己一个人打开它，但他们已经相互承诺过要一起面对

---

① 范·迪赛尔（Van Diesel），美国电影演员，主要作品有《拯救大兵瑞恩》、《速度与激情》等。

问题。自从那场大火以来，除了手术期间，杰克一步也没有离开她身边。而在手术那段时间里，他坚持要让迈克尔或莱西的父亲陪伴她。有两次他从麻醉中苏醒，挥舞着拳头喊着她的名字。在半清醒的状态下，没有人能抚慰他的情绪，直到他听到她的声音，触摸她的脸颊。

莱西再也不担心他花心的过去，或质疑他承诺和她开始交往的真诚。在这样的劫后余生中，任何男人都可能会溜走，但杰克留下来做她的支柱。他对她说，他想和她在一起。大火过后的一段时间里，他把这话重复了十几遍，紧握她的手，仿佛他说这一切都为时已晚，仿佛害怕她的拒绝。

莱西都明白，她本会死，但生命给了他们双方都不愿浪费的第二次机会。他搬进她家，每晚在床榻上都会紧紧把她搂在怀里。

她爱他。

她拿起盒子，杰克跟着她走进厨房。"这有助于我从噩梦里恢复。"她从眼角的余光中看见他抽动着肩膀。他是她那些无休无止的痛苦梦魇最前排的观众。虽然两人心里都明白不会再有危险，但情感上的阴影却总在他们心头挥之不去，惊魂之夜烙下了压力和心理重负的伤痕。她把盒子放在厨房桌子上，把手放在盒盖上。

我不知道自己能否做到。

杰克一只手揉着短发。"我来帮你克服梦魇。"

她朝他微笑，看见他那忧虑的双眼。他是那么想治愈她的心伤，让她心神安宁，弥补每一处心痛。"你一直在帮我，我喜欢在夜里每时每刻都感受到你抱着我的臂弯。"她知道，这也同时是在帮助他。

莱西朝盒子皱了皱眉。"这是这一切的收尾。"

她打开了盒盖伸手进去，拿出一个被白布包裹的圆形物体。她缓缓揭下白布，听见杰克屏住了呼吸。"上帝啊，莱西。"

　　莱西看着被清洗干净的颅骨。额头上两个被刺穿的小孔相隔1.5英寸，由于子弹强大的冲击力，颅骨后部很大一部分缺失了。下颚骨也已经不见，但那一部分她并不需要。她看着上前牙，做了个深呼吸，把手指伸向小巧的上颚侧门牙，就是形状酷似獠牙的那颗。她迅速地将颅骨重新包好，把它放回盒子，颤抖的双手盖上盖子。她松了一口气，感到仿佛有光照亮了阴影，泪水逼上眼眶。

　　鲍比·德科斯塔永远不会回来了。

　　杰克用微微颤抖的手臂把她紧紧拉到胸前，用唇吻着她的头发。"上帝啊，我爱你。你知道的，对吗？对吗？"

　　她闭上眼点头，吸入他的芬芳，然后松了口气，感受到他的体温让她从头到脚都暖和起来，没有人能将他再次从她身边夺走。

　　"我也爱你。"她轻声低语。

Hidden (A Bone Secrets Novel) by Kendra Elliot
Text copyright © 2012 Kendra Elliot
This edition made possible under a license arrangement
originating with Amazon Publishing, www.apub.com
本书中文简体字版版权，浙江文艺出版社独家所有。
版权合同登记号：图字：11－2016－292 号

图书在版编目（CIP）数据

识骨女法医／（美）肯德拉·艾略特著；骆佳圆译 . — 杭
州：浙江文艺出版社，2017. 9
ISBN 978－7－5339－4927－3

Ⅰ. ①识… Ⅱ. ①肯… ②骆… Ⅲ. ①长篇小说－美
国－现代 Ⅳ. ① I712.45

中国版本图书馆 CIP 数据核字（2017）第 140270 号

责任编辑：曹元勇 王丽荣
封面设计：山川设计事务所
责任印制：吴春娟

识骨女法医
〔美〕肯德拉·艾略特 著
骆佳圆 译

出版发行 浙江文艺出版社
地址：杭州市体育场路 347 号 邮编：310006
网址：www.zjwycbs.cn
经销：浙江省新华书店集团有限公司
印刷：浙江新华数码印务有限公司
开本：880 毫米 ×1230 毫米 1/32
字数：225 千字
印张：11.25
插页：2
版次：2017 年 9 月第 1 版 2017 年 9 月第 1 次印刷
书号：ISBN 978－7－5339－4927－3
定价：38.00 元

版权所有 侵权必究
（如有印、装质量问题，请寄承印单位调换）